三星阴谋

【韩】金辰明 著 郑杰 陈榴 译

作家出版社

作家的话

——本书再度创作之缘起

　　大学时期，我曾读过一本美国杂志《新闻周刊》，上面介绍了世界排名前100项的技术。当时100项先进技术中的60项属于美国，20项属于日本，其余的属于欧洲，在这里找不到我的祖国——韩国的名字。那时候，我认为直到地球毁灭这一局面大概也不会改变，我感到彻底的绝望。当时我们国家出口的大宗商品是用女性真发制造的假发，我沮丧的心情可想而知。

　　但是迄今不过30年，大韩民国在世界领先的技术已经超过了两位数，这简直是一个奇迹。这一变化的根基当然得益于人才的培养和技术的开发，这一漫长而辛酸的历程使人经久难忘。

　　不知从何时起，我们的社会忽略了对曾经备受重视的科学技术的投入；尤其是5年前新政权上台的时候，在野党和执政党串通一气，轻率地撤销了科学技术部，这不禁又让我陷入了绝望。

　　我最初写这部小说的时候，情况与现在差不多。不，看那时我写的书稿，我的问题意识要比现在更为强烈。当时小说的题目叫《收购韩国》，开篇是这样写的：

　　今天，大多数的高中毕业生都选择了文

科而不是理工科，据报道，70%以上的学生申请了文科专业。理工科出身的优秀学生有相当数量进入了备考补习班，准备参加司法考试。这一现状，不禁让人担忧作为基础科学的数学、物理学的存废。

长此以往，我国的科学技术只能江河日下、日渐萎缩。邻邦中国90%的学生进入理工科院校，进入文科院校的只有10%。我们的国家除了用嘴空喊科学技术是国力以外毫无作为，这正是当时的真实写照。

10年前写的这篇文章，今天看来只是日期不同而已，状况并没有任何变化。撰写这部小说的初衷，正是出于这种问题意识。

当时，三星电子消除了我读大学时对国家的绝望，令我无比自豪。于是，我以三星电子为原型进行创作，意在与人们分享对于科学技术的认识。

时光流转，曾经引以为傲的三星电子，而今也在我们社会的某些方面受到人们的批评，这也是不争的事实。

不仅如此，我决意旧题新作的缘由还在于，现在的企业不仅要进行技术开发和产品销售，更深层面的是，现在的企业要想生存，就必须在外国投机资本、企业并购阴谋以及无形的商战中抢得先机。

三星电子可以说是实至名归的世界一流企业，但是面对巨额金融资本的恶意流入，三星也束手无策，这已经是一个昭然若揭的事实。他们可以通过谋取三星电子的经营权，将其从韩国企业转型为外资企业，甚至有可能将其改造成服务于自己公司的外包企业。

最近，为了牵制迅速发展起来的三星电子，苹果公司提起了诉讼；在这场商战的较量中，必然涉及三星电子的经营权问题，或者已经在讨论之中了。现在，三星电子股份的50%由外资控股，在这场恶战中，第三势力如果阴谋得逞的话，三星电子很有可能转瞬间成为外资企业。

这期间我一直关注着苹果公司的动向，并在此基础上为了公开苹果对抗三星的专利战和阴谋，计划创作这样一部作品。于是，在写作长篇系列小说《高句丽》的过程中我挤出时间投入了这部小说的创作，笔走偏锋，其原因正在于此。

这，就是本书两度创作的缘起。

金辰明

2012年10月

目录

作家的话

序幕 … 1

特大新闻 … 13

非常车祸 … 23

蹊跷手记 … 33

瑞士银行 … 42

秘密存款 … 50

解开谜团 … 58

总统访欧 … 67

废墟夜话 … 72

无烟商战 … 81

女神像前 … 87

情报局长 … 93

将军之死 … 101

威氏财团 … 108

拒绝诱惑 … 118

妾身未明 … 126

鹅肝与酒 … 136

魔幻数字 … 144

生物学家 … 155

病毒组合 … 160

第三视角 … 174

意在三星 … 181

警惕祸端 … 192

密室阴谋 … 197

黑色重逢 … 208

导师建言 … 216

M存储器 … 227

设局并购 … 235

灵魂出窍 … 239

灾星临门 … 248

股东背叛 … 253

雨打三星 … 257

技术会议 … 263

温情陷阱 … 269

决战横滨 … 276

唇枪舌剑 … 283

力挽狂澜 … 290

股东悔悟 … 299

尾声 … 304

序　幕

1983年，东京。

"会长，结论是NO。"

三星秘书室长的声音斩钉截铁，在座的其他人也都点头附和。

李炳哲会长抬起头看了看窗外，东京市内的夜景正灯火璀璨，首尔的夜景完全不能与此相比。李会长没有转过头，他用很低沉的声音又一次问道："洪会长，你怎么想?"

洪会长微闭双眼，直到自己被点名，才睁开眼睛，踱到窗边，将自己的视线埋入无边的黑暗。沉默在流淌，直到李会长目光转向他，洪会长才开口说道："这是三星的结论。"

这一次李会长点了点头。

"三星的结论"这句话包含了问题的全部，是李会长经常使用的一句话，在这句话面前，没有谁敢再提出异议。此刻，李会长的脑海中，无数的往事像走马灯一样闪过。虽然异议常有，但是在秘书室综合考察后所下的结论面前，所有人不能不信服。

三星秘书室。

当时的情景，三星秘书室堪比国家安全企划部，甚至有过之而不无及。但是这次秘书室已经做出结论，洪会长也用"三星的结论"支持了秘书室的意见。洪会长是何等人物？以前的中央情报部长李厚洛，新民党总裁俞振山，还有这位洪会长——中央日报社长洪振基，被称为韩国的三个"曹操"。

洪振基一直参与三星的重要决策，对于他的意见人们也给予最大的尊重。此刻洪振基对秘书室的意见表示首肯，那么结论也就不言而喻了。

"室长团也全都反对。"

秘书室室长又一次斩钉截铁地说。

三星室长团。

这是韩国精英云集的地方，30年来，他们用灵敏的触角关注着韩国的经济动向，他们是韩国最优秀的人才，既然他们也一致反对，就表示已经没有重新考虑的余地了。

"嗯。"

李会长也不自觉地发出了低沉的应和声。

"会长，现在请您到大会上宣布您的决定。"

两年来的暗中探索就这样画上句号，现在要将结论公布于众，还要特别向为李会长提供资金的日本经团联的成员们进行通报。

"知道了。"

沉默片刻后，李会长终于点了头。

"我让人备车。"

秘书室长脸上露出安心的神色，开始做好散会的准备。

"不争气的家伙，爱是眼泪的种子……"

李会长似乎在自言自语。

"你们都散了吧！"

李会长做了简短的指示后，又将头转向了窗外。

所有在座的人都放了心，不管怎样，集团总算避免了一场危机。他们相互示意后，向着李会长后背深深地鞠躬，然后退了出去。

空荡荡的房间里，李会长看着东京不夜城的景象，心中滋生出一股强烈的挫败感。

"难道这就是三星的极限吗？难道只能到此为止吗？"

李会长脑海中浮现出代表日本电子公司的名字，索尼、松下、东芝、日立、三菱，个个都是声名显赫的企业。与他们相比，三星要走的路还很漫长，现在只是制造电视、冰箱、洗衣机这一类产品，即便这些产品也还处于世界三流水平。

李会长又一次想起了在德国法兰克福一家电子商场里遭遇的尴尬，商场里只能看到飞利浦、西门子、索尼、松下这些品牌商品，会长感到很奇怪，经常收到报告说向欧洲出口的份额相当可观，但是怎么一件三星的产品都看不到？他推开门走进卖场。

"请问有没有三星的彩电？"

顾不上吩咐秘书，会长亲自走上前询问，店员很热情地回答："当然有啊，您要买吗？"

"先让我看看。"

"这个不太方便。"

"怎么？"

"三星产品只能看导购手册购买。"

"什么？我得看到实物才能买啊！"

"对不起，商场里没有陈列三星的产品。"

"这是什么意思？你们卖但却说这里没有？"

"三星属于低端产品，我们这里没有陈列，因为会降低商场的档次。但是如果您在手册上看好的话，我们很快就会从附近仓库调过来。"

"什么？降低商场档次？你这个该死的家伙！"

当时的屈辱让人刻骨铭心，今天晚上，这种屈辱感又卷土重来，化为挫败感煎熬着李会长。

"李会长，三星今后要做的事还很多，微波炉、VTR、便携式摄像机等，不是有很多产品可以开发吗？"

松下会长的劝慰绝对不是反讽，事实也是如此。三星可以做的事很多，靠这些产品一样可以做到世界领先，如今秘书室的结论也是这个意思。

"会长，半导体太难了，凭我们的技术完全没戏。没有技术的支撑，我们不能进行如此大的投资，稍有不慎，三星集团就会大难临头。"

此言不虚。

"而且，目前日本也没有正式研制出半导体；从世界范围来看，只有IBM搞出了试验品，这绝对不是我们可以涉足的领域。"

李会长从座位上站起来，走到了窗边，他感到头很沉，目光自然向下看去，他脑海中的挫败感始终挥之不去。

韩国的一流也好，龙头老大也罢，跻身于世界优秀的企业之列，三星是多么的卑微。这一无法排解的郁闷压抑着全身，身体单薄的李会长似乎要倒下去，他感到一阵眩晕。贴身秘书及时地发现李会长状态不好，立刻走上前去，扶住了他的腰部。但是李会长摆了摆手，秘书后退了一步，却仍担心着会长的身体，双手一直没敢撂下。

"关灯出去吧。"

"会长……"

"出去吧。"

会长的声音很低沉，但让人无法抗拒。

"好的。"

秘书闭上灯，走了出去。李会长挺直了身躯，直视着窗外这座不夜城，映入眼帘的尽是宣传索尼、松下等产品的霓虹灯。李会长孤傲地站在窗前，凝望着闪烁的霓虹灯，似乎要把这光怪陆离的不夜城看穿。

时间过了好久，李会长没有传来一点儿声响，贴身秘书感到有些奇怪，打开了房门。黑暗之中，李会长仍然挺着上身，看着窗外。

"会长。"

秘书走上前小心地喊了一声，李会长听到了动静，似乎要转过身来，眩晕却又一次袭来。秘书大吃一惊，急忙伸手去扶，李会长刹那间感到全身无力，倒向了地面。

"李会长！"

秘书大叫一声，急忙扶住李会长，外面的人感到屋内情况不对头，也呼啦啦地跑了进来，扶住了李会长的后身。

"让首尔的建熙来！快去叫建熙！"

一直沉着冷静的李会长此刻绝望般地叫着建熙。这么多年秘书室的工作人员第一次看到李会长如此激动，反而感到会长意识清醒，不免将悬着的心稍稍放了下来。

"是，会长，我现在就打电话。先把会长送到医院。"

但是李会长伸出手，慢慢摆了摆。

"我没事儿。"

第二天早上。

李建熙副会长急忙坐飞机赶到日本，在羽田国际机场见到了来接机的秘书室长，听取了详细的报告。

"会长虽然没有大碍，但是好像很伤心，可能是想让您来安慰他一下吧。"

李建熙副会长没说话，只是摇了摇头。父亲不是那样的人，他从来没有因为健康问题把自己叫来日本，即使是公司遭遇变故，也从来没有叫过自己。

"嗯。"

"事实上，会长好像非常伤心。所有的人都反对他，他就自言自语嘟囔了一句，我们也感到很痛心。"

"会长说什么了？"

"他骂我们是没出息的家伙，说爱是眼泪的种子。"

李建熙闭上了眼睛。

"爱是眼泪的种子？"

"嗯。"

李建熙陷入了沉思。

虽然不清楚这句话意味着什么，但是他感到父亲绝不是因为感情受伤才这样，并且也没有理由把自己叫来日本安慰他。李建熙突然感到这次日本之行，三星似乎正等待着自己做出一个生死攸关的重大决定。

走进李会长的办公室，看到父亲苍白的面容，建熙的心里一阵酸楚。

"父亲。"

李会长的声音比平时更加利落。

"你坐下。"

"是。"

建熙把双手放在膝盖上，端正地坐在父亲面前。秘书上茶的时候，李会长没说话，用手示意秘书都出去，也意味着不要让任何人进来。稍后，李会长说了一句让人有些意外的话："昨天晚上我一夜没睡，一直在想你的哥哥。"

"是，父亲。"

"你哥孟熙是一个可怜的人啊！"

"是，父亲。"

"我一直对孟熙很冷漠，你知道为什么吗？"

"我知道。"

"那你说说看。"

"我认为父亲是为我着想。"

"为你？"

"……"

"也是，你也只能那么想，但是我对孟熙冷漠是为了三星。"

"……"

"我如果对他如对你，他也会做大，那样三星就会被分裂。我为了避免三星分裂，所以一直冷淡孟熙。"

"我知道了，父亲！"

"但是昨晚我想到了你哥哥，可怜的孟熙。"

"我知道父亲内心深处一直很疼爱哥哥。"

"是呀，孟熙是为了三星牺牲的真正的英雄，我怎么可能不知道这点呢？如果不是孟熙，我就要进劳教所，那也就没有三星了。"

"是的。"

建熙挺了挺自己的身子，父亲常常告诫自己要跟孟熙保持距离，但每次跟父亲的谈话都从哥哥说起，其中的缘由并不简单。无论是不时地将自己召来东京，还是每次谈话都从孟熙开始，这些都像沉重的石头一样压在建熙的心上。

　　"每每想到用孟熙的牺牲只换来三星目前的发展水平，我就彻夜难眠。早知如此，我为什么要牺牲孟熙来发展企业啊？作为父亲，我真的非常后悔。"

　　建熙似乎体会到了父亲内心巨大的失望，李会长用更加低沉的声音继续说："建熙啊……"

　　"是，父亲。"

　　"你也知道我不是爱国者。"

　　"是，父亲。"

　　"但是我是个率直的人。"

　　"是，父亲。"

　　"以前在接受《时代周刊》采访时，我说过如果祖国没有解放，也许我会当个亲日派留下来。"

　　"我知道的，父亲。"

　　"其实也没有必要非得说那样的话，只是没有人愿意那么说，而我说了。"

　　"是的，父亲。"

　　"企业家不能成为爱国者。即使国家灭亡，企业家也要想方设法救活自己的企业，当时我想说这个意思，你明白吗?"

　　"是。"

　　"我一辈子抱着这样的信念，所以甚至牺牲孟熙来成就三星，我一直认为自己是最优秀的企业家。"

　　"……"

李会长稍微停顿了一下，视线转向了窗外。看到父亲侧影的瞬间，建熙的内心深处不禁涌起一股暖流，眼前的父亲已经不是自己到达房间前那位心力交瘁的老人，而是从前那个充满了旺盛精力、严厉而又谨慎的会长；而且，那不是迄今为止人们看到过的企业家的形象，应该说此刻父亲更像是一位斗士。

"啊，父亲原来是想一决雌雄啊？"

建熙似乎瞬间明白了父亲的想法。

"你现在明白我为什么叫你来日本了吧？"

李会长没有转过头，用很低沉的声音问建熙。

"是的，父亲。"

建熙也用低沉的声音作答。

"是吗？你是说你知道？"

"……"

建熙只是看着父亲的脸，没有回答。李会长装出漫不经心的样子，却呆呆地直视着建熙的眼睛。

"那么，你的想法？"

建熙瞬间感到有些眩晕，父亲如此单刀直入的问话仿佛一剑穿心，此刻自己的一句话就可能决定三星的命运。虽然回答只是刹那间的事儿，但建熙还是很冷静地把头转了过去。如果从三星集团的经营上考虑，父亲的固执分明是危险的，秘书室已经给出了NO，任何人都不应该反对这个合理的结论。

但是父亲此刻正在冒天下之大不韪，坚持一己之见。集团已经在很多领域都走在了前列，尤其是人寿保险的信用度和利润率蒸蒸日上。第一制糖、三星电子等都走在了业界的前列，集团的经营如日中天。

可是父亲想在半导体产业上赌一把企业的命运。

一句话，这可真是疯狂的想法。集团内部一些员工中也开始流传说老会长被自信冲昏了头脑，到了老糊涂的地步。

建熙想起了从机场来的车里，秘书室长曾说过，您的老丈人洪振基会长也万般无奈地摇了头，然后又接着强调："有些人已经放出话来，说三星如果搞半导体产业，他们就离开集团。要是会长征求您的意见，您要果断地拒绝啊，只有这样，集团才能化险为夷。"

实际上也没必要再回忆秘书室长的话了，但凡具有理性思维的三星人都知道这是一个必须要否决的提案，但是现在的李建熙副会长不想轻易作答。

这个世界上有些事情是不能靠理性去思考的，建熙学习过专业的经营课程，才学出众，他怎么可能不反对呢？但是现在这一刻，建熙清空自己的大脑，冷静地，非常冷静地观察父亲。

事实上也算不上是观察，他比任何人都了解父亲，也无数次地目睹了父亲不可思议的决策。

但是，现在建熙正努力去感受父亲身上的气场。他想知道那仅仅是一个老人的固执，还是一位伟人身上散发出的与生俱来的求胜欲望。

李会长注视着建熙，等待着他的回答。建熙从父亲的眼神中看到了一丝孤独，父亲感受的孤独是任何人都无法理解的，这一点，建熙直到今天才明白。

瞬间，建熙的心中涌起一股力量，那既是来自父亲对自己的信任，也是这个世上只有父子之间才有的休戚相关和心灵相通。父亲放弃长子和次子，选择了自己作为集团的继承人，这是统合了所有人的意见，终于走到了今天，在集团里确立了自己的地位。在这个过程中，父子二人更加荣辱与共。

但是越是这样，建熙越是无法开口，在这件事情上，绝对不可以掺入大道理或是孝道这些个人的情感。

建熙打起精神，撇开所有人担心的资金问题，只想厘清事情的本质。这时，电子时代的历史浮现在他的眼前：电子时代从真空管开始，历经晶体管、IC一路发展过来，几乎所有人都心平气和地固守着各自领域的真空管时代。这个时代每个人都在开发自己的产品，但随着晶体管时代的来临，企业开始经历巨大的变动。进入晶体管时代之后的IC时代，产品更加多样化，企业间的技术差距开始拉大。建熙预感到今后随着跨入电子时代，这种差距会不断加大。

建熙感觉茅塞顿开。

啊，父亲原来已经看到了10年之后啊！如果只依靠白色家电，那是无法超越日本的，那么三星的命运将会怎样呢？如果不在这里一决胜负，那么10年之后的三星电子又会怎样呢？原来父亲的担心是这个，所以才这么迫切地要搞半导体产业。当人们都沉醉于甜美梦乡的时候，只有父亲一个人保持着清醒的头脑。

想到这里，建熙才明白"爱是眼泪的种子"这句话的真正含义。失败是成功之母，失败的种子才能结出成功的果实，原来父亲是这个意思啊。

建熙沉重地说道：

"父亲是位从没有过失败的人，我是这样一位父亲的儿子。"

"是吗？"

李会长温和地看着儿子，这一句话蕴含了太多的东西，虽然一直都知道他很聪明，但是没想到他如此了解自己的内心。

不料李会长突然厉声喊道："危险的家伙！"

"……"

"你是个危险分子啊，带领三星这一庞大集团的领头人怎么可以如此轻率地服从父亲的决定？你是个危险分子啊！"

"……"

"智囊们的话说得都对，三星不能投资半导体，如果失败万劫不复。你是带领三星的领头人，你应该劝阻我才对啊！"

"我知道。"

"但是为什么接受了我的固执呢？"

"因为是父亲的决定。"

李会长突然发起了脾气。

"只要是父亲的决定你都服从吗？这是一个集团领袖应该说的话吗？我就是这么教你的吗？"

但是建熙一点儿都没有动摇，仍然用平静的声音说下去。

"不是，我不是那个意思。不是因为您是我的父亲，而是因为这是三星的李炳哲做出的决定，我才服从。我所知道的李炳哲是世界最优秀的企业家。"

"……"

这次李会长沉默了。

心灵深处突然涌起一股暖流，仿佛即便此刻闭上眼睛，也能笑着走了。记得李建熙接手集团的时候，很多人背后议论说是因为老丈人是洪振基的缘故，就连李会长本人也都怀疑过。但是现在这一刻，李会长懂了，今后李建熙率领的三星将会进入一个和自己率领的三星完全不同的时代。

"三星现在处在岔路口，是接着当三流公司，还是把命运寄托于半导体？我不想看到三星停留在三流企业。"

"……"

李会长没再说话，也已经不必再说了。儿子能一眼看透自己的心思，这甚至让他感到有些恐惧。

特大新闻

2002年，首尔。

"叮铃铃铃……"

义林抓起了报社办公桌上的电话。

"请问是郑记者吗?"

"是，我是郑记者。"

电话的另一端声音相当小心，义林将听筒使劲往耳朵上靠了靠。

"我有急事想跟郑记者交谈。"

"您说有急事找我?"

"是的，我有一个特大新闻。"

"特大新闻? 不可以电话采访吗?"

"是的，我们最好面谈。"

"您是……"

"电话里说不太方便。"

虽然是匿名电话，但是听对方的声音，让人不禁产生某种信赖感。那声音听上去似乎难以抗拒，义林急忙拿出笔，问道: "我们在哪里见面?"

对方的声音仍然很低沉。

"您能来大田吗?"

义林犹豫起来,往返大田的话,今天计划中的事情都要推掉了。

"那麻烦您先告诉我您是谁。"

义林很谦虚地表明了自己的意思,但是对方回答:"对不起,出于安全考虑不能告诉您。"

义林心里稍微有些不舒服,但是如果只是一般的事情,没必要这么固执。

"那么请问是关于哪方面的事情?"

"……"

这次是完全的沉默。难道对方的潜台词是说有诚意就来,没诚意就不要来吗?义林想干脆把电话挂断算了,但是仍有一丝不甘。他从对方傲慢却难以抗拒的语气中预感到,也许对方会爆出出人意料的特大新闻。

稍微犹豫了一下,义林虽有许多不确定,但是强烈的预感还是驱使他赌一把。最后他问道:"您有没有联系其他报社?"

义林想如果有,那他就抽身出来,看看其他报社的反应,那时候再决定是否加入也不迟。虽然判断新闻价值的方法并不简单,但是从新闻记者的立场来看,别人不知道的信息往往价值更大。幸运的是,对方让义林放松了心情。

"没有,您是我联系的第一家报社,也将是最后一家。"

"知道了,我现在就出发。"

从对方那里记下了会面的地点和时间,义林马上发动了车子。他强烈地预感,这次可以捞到大鱼。对方的声音传递出的信赖感和压力,还有大田这个意味深长的地点都诱惑着他。

"鸡龙台。"（韩国陆海空三军总部所在地——译者注）

大田有尖端研究基地，也有很多政府机关，不知为何义林心思总在鸡龙台上。他感到这是与军事情报相关的新闻，加之自己是国防部特约记者，也是特级新闻专家，电话只打给自己，他更确信了自己的想法。

在京釜高速公路上一路飞驰，出了收费站没有多久，就看到了约好的咖啡馆。义林在路边停了车，走了进去。对方好像之前考察过这个地方，这里很安静，只有一位客人。

义林刚找个位子坐下，那个人就起身走过来。

"请问是郑记者吗？"

果然是电话里听到的那个沉稳的声音。义林看到他脸的瞬间，头脑中立刻闪现了两个想法。首先，那剪得平整的寸头和站立的姿态，干练的动作，即便他穿着一身西服，仍然能够看出他是一位经历过长期军旅生活的军官；另外，义林感到他处于非常紧迫的境遇，似乎在被什么追赶，充满了紧张感。

"您就是打电话给我的那位吧？"

"是的，您开车了吗？"

他一边说，一边观察了一下义林身后的出口，这小小的动作也让义林再次深刻地感受到了他的紧张。

"开了。"

"那我们出去谈。"

义林拿着采访本跟着这个男人走了出去，同时他在想这个人到底是谁？他的语气、举止虽然流露出无奈的紧迫，但是另一方面也流露出他耿直、郑重的态度。义林强烈地感到这个男人似乎是一个谨慎、急切、此刻正在被什么人追击的军人。

这个看上去50岁出头的男人，上车后用手给义林指路。但他们并不是去什么特别的地方，到了一个僻静的所在，他要求义林把车子停下来。义林刚停下车，那个人就迅速巡视了一下车子的周围，然后坐在车里开了腔。义林不用问也知道，他这是为了安全才选择了在车里交流。

　　"我是空军的赵英洙司令长官，在新型战斗机购买项目小组中负责评价工作。"

　　义林知道自己预判没有错，内心很满足。对方果真像估计的那样不是普通军人，他在新一代战斗机购买项目中，起着核心作用；而这个项目涉及金额巨大，可能达到5兆韩元甚至6兆韩元。

　　义林跟他互致问候，然后小心地按下了怀里小型录音机的按钮。

　　"我曾经想过要不要开一个正式的新闻发布会，但考虑到安保问题，所以只叫了郑记者。"

　　"谢谢。"

　　"郑记者，请听好我下面要讲的话。"

　　赵长官又叮嘱了一番。

　　"您请讲。"

　　"现在政府马上要逮捕我。"

　　这第一句就是特大新闻。

　　"什么？您有什么问题吗？"

　　"呵呵。"赵长官苦笑了两声。

　　"问题？是呀，有问题。我建议政府不能购买美国飞机，所以只能被逮捕。您能理解吗？我是一个遭美国厌恶的人。"

　　"美国厌恶您，韩国政府就要逮捕现役司令吗？"

　　"是的，购买战斗机小组中的所有政府官员都看美国脸色，甚至传言国防部长官与美国布什总统是结拜兄弟。"

义林常出入国防部，当然也知道这样的传闻。

"他们逮捕我的理由是因为我主张购买法国达索公司的阵风战斗机。"

"原来您主张放弃购买美国战斗机，购买法国的阵风?"

赵长官默默地点了点头。

"现在在市场上竞争的4种战斗机中，阵风最好，阵风才是我们需要的新一代战斗机，无论价格、性能各个方面都最突出。与此相比，F15战斗机是旧一代的战斗机，并且不久就会停产，以后配件都很难买到。"

"结果呢?"

"最终评价报告由我来做，那是我的责任。但是，现在国防部的很多官员都主张放弃阵风，购买F15，给我施压。"

"是谁? 给你施压的人是谁?"

"都是国防部的核心人物。"

"那你打算怎么办呢?"

"没有办法，我评价的结果不可能获批的。"

"那你确定阵风更好吗?"义林又追问道。

经常出入国防部的各个报社的记者们、军事爱好者们围绕着阵风和F15已经争论了很久了，义林也听到了很多传闻和不同的声音。但是从这些意见和声音中很难轻易做出判断，哪一方都很难单方面做出谁更优越的结论。这项评价任务落在现役空军司令的身上，而他断言阵风是更加优秀的飞机。

"没有什么好说的，F15是被美国空军淘汰的机型。抛开哪个好哪个不好不谈，我们选择阵风有一个更重要的原因。"

赵长官的声音更加有力了，这正是源自专家才有的自信。

"什么原因?"

"法国会把100%的技术转让给我们，也就是说让我们自己能够生产出阵风。相反，美国只是迫不得已把部分技术转让给我们。"

"嗯。"

"接受这项评价任务以来，我也在不停地思考，对我们而言到底什么最重要?我们用的是纳税人的钱购买金额巨大的飞机，我们绝不能当他们淘汰落伍飞机的垃圾场，所以我制订了一个有野心的计划。"

"什么计划?"义林按捺不住疑惑和好奇，紧接着问道。

"我打算借此机会，不管是美国还是法国，把他们的技术全部购买过来，壮大我们的航空产业。但是我估计现实中很难说服美国，所以我常常提醒法国达索公司的高层们，韩国陷入了只能购买美国飞机的困境，但是我们却有一个可以购买阵风飞机的条件，那就是阵风飞机可以向韩国转让全部的制造技术。你看，现在世界的战斗机市场，你们跟美国竞争得头破血流。我们如果买你们的飞机，那么你们正在争夺的新加坡、荷兰市场也会取胜。我就是这么鼓动他们的。"

"然后呢?"

"然后，他们承诺我会转让全部技术，并且把这点明确地写在了协议书上。这就意味着在不久的将来，我们可以自己制造阵风了。"

谈话期间，赵长官的表情充满了希望和满足，但很快又陷入了阴郁。

"但是现在我的梦想都破灭了。"

"最终决定不是还没有出来吗?"

"不是，现在我投降了，现在真的已经没有办法了，今天约见郑记者是我最后的抵抗。"

赵长官的神情表现出难以形容的孤独。

"真的一切都结束了？"

赵长官无力地点了点头。

"都结束了。郑记者，这太不像话了，这次签约成功的话，我们能够得到阵风的所有技术，我们的航空产业可以提前几十年，放弃阵风选择F15这像话吗？说什么政治原因、韩美同盟等，都是笑话。如果那样的话，美国至少要卖给我们新型的战斗机才对啊，现在荷兰政府也在考虑买美国战斗机还是买法国阵风，但他们考虑的美国战斗机不是F15，而是F22，是像阵风一样美国新一代战斗机。您听懂我说的了吗？我们韩国就是处在这么悲惨的境地。"

"嗯。"义林也陷入了沉思。

"好吧，就算顾及我们和美国的同盟关系，要买美国的战斗机，也要像荷兰那样，买美国新型的战斗机啊。

"不是吗？但是就算美国肯卖给我们，但是还是要买阵风。因为我们不能总靠买别人的飞机，飞机太贵，型号总换，最好的方法就是我们自己能够生产制造。就像以前我们买高速列车（TGV），现在我们可以自己生产一样，法国已经同意100%转让阵风的技术，哪有比这更好的机会呢？但是买F15，这真是疯了，真是不清楚我们的政府是为哪国国民服务的。"

"国会方面您打听过了吗？制定预算是国会方面负责的。"

"国会？郑记者您还相信我们的国会吗？他们只会追名逐利，全都是不知羞耻和只会耍嘴的小人，是一群投票机器。"

赵长官的声音听上去充满了无限的绝望、凄凉和无奈。

"通过正当渠道进行合理的说服看来是行不通了。"

"是呀，并且还有其他的问题。我可能还没有来得及把提案提交国会，在见到国会议员之前，可能就被带走了。郑记者对于军队的一贯作风很了解吧？这样的事情通过民间公开就意味着我走到尽头了。"

"通过舆论怎么样？不能通过报纸或者舆论来保护您吗？"

赵长官淡淡地笑了笑。

"我也曾经想过最后只能靠民意来解决，所以刚才我也说考虑过召开记者招待会。但是召开记者招待会的消息一旦传出，我恐怕就已经不是自由之身了，他们不可能放任我这样做的。所以，不得已才想单独约见郑记者。"

"您今天跟我说的这些，一旦见报您该怎么善后呢？"

义林很难想象赵长官会面临怎样的考验。

"可能会被逮捕，理由是泄密吧。"

"那么可不可以在法庭上辩护呢？"

如果赵长官被捕，义林自己心里也不好受，他想如果能帮上什么忙，他非常想帮上一把。

"一旦我被捕，总会爆出一些料来的。"

"人应该活得清清白白，可这个世上哪有干干净净的人呢？我是虔诚的天主教徒，不能说谎，我也不想说。事实上我的一位前辈曾经硬塞给我钱，说是车马费等人情往来的开销，我收下了；一年间前后都算上大概有一千万韩元，而这位前辈是达索公司的代理人。"

"那您的那些想法就失去了说服力，最终还会被人说成收受达索公司贿赂，才主张买达索飞机的。"

"所以才要见郑记者的，如果是郑记者，我想，凭您的实力应该可以说清楚这次新一代战斗机购买项目的核心问题的。"

"哦，但是就算是我写了报道，也不一定能改变全局的状况啊！"

"也许结果不会改变，最后还会选择购买F15。但是穿了一辈子的军装，终身报国的信念让我必须站出来，反抗这个荒唐的决定，反抗背叛和不正当，这样我的良心才能不受谴责。"

"真让人痛心！"

但是赵长官一点都不伤感，反而看着义林淡淡地微笑，然后问了一句："对了，李俊宇记者还好吗？"

"李记者吗？您跟他很熟？"

"是呀，今天联系了一整天都没有消息，是不是发生了什么事情？"

义林看到赵长官脸上瞬间掠过一抹阴影。

"哦，这个我也不太清楚，我们在不同的部门。"

这让义林想到最初可能赵长官联系的是在经济部工作的李俊宇记者，没有联系上，才打给自己。

"嗯，那您能给李记者捎个话吗？"

"好的。当然可以。"

"巴黎有雾。"

"巴黎有雾？"

"是的。"

"这么说他就能明白吗？"

"是的。"

真是奇怪的话，义林虽然想问为什么说这么奇怪的话，但是他意识到即使问了赵司令也未必会说。

"好，我会把话带到。"

赵长官伸出了手，但是义林感到很难握住这手。现在握住这只手，恐怕下次就要去监狱才能相见了，这样的想法让义林不忍握手告别。

"来，我们再见吧!"

赵长官神情坚定，微笑着敦促义林。义林终于把手伸了出去，赵长官用力和他握了握，然后端端正正地敬了一个军礼。义林有些吃惊，赵长官礼毕后用低沉有力的声音说："请接受大韩民国空军司令赵英洙对国民的敬意，空军司令赵英洙在新一代战斗机评价任务中，公正地执行了任务，问心无愧。"

说完赵长官立刻拉开车门，没有回头，走了。

在回首尔的路上义林陷入了一片混沌，他如果把新闻登出去，只能眼看着赵长官被捕，毁掉他的一生。但是他说良心上不能让他沉默，应该报道出去，真是不知道该如何理解这样一位军人。

当晚，义林把报道写完交给了编辑部，他很想帮赵长官实现他的想法。

第二天，义林的报道果然占了头条，成为特讯。赵长官很快就被带走，刚开始调查，赵长官就把自己收受一千万元贿赂的事情如实陈述给调查官。这样，赵长官提出的购机评价方面的问题，因为存在收受贿赂的嫌疑而变得毫无价值了。

非常车祸

　　那天晚上，义林发了疯一般地喝酒，平时不怎么喜欢喝酒的他，这天似乎一醉方休。特大新闻使线人被捕，如此罕见的事态让他产生了莫名其妙的情绪；但是比起这种奇特的新闻，赵长官本人更让他感到不解。

　　记者的身份让义林经常思考自己与社会的关系，但是自己果真能像赵长官那样去做吗？他没有自信。

　　很多人都在说爱国者、爱国心，在这方面义林一直很骄傲地认为自己不比别人差，但是一想到赵长官，不知为何他感到十分惭愧。

　　但是，在市民的印象中，赵长官已经被定性为国家和民族的败类。义林酒后打车回家，出租车司机每天都会听上无数遍新闻报道，他跟义林说起赵长官的事，显得义愤填膺；义林还没开口，司机就开始破口大骂："这种人难道不是坏人吗？拿着国民超过5兆的血汗钱，收受贿赂，购买落后的战斗机？什么阵风、旋风的！"

　　"是那样吗？"

义林虽然不愿意提起这事，但是出租车司机仍不依不饶："那样的家伙就得枪毙，枪毙十回都不解恨。"

义林原本就对赵长官的遭遇十分同情，这种感情尚未消失，听到司机说出如此过分的话，义林一下子怒火攻心。

"喂，你知道什么？这么说太过分了！"

"过分？就是因为这种人，我们的国家才成了现在这个样子。"

"你错了，正是因为这样的人，这个国家才有了希望。"

"你真是个疯子！"

原本是争论，终于演变成了谩骂，司机破口大骂，义林情绪激动，大声喊叫停车，最后车子直接开到了派出所。

"这位喝醉了酒，总是喊停车找茬儿。天知道他碰到了什么倒霉事，跟我大喊大叫的。"

司机瞪眼说瞎话，让义林忍无可忍。

"王八蛋，就是你这种没良心、没文化的人毁了这个国家，你明白吗？你这种人还能活着，就是因为有了他这样的人，收了算不上贿赂的一千万元，明知道自己人生会走到尽头，却为了国家利益仍旧挺身而出，你明白吗？"

一阵骚动之后，义林被一辆警车带走，送到了警察局。出租车司机走了，没有表明身份的义林暂时被收押在警察局保护所。虽然只要表明身份他马上就可以获释，但是义林想起了自己当兵时在警察局做事的经历，觉得等到酒醒了再走也不错。

保护室非常干净整洁，跟从前不可同日而语。这里除了义林之外没有别人。不胜酒力的义林很快闭上眼睛，打起了呼噜。

义林被持续的电话铃声吵醒，他揉揉惺忪的睡眼，确认来电号码是他的同窗崔记者。义林感到很奇怪，先看了下表：

凌晨一点。

崔记者跟自己不是同一个部门的，没有理由给自己打电话啊。

"看来是想找我喝一杯吧。"

义林想，肯定是同窗们在一起喝酒，想叫他过去。他想打回去，却把手机改成了振动，接着闭上了眼睛。结果，马上又被嗡嗡的振动声音叫醒，他按下接听键，把听筒贴在耳朵上。

"郑记者，你没看到讣告吗？"

"什么讣告？"

"经济部的李记者啊。"

"李记者？俊宇？"

"是啊，俊宇死了。"

真是意外的消息。

"你说什么？俊宇死了？"

"交通事故，昨天晚上的事。现在我们在现代中央医院，你快过来，同学们都过来了。"

"……"

对方似乎早就整理过说辞，说完要点就匆忙挂断了电话，义林仍然愣在那里，只是呆看着手机。

经济部的李记者，在同学中跟义林关系最好，不久前还参加了他们家的乔迁宴会。他死于车祸，真让人难以置信。义林蜷缩良久，突然清醒过来，立刻爬了起来。

义林给刑警看了身份证。

"啊，您早点儿说啊！"

刑警看到身份证，面露尴尬地说道。

因为这个晴天霹雳，些许的醉意早就一扫而空。他从保护室出来，径直坐上了出租车。

"怎么能发生这样的事啊？他怎么会出车祸呢？"

报社的同事坐在灵堂里喝着烧酒。

"怎么回事啊？"

"怎么回事先放下，先来喝一杯吧。"

义林干了几杯之后，同学崔记者开口说道："昨天晚上他好像跟平常不一样，多喝了几杯，然后想过马路打车，结果被车子撞了，那车还逃逸了。"

真是太常见的死亡了，毫无疑问，这是再平常不过的交通事故类型。这样的死亡既不会有难以理解的地方，也不会有什么悬疑。

"真是白白送了命。"

义林不自觉地说出声来。

"是呀，这小子真是很聪明来着。"

"何止聪明啊，简直是天才！"

"是很厉害，哪是经济部的记者啊，简直像狠毒的社会部记者。"

这时又来了一位同学。

"最近几个月没有看到他的文章了，以前一周至少会出一次专题的啊！"

"人家不是新婚嘛。"

"是吗？我觉得他不是那种因为新婚或是父母的丧事而耽误写稿子的人，还有，俊宇的太太怎么办呢？刚才她一看到我就哭得很伤心。"

"俊宇太太，人真的很好……"

同学们你一言我一语地说着，为俊宇的英年早逝感到惋惜。

"郑记者明天早上去墓地吗?"

"是呀，得去呀。"

马上义林又愣了一下，明天的事情很多，赵长官的特大新闻也需要后续报道，专题报道的日子早就定好的，一天都不能拖延。

"不，我不行，我得回去写报道了。"

天一亮，义林就起身回家，稍微闭眼休息一会便上班去了。

几天后，义林吃了午饭后回到办公室，看到自己办公桌上有一张便条。

我是李俊宇记者的妻子，麻烦您跟我联系。

真是让人有些意外，家中新丧，很多事情等着处理，难道发生了什么事吗？义林很惊讶，抓起了电话机。拨号的时候，葬礼场上那个穿着白色丧服、满脸憔悴的女人又浮现在脑海中。俊宇结婚没多久，大家为他庆祝乔迁的日子仿佛就在昨天，却居然发生了这样的事。

对方似乎正等在电话旁，信号一接通，就听到了俊宇太太的声音，也许她有些提心吊胆，声音听上去有些苍老。

"喂。"

"我是郑义林。"

"哦，郑记者。"

"我没能去墓地，很抱歉。"

"没关系，让您费心了，谢谢!"

"最近我正想去拜访您。"

"是这样，我发现有些奇怪的事情，所以才打电话给您。"

"哦？什么事？"

"我丈夫的采访手册中有些奇怪的内容。"

"什么内容？"

"写得有些乱，但是好像他预感到自己会出事一样。"

义林感到有些毛骨悚然。

"写的是什么？"

"电话里说不清楚，不太长，您能过来看看吗？"

"我知道了，这就过去。对了，处理俊宇事故的是哪个警察局？"

义林正要挂断电话，突然想起这个问题，因为他感到好像没有人知道真实的事情经过。

"是江南区警察局。"

"知道了。"

义林挂断电话，各种各样的猜想开始在他脑海中闪现。预感自己死亡的手记？如果真是那样，李记者的死亡就不是单纯的交通事故了。

义林在去李记者家的路上，先去了江南区警察局，想先了解下具体的事故经过。义林买了一大箱子营养饮料，到了交通事故调查组，跟那里的负责人开始闲聊。

"哎呀，我的天！大记者给我们送营养品来了，真是活久了什么事都能遇到啊！"

"能看看李俊宇记者的事故记录吗？"

"可以啊。"

"肇事车辆还没有找到吗？"

"对不起，事实上没有目击者，找起来非常困难。即便能找到，恐怕也要很长时间。"

"事故经过是怎样的呢？"

"你看看这里。"

负责人翻开了事故调查报告背面，画着一张简图。

"晚上11点左右，被害人喝醉了酒过马路，就是从这里到马路对面。这时有辆车从这个方向突然开过来，没有看到被害人，直接撞上了。被害人被撞到空中，落到了这里，当场死亡，肇事车辆逃逸。时间太晚了，又没有目击者，唉，真是个难办的案子。"

义林又仔细地看了一遍记录，没有发现任何编造的部分。

因为没有任何收获，义林离开警察局时显得有些落寞。如果俊宇太太那里的信息确有问题，那整个事情就显得棘手了。所有客观因素都过于完美，天衣无缝。

俊宇的太太一看到义林又悲从中来，义林好言好语安慰了一番，等了好久她才平静下来。

"这就是他的采访手册。"

俊宇太太把一本厚厚的黑皮采访手册放到义林面前，然后打开了中间的一页，在俊宇记录的最后一行，有一句话引起了义林的注意。字里行间好像是在有些微醉的状态下写的，但是让人感到他的内心似乎非常急切。

难道我挖出了可怕阴谋的内幕？我总是感到不安。
如果我的预感是对的……

"嗯？"

义林也不自觉地发出了低沉的声音。

"俊宇为什么会感到不安呢？"

俊宇太太的声音里充满了疑惑，这也正是义林想问她的话。

"是呀，得打听看看，俊宇平时有什么让他感到不安的事吗？"

"据我所知没有。"

"难道是工作中有什么事情让他不安了，挖出什么阴谋的内幕了？"

"也许是吧。结婚的时候就说有什么深入报道，结婚典礼一结束，他就像口头禅一样每天说恐怕今后要忙报道了，果然不久就完全投身到采访报道上面。"

"有多久了？"

"3个月吧。"

义林摇了摇头，以新闻记者的职业习惯，对于报道完的事情马上就会忘记；3个月始终挖一口井，不要说新闻记者了，杂志记者也很难做到。

"要是3个月忙着同一件事情，应该有些成果见报啊，可是俊宇一篇报道也没有。"

义林想起了在太平间的时候，一个朋友说过的话。

那朋友说俊宇已经几个月没有写文章了。

"这期间他很勤奋，有时候为了工作晚上都不回家，非常拼命。"

"你们刚结婚，为了采访他都不回家吗？"

"是。"

"不是因为别的什么事？"

"不是，你不是很了解他吗？他连酒都不怎么喝。"

"是呀。"

义林觉得非常奇怪，这位朋友既诚实又有天分，不顾燕尔新婚，热衷于采访却又没有一篇文章见报，这事怎么解释呢？

"一定有什么我们不知道的真相。我们找找他的东西或者笔记之类的，上面一定有他近期的采访资料。李记者有自己的书房吗？"

"有。"

俊宇太太带着义林到了书房。

或许是记者的职业特点，书房里杂乱不堪，堆着无关紧要的简报、旧的报纸杂志，让人感到房间很零乱。

"可以打开电脑看看吗？"

"可以。"

义林打开了电脑，把文件查了个遍，没有什么特别的发现。俊宇在经济部工作，与经济有关的资料和记录他都做成了CD，那里也没有发现什么特别的。

"能看看抽屉吗？"

俊宇的太太已经用钥匙打开了。抽屉里大部分都是简报，内容多与经济相关。

"这是什么？"

厚厚的简报中有一本色彩艳丽的小册子。

"哦，这是瑞士导游手册。"

"哦，你们原本打算去瑞士的？"

"不是。"

"平时没有谈论过关于瑞士吗？"

"是呀，我们刚刚新婚旅行回来。"

"真是奇怪，抽屉里放这么多导游手册做什么呢？"

"是呀，俊宇不是那种把工作资料和广告放在一起保管的人啊。"

"这和俊宇说的阴谋有什么关系呢？"

义林自言自语，打开了一个三折的导游手册，手册上端写着简短的记录，这意味着其并不是单纯的广告纸。

巴黎—瑞士—罗马（威思洛伊）

"他想一个人把好地方转个遍吗？一个人？"

俊宇太太看了一会儿手册，一直摇头。

"要是他想去旅行，一定会跟我说的，哪怕是单位出差。"

"是呀。"

义林点头表示同意。

"郑记者怎么看？我们家俊宇是普通的交通事故呢，还是因为别的事情遭遇不测？"

俊宇太太的表情充满疑惑和不安，她似乎好不容易才控制住了声音。

"他要是感到不安的话……"

义林没有说下去。

"我看了这段手记，总是会产生奇怪的想法，会不会是有人蓄意谋杀？"

俊宇的太太因为突然失去深爱的丈夫，她不想把它看作简单的交通事故放过。这也是大部分遗孀的心理状态，可以理解。

"还得进一步了解，过去3个月俊宇拼命地采访却没有任何成果，也许他真的在做什么不同于以往的事情。所以也有可能掌握了什么内幕，才遭遇如此变故，这种可能性也是有的。"

"您说的不同于以往的事情是什么？"

"我要去趟报社，打听一下最近俊宇在忙什么。"

他跟俊宇太太道别后离开了。

蹊跷手记

第二天，义林一上班就去了李俊宇记者工作过的经济部。

"郑义林，你怎么来了？"

一位曾经一起在社会部工作的前辈亲切地问道。

"午饭时间到了，再加上好久没有孝敬前辈了，这不就来了嘛。"

"你这家伙，什么时候也这么油嘴滑舌的了，平时钱包都很少掏，今天一定是有求于我吧？"

前辈嘴里嗔怪心情却很好，两个人直奔饭店找个地方坐下。

"前辈，李俊宇最近在忙什么？"

"这小子有些奇怪啊，最近每天都疯狂地埋头上网。"

"该不是沉迷于打游戏或者看黄片吧？"

"当然不是，好像跟工作相关，但我也不清楚具体是什么。有一次他无意中说也许会爆出爆炸性新闻，我以为他是因为最近不怎么写稿子，心里过意不去才这么说的，也就没太在意。怎么了？"

"那么，也就是说，他还是在搞经济部的工作了。"

"当然，要不早就被报社赶出去了。"

"真的不知道他疯狂地上网到底在干什么吗？"

"不知道。有一次我突然想看看这个家伙究竟整天在网上看什么，路过的时候瞟了一眼。"

"是什么？"

"是摩根士丹利还是高盛集团来着，具体的我有些想不起来了，反正是在看美国著名的投资银行。所以我问他你看什么呢这么用功，他反问我能不能派他到海外采访。"

义林眼前一亮。

"海外采访？瑞士吗？"

"不是，为什么突然说瑞士呢？"

"不，不不，那他想去哪里呢？"

"美国。"

"为什么去美国呢？"

"他没有明确说，说话含含糊糊的，我就板起脸说'什么'，结果他说想深入报道在韩国投资的外国人。虽然很有价值，但当时《东亚日报》有类似的系列报道，所以我就拒绝了，他很无奈地点点头，也就没说什么。"

"就这样吗？"

"对呀，都说不让他去了，他怎么能去呢？"

"哦，一把手不让去，副手去了也是白搭啊！"

义林笑着说了一句，然后就起身了。

"你为什么问这些？俊宇不是死了吗？"

"没什么大事。"

他不动声色地搪塞了一下，回到公司后把一位经济部的后辈叫到了休息室。

"前辈，什么事情？"

"李俊宇记者最近是什么状态？"

"李前辈？嗯，最近很沉默，好像对某件事情很投入，每天都埋头上网。"

看来前辈和后辈说的一致。

"他最近的报道中，有没有与人结怨的？"

"结怨？没有。前辈不会写那些给人带来不利的报道的，他写的那些经济报道能结下什么深仇大恨呢？"

对于李俊宇记者之死，经济部似乎没有人感到有可疑之处。

"最近写了哪些报道？"

"最近前辈不怎么写东西，好像在忙着跑什么地方，好像比报社的事情还重要，仔细想来是有些奇怪。"

义林点了点头。

"比报社的事情还重要？"

义林露出关注的表情，点了点头，后辈追问道："您为什么突然问起这些呢？"

"嗯，有些想打听的事情，我能看看俊宇用的电脑吗？是哪台？"

"分配给别的记者了。"

"是谁？你跟他说我想看看。"

"是一位后辈，叫金泰英，前辈认识吗？"

"认识啊，我跟她说吧。"

后辈离开后，义林就去找金泰英记者了。见面之后想起几天前在新人欢迎会上曾经见过，那次大概有十几个新人吧，她的成绩最好，一眼就能看出她双眸中透露出的聪慧。那时候还打过招呼，后来因为部门不同就很少见面了。

"您是金泰英记者吧？我是社会部的郑义林。"

"我知道您，前辈，有什么事情吗？"

金泰英看上去对义林非常熟悉。

"我想拜托您一件事。"

"什么事？您别这么客气，您是我们尊敬的前辈，这么客气反倒见外了。"

"嗯，好啊，你的电脑是俊宇以前用的那台吧？"

"是呀。"

"我看看行吗？"

"哎呀，这个……"

"怎么了？"

"已经删掉了，因为想到俊宇前辈的事情心情不太好。"

"唉，你删除文件的时候，有没有看到一些异常的资料？或者特别的句子或是留言什么的？"

"对不起，我真的没怎么多想就直接删掉了。"

虽然很遗憾，但是可以理解，可能换作他人也会这么做的。

"没有看到一些特别的记录或者日程吗？"

金泰英轻轻地摇了摇头。

"比如巴黎、瑞士、罗马或者威思洛伊等？"

"对不起啊，没有看过这些词，就算是有，我因为当初没有仔细看……"

义林心里很失落，泰英更是抱歉至极。她沉吟片刻，点了下头说道："倒也不是没有办法。"

"有什么办法？"

"就是恢复硬盘数据。"

"恢复硬盘数据？那么文件都能找回来吗？"

"可能只能找回来一部分。"

"那也算很幸运了，如果能找回一部分文件，那现在就试试吧！"

"哈哈，这可不是容易的事，我还不会弄。"

"是吗？那怎么办？"

"今天晚上我去趟龙山，我朋友中有一位硬盘数据恢复专家，我拜托他试一试。"

"是吗，那谢谢你了，金记者。"

"但是为什么非要看过世的李俊宇前辈的数据呢？"

义林犹豫了，金小姐跟此事毫不相关，该不该告诉她有关俊宇死亡的事情，他突然间难以做出判断，但是跟乐意效劳的后辈没有撒谎的理由。

"李俊宇记者遭遇的事故似乎有些反常，有些难以解释。"

"难以解释？是什么？"

"目前我也不知道，现在我还在了解阶段，以后我会详细跟你讲。"

"我知道了，我会尽快恢复硬盘。"

"好，谢谢！"

第二天，金泰英拿着一张CD来找义林。

"这是硬盘里的文件。"

"真的谢谢你，金记者！我过几天请你吃饭，恢复了多少呢？"

"对不起，没能全部恢复，据说有全部数据的80%吧。"

"嗯，那也很多了，不管怎样，谢谢你了。"

"希望一切顺利，别忘了请我吃饭哦。"

"好，我知道了，我不会忘的。"

义林连忙把CD放入电脑，里面有各种文件。义林开始一个个打开，至少上百个文件，如果一一查看，再从中找出可疑的文件绝不是件简单的事情。文件大部分是经济部记者采访时需要的资料和平时写的稿件，这些跟俊宇家里电脑上储存的文件有很大一部分是重合的，也许一个文件存两份是俊宇的一个习惯吧。

　　义林按照顺序一个一个打开，又一个个关上。不知过了多久，下班时间早就过了，天也黑了下来。周围的同事都走了，偌大的办公室暗了下来，只剩下义林桌上的灯光依旧明亮，而他还没有找到一点儿线索。

　　长时间盯着屏幕让义林的眼睛有些模糊，他想变换目光的方向缓解一下眼睛的疲劳，却猛然发现办公室的玻璃门外似乎有一个人影。

　　"金泰英记者，怎么是你?"

　　"我下班路过这里，顺便看看前辈有没有头绪。"

　　"没，没什么。嗯，数据的信息量太大了，我还得再看看。"

　　"是吗? 那我也来一起看吧。"

　　"不用，没关系，光是硬盘数据恢复就很麻烦你了，不能再给你添麻烦了。"

　　"没关系，今晚我也没什么约会。我也很好奇到底会查出什么，如果前辈的死另有别的原因，我作为经济部的记者，也有揭发内幕的责任。"

　　听金小姐这么说，义林真的很感激。

　　"那我就占用你一两个小时吧。"

　　"很乐意效劳。"

　　正好义林旁边位子的记者休产假了，长期空着，金泰英坐在那个位子上，把CD内容拷到电脑上，然后按照跟义林相反的顺序开始一一查看文件。两个人一直看俊宇的文件，忘记了吃晚饭。

"前辈，前辈。"

大概过了两个多小时，金泰英小声地叫义林，义林把椅子朝金泰英这边滑过来。

"北学人这个文件名有些奇怪，内容也是。"

义林和金泰英集中精力又看了一遍这个文件，文件开头两段很简短：

> 他是一个很有力量的人。时间一久，无论赵长官还是我都会变成他手里的一个棋子，在这局棋里，我们不过是微不足道的小卒，就像点阵里的一个小点，而他却利用这一个个小点勾画出一幅巨作。这幅画作是什么现在还不得而知，不管怎样，这次我只要把暗号传达给他，任务就算完成了，数千亿元的买卖就算结束了。
>
> 但是他说今后我还有更重要的事情要做，比数千亿元更重要的事情，我能做好吗？他的推测如果是正确的，我就算挖出了阴谋的一角，三星电子真的会发生那样的事吗？

"这是什么意思？"

金泰英完全摸不着头脑，她睁大眼睛看着义林。

"嗯……"

义林长长地吐了口气，然后似乎想按照自己的逻辑说明一下：

"我也说不清具体是什么意思，但是隐约在我脑海里闪现了什么。"

义林想了想，又接着说道："好，现在我们一起整理一下。"

"好，前辈。"

金泰英充满了好奇，眼里放出了光，就像是等着科幻电影开演的小孩儿。

"这里说的赵长官就是我几天前见面的那位。"

"这世界上赵长官何止一两个？"

金泰英打断了他的话，似乎是怀疑这种简单的推理。

"不，这一点是可以肯定的。你看这里，把暗号传达给他，有这句话。赵长官那天曾经拜托我传达暗号。"

"赵长官没有拜托俊宇，而是拜托郑前辈传递信号吗？似乎前后不一致啊！"

"我也不知道到底怎么回事，但是由此看来那天赵长官要见的人可能不是我，而是俊宇，并且他也说过联系不上俊宇。"

"后来呢？"

"那天除了说购买新一代战斗机项目之外，还问到俊宇是否安好。"

"那就是说两个人应该很熟悉了？"

"是的。"

"那么就有可能让俊宇前辈传递暗号了。"

"是的。"

"什么暗号？"

"巴黎有雾。"

"巴黎有雾？就这些？"

"嗯。"

"莫名其妙！"

"所以才叫暗号，别人是完全不可能懂的。"

"哦，那么前辈为什么没有直接告诉俊宇前辈呢？"

"我想告诉，但是那天俊宇不在，也联系不上他，第二天就发生了交通事故。"

"后来呢?"

"后来？说实话我把赵长官托付暗号的事忘得一干二净，只是对俊宇遭遇交通事故有所怀疑，多亏刚才看了那段话，我才想起来。"

"那么赵长官和李俊宇是什么关系？一个报社经济部的记者和战斗机购买项目评价负责人会有什么关联呢?"

"是呀，并且原本新一代战斗机购买项目是秘密的大项目，像我这种常常出入国防部的记者都不知道负责人和具体的内情。赵长官和俊宇认识，这一点我都感到很意外。"

"李俊宇前辈的太太会不会知道些什么?"

这点义林倒是没有想到。义林立刻拿起电话打给了俊宇太太，礼节性地问候之后，便问起俊宇和空军赵司令是什么关系，李太太说还是头一次听说他们认识。

义林又聊了几句便挂断了电话，泰英说："我敢肯定李俊宇前辈一定卷入了一件相当复杂的事情。"

"嗯，我也这么想，但是很难弄清到底是什么样的事情。走，我们出去吧。"

两个人关上文件和电脑。不知不觉中已经过了晚饭时间，该吃夜宵了，两人向报社对面的一家炸鸡店走去。

瑞士银行

酒店里已经来了报社的五六位同事，他们喝得酒兴正浓。

"哎呀，这是谁呀？我们报社最能干的记者和美女记者怎么一起来了？"

"说得也是啊，这才是真正的特大新闻呢！"

同事们看着这两位一起走进来，哄笑着又是一通调侃。义林和泰英跟大家坐到了一桌。

"郑记者，上次你的报道真是特大新闻，看完我也变坏了，今天的酒钱得你出了。"社会部的一位前辈喝得舌头有些大。

"好的，前辈，今天我请客。"

"不管怎么样，我们的郑记者就是有能力，每周一期专题报道，加上特大新闻，现在还带着我们报社的大美女……"

"哎呀，前辈您真是……"

金泰英听了前辈微醺的酒话，想立刻起身离开，义林向她使了个眼色，示意她稍微坐一会儿再一起离开。

"前辈。"

义林环顾了一下大家后，悄悄地向社会部的前辈搭话："赵长官还好吗？"

"嗯，挺好。不过有件奇怪的事。"

"什么事？"

"赵长官那个人，不担心义林你的安危，反而问起李俊宇的安危，是不是很奇怪？"

"就说呢。"

"我说俊宇死于突发的交通事故，他先是大惊失色，然后又点了点头。"

"点头？"

"是呀，好像猜到会发生这样的事情似的，奇不奇怪？"

义林一直感到很疑惑，此刻他更确信俊宇不是死于普通的交通事故，他向泰英看去，泰英也毫不掩饰这种疑虑。

第二天早晨，义林去办公室点了个卯，然后就去松坡机务司令部的办公室去找赵长官。

"我听说李记者的事了，那句话转达了吗？"

"没有，没能转达。李记者就在那天晚上遭遇了事故，我认为那可能是一起有预谋的交通事故。"

赵长官慢慢地闭上了眼睛，好像在思考什么，然后摇了摇头，睁开了眼睛。

"调查有什么进展？"

"至今还没查到什么。"

他双眉紧锁，义林一直注视着他的表情，静静地等待下面的话，但是赵长官仿佛并不想解释什么。

"对于李记者的遇害，您有没有想到些什么？"

"没有。"

义林肯定的回答后追问道。

"但是很奇怪，那天您见我的时候曾提到跟李记者联系不上，当时你的表情好像很担心的样子……"

"那是因为有件事情跟我有关系。"

"跟您有关系？"

"不，应该说有个人只有通过李记者才能联系上。"

"要是那个人的话，我也知道。"

"什么？郑记者也知道？"

"是，那个留言，暗号就是传给那个人的吧？"

"你真的认识？"

赵长官显得喜出望外，急忙问道。

"那么你能跟那个人取得联系吗？"

"不能，现在还不知道联络方式。但是如果您给我联系方式的话，我会帮您转达。"

听了义林的话，赵长官苦笑了两声。

"要是能那样，还有什么好担心的？可连我也不知道他到底是谁。"

"什么？"

义林感到十分诧异，赵长官要传达的暗号连他自己都不知道要传给谁。但是马上义林想起了那句话，无论是俊宇还是他自己抑或是赵长官都不过是牌局中的一张小牌。

"郑记者，我不知道这个人是谁，名字或者职业全都不清楚。但是我负责的新一代战斗机机种选定项目中，他在背后起着很大的作用。"

"在背后起着很大的作用？"

"是的，我是按照我的信念在做事，但是仔细想想，所有这些都已经超出了我个人的能力。不管怎样，不久就会真相大白，现在有件重要的事情。"

"那个暗号吗?"

"是的,你好好调查下李记者周边,一定会留有痕迹,一定要找到那个人,把暗号传给他。时间紧迫,要抓紧!"

"我知道了。"

义林从办公室里出来,坐在军营附近的一个长椅上,陷入了思考。怎样才能找到北学人文件中提到的"他",心中一片茫然。曾经把希望寄托在赵长官身上,可赵长官也是两眼一抹黑,找到这个神秘的"他"几乎是不可能的了。反复思考了一会儿,义林认为如今只能一一分析李记者留下的东西,除此之外别无他法。

回到办公室,他看到自己的桌子上有一张小纸条。

回来请跟我联系。泰英

看来是泰英来过这里,义林立刻去了经济部,正巧泰英正坐在座位上。

"李俊宇前辈是个网虫,这点您也知道吧?"

泰英没头没尾地问了一句。

"是,我知道。"

"在网络的汪洋大海里,李俊宇前辈在找什么呢?"

"嗯,应该是收集跟经济相关的信息吧。"

"或许是,但是也有很多意外的上网记录。我又查了一下上次恢复的硬盘数据,发现有很多他跟瑞士那边接触的记录。"

义林眼前一亮。

"瑞士?"

"而且是瑞士银行。"

"瑞士银行？"

光凭这一点也很难猜测到俊宇到底在查什么，义林突然想到旅行手册上有瑞士的字眼。

"还有，我查到有关威思洛伊的信息。"

"威思洛伊？"

"我抱着碰运气的想法在网上查了一下，发现了一个网站。"

"是吗？"

"大概看了一下，这是一个科学财团，但没有什么特别的内容，您想看看吗？"

"好的。"

泰英在网上敲下威思洛伊，屏幕上出现了"科学财团威思洛伊"的字样，标题下面排列着复杂的章程和科学资助项目，还有一部分获得威思洛伊奖学金的人员名单。盯着屏幕看了好久，义林的期待再次化作泡影。

"光是看这个，似乎看不出什么名堂。"

"您想看看瑞士银行吗？"

"嗯。"

泰英在网址栏上打出sw，立刻就出现了瑞士银行的网址。

"这说明俊宇前辈在这里敲过无数次的sw开头的网址，您看，瑞士银行的网址一下子就出来了。"

"难道俊宇手记中说的瑞士是美国的瑞士银行？"

"那就不知道了，但是我们从这里入手调查似乎行得通。"

义林仔细地看了看泰英的脸，这位新人女记者正露出一副孩子气的神情。但是在这次偶然遭遇的事情上，泰英成了义林最强的援军。他甚至想，俊宇的事情如果没有她恐怕不行，却又拿不准将泰英卷进来是否合适。

"谢谢，我到我电脑那里再仔细看看。"

跟泰英告别后，义林回到自己的座位上，在地址栏里敲入了瑞士银行和威思洛伊财团，进入他们的主页——筛查，但是没有发现与俊宇死亡或者战斗机购买项目相关的信息。

"叮铃铃铃。"

义林正用手揉着疲劳的双眼埋头上网，电话铃声刺耳地响了起来。

"我是郑义林。"

义林的声音听上去很疲惫。

"我是李俊宇记者的内人，您正好在啊。"

"啊，是啊。"

说完这句好久他都不知道该说些什么，俊宇的调查没有任何进展，虽说疑点很多，但是没有什么可靠的证据和线索。义林犹豫了一会儿，听到俊宇太太说道：

"您记得上次在我家看到的旅游手册吗？"

"是的，怎么了？"

义林的直觉告诉他俊宇太太想起了什么重要的事情。

"您记得上面写着瑞士的字样吗？"

"当然，我现在正在网上查呢。"

"是吗？有什么发现吗？"

"没有，还没有找到什么，真是抱歉。"

"应该我说抱歉才对，您这么忙还为我丈夫的事情……"

"没有什么，俊宇也是我最好的朋友。"

"谢谢，对了……"

"请讲。"

"我想起了一些关于瑞士的事才给您打电话，但是好像也没有什么太大的关联。"

"您想起了什么？"

"有一天我跟俊宇坐在电视前看外国电影，他曾说过瑞士的秘密资金的事情。"

"瑞士银行的秘密资金吗？"

义林立刻来了精神，坐直了身子。

"我想起来，俊宇那天说也许前总统朴正熙的秘密资金进入了瑞士银行的秘密账户。我们像听玩笑话一样说了两句，我这个人对这种传闻不是很感兴趣，所以也没有觉得是什么大不了的事。但是回过头想想也很奇怪，俊宇不是那种信口开河或者爱开玩笑的人。"

"说得也是，我也很了解他。"

"这对您有什么帮助吗？"

"现在还不知道，但是一定会有帮助的。要是我查到了什么就联系您。"

义林挂断了和俊宇太太的电话，但是马上又找不到什么头绪了。很明确的是俊宇对瑞士银行有很大的兴趣，关注瑞士银行的上网记录也说明了这一点，但是我们搞不清楚他通过瑞士银行查到了哪些信息。

"朴正熙的秘密资金……"

难道俊宇在准备有关前总统朴正熙的秘密资金的专题报道吗？瑞士银行的秘密账户素以保密严格闻名，难道他手里有关于朴正熙秘密资金藏匿在瑞士银行的证据？为了确认这一点，他甚至打算去一趟瑞士吗？

但是逻辑上很难说得通。设想俊宇作为韩国报社记者，只身一人到瑞士打探消息，银行会配合他吗？并且俊宇申请的出差地点是美国，也不是瑞士。似乎有很多事实前后矛盾。其实，关于朴正熙的秘密资金义林也产生过好奇心，并且追踪过，因此他深知那是一个记者力不能及的梦。义林唤醒了以前的记忆，于是上网检索当时报道朴正熙秘密资金的相关记者。

朴总统在宫井洞遇害后，最先打开青瓦台金库的是全斗焕。据记载全斗焕在金库里发现了10亿元左右的现金，将其交给朴槿惠；除此之外，再也没有关于朴正熙秘密资金的报道了。

"全斗焕。"

义林将目光锁定与朴正熙有关的全斗焕这个名字上。当时身为保安司令的全斗焕在朴总统遇害时，第一时间以迅雷不及掩耳之势掌握了所有的实权。实际上打开青瓦台金库的人也是全斗焕，那么对于朴正熙的秘密资金最清楚的人也应该是他。

"朴正熙的秘密资金，瑞士银行，全斗焕。"

义林似乎感到有什么联系在其中，但是苦于手中没有什么确凿的证据。

秘密存款

义林和泰英吃过饭，来到茶馆坐下。义林满脑子都是关于秘密资金的事儿，话题也就很自然地谈到了秘密资金。

"朴正熙总统真的有秘密资金吗?"

"据说那个时代要是有外国次官级的官员来访，就会从政治资金中拿出几个百分点。那些钱最终去哪儿了呢?"

"朴正熙死后，这笔钱的下落一点儿消息也没有吗?"

"没有，完全没有。"

"那么多钱都去哪里了呢?"

"可能被某人侵吞了。"

"会是谁呢?"

"不知道，但是最值得怀疑的人是全斗焕。"

"你为什么这么判断?"

"当然还不敢肯定，但是有时候现实比判断更无情。朴正熙死后七八年间，唯一为所欲为的掌权人物就是全斗焕。他当然知道权力和金钱的力量，怎么会不关心前总统的秘密资金?"

"钱会去哪里呢?"

"会以他人的名义存进银行，国内外多家银行。"

"所以你认为有可能存在瑞士银行？"

"是的，有一个叫李厚洛的人跟瑞士银行有密切关系，经常被人们提及，当然这个不是从报纸上知道的。"

"也许那不是朴正熙的资金，仅仅是李厚洛的个人资产呢？"

"李厚洛就是朴正熙的替身，李厚洛就是朴正熙，朴正熙就是李厚洛。"

"朴正熙会把钱存到瑞士吗？怎么说也是一国的总统。"

"总统？就是因为是总统才要把钱存在瑞士。卢泰愚存了吧？他在美国的女儿卢素英的巨额资金也是存在瑞士银行。落后国家或者独裁国家的领导人都会把钱存到瑞士银行，因为他们不知道什么时候会发生示威游行或者政变，而自己被驱逐到海外。"

泰英点了点头。

"如果是国内存款，最高领导人的目标太显眼了，很容易就会被查到；如果存到国外银行会怎样呢？能被轻易查到吗？"

"也许不太容易，但也不是完全没有可能。"

"你说不是没有可能？"

"是的，菲律宾总统马科斯曾经在瑞士银行有超过5亿美金的秘密存款，后来这些钱被返还给菲律宾。"

"那么我们也有这种可能了？"

"什么可能？"

"以国民的名义把钱要回来啊。"

"原则上是有可能的，菲律宾就是一例；但是也并不容易，埃塞俄比亚的独裁者塞拉西一世皇帝曾经也在瑞士有存款，但是瑞士使用各种借口不把钱还给相关国家的国民。"

"有些自相矛盾啊！"

"是呀，没有一定之规。"

"那么，全斗焕在朴正熙死后有没有可能去要回这些钱呢？"

"嗯，应该有两种方法。"

"两种方法？"

"首先可以利用继承人。"

"利用继承人？"

"是的，如果朴正熙的遗属给全斗焕出具委托书，给他授权的话，那就有可能了。朴正熙的秘密资金存在瑞士银行的凭证一定会留给他的家人，他家人授权给全斗焕，那么全斗焕就可以用个人名义名正言顺地要回那笔钱。"

"但是朴正熙总统的家人会出具委托书吗？"

"我觉得可能不会，但世上的事谁又能说得清呢？当时全斗焕以朴正熙的继承人自居，并且宣称会保护其家人，也许这其中有不为人知的秘密交易。"

"也不能排除朴正熙家人被全斗焕蒙骗的可能。"

"对呀。"

"第二种方法呢？"

"全斗焕也可以在其家属不知情的情况下处理瑞士银行的事。"

"怎么做？那几乎是不可能的。"

"全斗焕可以用大韩民国国民的名义向瑞士银行提出申请，说朴正熙的资金就是国民的资金，你们早晚都要归还。我是韩国的代表，你们就还给我好了，这样也有可能把钱要出来。"

"但是，这样的提议，瑞士银行好像不会轻易答应吧？"

"当然不会，但是有时候这样的提议也很好用，马科斯一案中，瑞士银行不就把钱还回去了吗？"

"是呀。"

"要是全斗焕用这种方法，那么瑞士银行也会慎重考虑的，然后双方再另谋他法。"

　　"会有什么办法呢？"

　　"那就是全斗焕的妥协，两者瓜分巨资。"

　　"有这样的先例吗？"

　　"美国本土出生的一位毒品商找到了瑞士银行的秘密存款，提出返还的要求，最后美国人和瑞士银行达成共识，一家一半。"

　　"原来如此。"

　　义林一边跟泰英分析，一边梳理思路，他似乎发现了事情的蛛丝马迹。当然朴正熙是否把钱存在了瑞士银行，全斗焕打算怎么把它拿出来，还是一个未解之谜。但是，俊宇对瑞士银行非常关心的理由之一就是其与朴正熙的秘密资金相关，这一推理还是有可能成立的。至于俊宇为什么那么做？虽然尚不清晰，但是义林已很知足，于是笑着对泰英说：

　　"不管怎样，非常感谢。多亏了金记者，总算理出些头绪了。"

　　"我没做什么啊，光是听你说来着。"

　　"事实上听别人说也很劳神呢。"

　　"前辈也真是的，对了，我有件事情正要告诉你。"

　　"什么事？"

　　"那个威思洛伊财团。"

　　"威思洛伊？查到什么特别的了吗？"

　　"我感到可疑，就在网上搜了一下，发现了一个有趣的报道。"

　　"什么报道？"

　　"不久前，我国有个学生在世界数学竞赛中获得了第18名，有人愿意给那个学生提供巨额奖学金。"

　　"那么提供奖学金的财团就是威思洛伊财团了？"

"是的。"

"那有什么奇怪的?"

"有两点可疑,首先,为什么只提供给第18名学生呢?这次竞赛我国学生几乎包揽了前几名,您知道吗?"

"不,不知道。"

"前20名我们的学生占了60%,不光是今年,几乎每年都是这个比例。"

"那么第18名那个学生也就算不上是最优秀的了。"

"是呀,但却只给他提供奖学金,难道不奇怪吗?"

"嗯,还有什么可疑?"

"那个奖学金金额远远超出了我们的想象。"

"有多少?"

"从现在开始直到获得博士学位的全部学费和生活费。"

"是吗?"

"无论去任何国家的任何大学学习,所需经费将如数提供。"

"那可真是一笔巨款,无条件的?"

"表面上看好像完全是无条件的。"

"是吗?这么说来还真像你说的有些疑点呢。"

"是呀,这里面有些蹊跷。"

第二天,义林到了报社,刚落座电话铃就响了。

"是,我是郑义林。"

"郑记者,我是李俊宇的内人。"

电话是俊宇太太打来的。

"俊宇的电子信箱里有一封奇怪的邮件。"

"邮件?上次我已经查看过了,难道有新邮件了吗?"

"不是，俊宇还有一个邮箱，是以我的名义申请的。"

"怎么回事？"

"俊宇用我的名字和身份证号另外申请了一个邮箱，好像专门在跟谁联系。"

义林一下子竖起了耳朵。

"对方是谁？"

义林按捺不住急忙追问道，他预感这个人也许就是那个"他"。

"是一个叫北学人的ID。"

"北学人，果然不出所料。"

这个文件的署名就是那个人。

"我现在就去您家。"

义林感到这不是通过电话能够说清楚的，便立刻去了俊宇家。

俊宇太太一看到义林就带他去了俊宇的书房，来到了电脑前。屏幕上正显示着一封信，不知是俊宇跟谁的往来信件。义林坐了下来。

"这个伊卡洛斯是俊宇使用的ID，北学人是对方使用的。"

"这个你是怎么找到的？"

"我今天想申请一个ID，结果电脑提示我的身份证号码已经被注册过了，于是我向管理员提出了申请，那边确认后发现以我的名义申请的ID叫伊卡洛斯。我猜一定是我丈夫申请的，然后我找回了密码这才打开邮件。不知道他们联系了多久，留下的邮件只有这一封了。"

这唯一的邮件是俊宇发生事故之前发给北学人的，内容如下：

北学人：关于三星电子我正在调查，如果有所发现我再跟您联系。可以肯定的是，正像您预测的那样，有人正在策划一个罪恶的阴谋。关于秘密资金我目前还没有查到全斗焕的取款日期，因为没有证据，不知道该从何处下手。北学人，跟您接触的时间越长我感到您越神秘。您提供给我的都是最给力的情报，除了当事者任何人都不可能知道的信息。我感到一切尽在您的掌控之中，您一定是一位无所不知的人。现在我想知道您的真实身份。

义林看了好久，问俊宇的太太。

"你以前听说过北学人吗？"

"从来没听过。"

义林反复地默念道："北—学—人，北学人……"

看来通过俊宇的邮件似乎很难看出这个人的身份，而且俊宇自己也说想知道他到底是谁，看来义林想揭开这个人的神秘面纱尚需时日。俊宇的最后一封信没有回信，这一点让义林感到有些猜不透。只是知道这是一个难以捉摸的人，很难判断到底是怎样的一个人；但可以明确的是俊宇和赵长官都相当信任北学人，他到底是谁？

这时候，义林想出了一个好主意。

"北学人知道俊宇出事故吗？"

"这我也不知道。"

俊宇太太全然不知，这也是意料之中的。

"有个好办法。"

"什么办法？"

"给他发一封邮件。"

"给北学人?"

"是，这个人也许知道一些有关俊宇事故的内幕。"

义林一边说，一边敲击着键盘。

　　　北学人，我有紧急事情告诉您。

"会回信吗?"俊宇的太太紧张地问。

"不太清楚。"

虽然回答很慎重，但是在义林的内心深处，又升腾起一丝希望，一丝期待，他预感这个叫北学人的手里掌握着全部的秘密。

解开谜团

马上就有了回音。

义林刚回到办公室，打开了ID为伊卡洛斯的邮箱，已经有一封邮件等在那里了。

请登录即时聊天。

看来是要跟自己直接对话，义林立刻登录了即时聊天的软件，先告诉了有关俊宇的消息。

"我不是李俊宇记者，李记者几天前已经去世了。"

"什么？"

"死于交通事故，肇事车辆逃逸了。"

对方沉默。

"那你是谁？"

"我是李俊宇的同事郑义林。"

"郑义林？那么你就是采访赵长官的那位记者了？"

"是的。"

义林回答完，对方好久没有回应。电脑屏幕上只有光标停在那里一闪一闪，过了好久，北学人似乎整理好了头绪开始说话了。

"这个ID你是怎么得到的？"

"李俊宇的太太告诉我的。"

"死因是交通事故吗？"

"是的。"

"真的是普通的交通事故？"

"我也不是很确信。"

"噢，是吗？"

义林感到对方听到这么惊人的消息仍然很镇静，看来他是一位城府相当深的人。

"事实上关于李记者的死因我有很多话想见面聊。"

"什么话？"

"我认为李记者不是死于普通的交通事故。"

"你为什么这么想呢？"

义林原原本本地讲了整个事情的过程，从俊宇的不安到赵长官交代的暗号，尤其是俊宇正要将暗号传达给北学人的关键时刻，突然遭遇交通事故；还谈到了事故现场毫无痕迹，以及俊宇对北学人如何信赖，等等。

"那么你认为我就是赵长官所说的幕后人物了？"

"是的。"

对方不再否认义林的判断，转向了别的话题。

"赵长官可好？"

"是的，有件很奇怪的事情。"

"什么事？"

"那天我采访赵长官，看上去他的情绪很悲壮，紧接着就被捕了。被捕的理由是收受贿赂，说得不好听就是个无耻之徒，那么他在战斗机购买方面提出的主张全都失去了说服力。但是，李俊宇记者却说他完成了数千亿元的事业，这是什么意思？"

"从结果上来看是这样的。"

"我不是很明白。"

"世上很多事情是难以理解的。"

"能解释一下吗？"

对方沉默了一会，接着发来了文字。

"这件事情的始末也不是一两句话能说得清的。"

"我还是想听您解释一下，采访完赵长官，发表了特大新闻之后，心里一直不太好受。"

"嗯，看来你是一位有人情味儿的记者，那就简单地说说吧。"

"好的。"

"美国卖给外国飞机考虑的因素非常多，不是谁给钱就随便卖给谁的，重要的是要符合他们设定的条件。"

"什么条件？"

义林已经出入国防部多年，大概能猜出是什么条件，但是为了不打断对方的思路，他只是附和着问了一句。

"首先，最新型的飞机只出售给现在能够制造战斗机或者有能力生产战斗机的国家。"

"能生产战斗机？"

"是的，有这种能力的国家当然会受到优待。国际关系中弱国购买武器，会感到很委屈。价格贵不说，东西还不好，但迫于无奈也得买。"

"所以我们不能买F22？"

"是的，美国政府不向他国出售F22，可能十余年后，才能向外国出售，不管怎样F15是目前我国可以买到的最好的机型。"

"这跟赵长官的判断可不同啊！"

"F15的确比阵风性能稍有落后，赵长官所言有据。"

"那我们还要买F15吗？"

"是的，阵风比F15优越，后者只是驾驶的简便性方面稍有优势而已。"

"真像您所说的，那么最初只推荐F15好了？为什么煽动法国方面，还有鼓动赵长官推荐根本就不打算买的阵风呢？而且还提出了技术转让等条件，到底是什么意思？"

"国防部为了防止美国以高价出售飞机，做了很多研究。所以没有采取自由签约的形式，而是有史以来第一次采用了国际招标的方式。美国当然有很多不满，强烈抗议说日本都是自由签约，韩国国防部搞什么国际招标？！"

"他们完全有可能这样。"

"不管怎样我们还是进行了国际招标，法国的阵风战斗机本身确实稍稍胜出，但是国防部很怕买阵风。"

"为什么？因为难以承受美国方面的压力吗？"

"当然也不能否认有这方面因素，但是我们国防部最害怕的不是美国的压力。"

义林有些惊诧："那是什么呢？"

"问题出在钱上。"

"您说阵风比F15价格更贵吗？赵长官当时可不是这么说的。"

"当然就目前来看，阵风确实更便宜。"

"那么还有钱的问题吗？"

"是的，这种大额交易最重要的就是卖方的安全性。欧洲范围内购买阵风的只有法国，法国空军决定购买国产阵风200架，其他国家空军全都决定购买欧洲战斗机，这样就有大概700多架的订单。达索公司方面如果由于订单过多，不能全部生产的话，阵风的单价就会一夜飙升，作为国防部的特约记者，这个常识您是有的吧？"

"但是购买金额不是已经写在合同上了吗？"

"TGV当时也将购买金额写在了合同上，可是根据情况的变化修改了好多次，这样的大额交易发生这样的事情也很正常。"

"不是还有100%技术转让的优惠吗？而且我知道在得到这个承诺的事情上，北学人您也起了作用。"

"这个承诺实际上是一纸空文。"

"那么您竭力让法国方面做出承诺的理由该怎么解释呢？"

"解释？今天是第一次跟您对话，所以不要要求我做出过多的解释，但是我可以回答您我所做的一切最终都是为了国家的利益。"

"那么，您看好出售阵风的法国公司，并且得到了他们技术转让的承诺，但最终却说不是为了购买阵风？"

"是的。"

"那么背后有什么正当的理由，您所说的国家利益又是指什么？"

"就像前面我提到的，我们担心的首要因素是钱。"

"因为购买阵风会大大超出我们的预算，所以才决定购买F15吗？"

"不是，郑记者，说实话我们在开始立项之前就已经倾向于购买F15了。"

"那么为了购买F15，迫使其降价，我们采取了国际招标，然后又获得了法国方面的技术转让的承诺，是这样吗？"

"您知道这些就够了，更深层的等以后再说。"

"好的，但是赵长官为什么明明知道会被捕还约我进行采访呢？"

"郑记者，赵长官可不是个简单的人，他是位有爱国心、同时又精于判断的人。他感到决定购买美国的飞机之后，为了从美国那里多捞到一点，费了很多心思。你想想看，检察官都没有问他他就把自己收受贿赂的事情交代出来？你再看结果，不知道你是否知道，那么傲慢的美国人居然将飞机价格降了5亿多美金。"

"真的吗？"

义林第一次听到这个消息感到有些震惊，这是国防部方面最具爆炸性的新闻。俊宇手记中说的数千亿的事业原来指的是这个，义林仍然继续向北学人发问。

"那么赵长官为了国家利益牺牲了自己，成就此事，国防部充分利用了这一点，是吗？"

"嗯，虽然表述不太准确，但并不重要，这样就足够了。"

"好的，那今天就先聊到这里。不过，我还有几点疑惑，这也和按您指示做事的李俊宇记者的死亡相关，您有责任给我一个答复。能再回答我几个问题吗？"

"……"

北学人沉默良久，义林迫不及待，敲起了键盘。

"李俊宇记者的手记提到了瑞士，并且跟太太也提到了朴正熙的秘密资金存在瑞士银行，您知道这些吗？"

"李俊宇记者调查瑞士银行秘密资金的事情我知道，因为是我拜托的事情。"

"那么李俊宇的死亡与此事有关吗？"

"虽然我也有些怀疑，但目前还不敢断言。"

"好吧。那么李俊宇记者的手记中还有罗马和威思洛伊财团，那是什么意思？也是跟您有关吗？"

"关于威思洛伊财团的消息确实是我提供给李记者的，那个财团的本部在罗马。"

"什么样的消息呢？"

"那些获得威思洛伊财团奖学金的韩国科学家，大部分都失联了。"

"那么也就是说，您命令李记者查找这些下落不明的科学家的行踪了？"

"听起来有些刺耳啊，李俊宇记者确实帮我做了很多事，但是他并不是我的耳目，也不是我的下属。你如果跟李记者交往很密切，应该知道李记者不是一个愚蠢的人。"

"俊宇当然不是蠢人，他是我的同事，更是我的朋友。"

"这样啊？我知道了，今天就聊到这儿吧。"

"不，还有事情。"

义林还不想放过他。

"还有什么想知道的？"

"当然想知道的还很多，但是最重要的是我有句话需要带给您。"

"带给我的话？"

"赵长官让我转达给李俊宇记者，可能是想最终传达给您。"

"嗯，是什么话？"

"巴黎有雾。"

"哦。"

"您知道是什么意思吗？"

"当然知道，不过现在不知道该不该用这句话了。"

"因为李俊宇记者死了吗？"

"……"

这次北学人没有否认，义林最后问了一个问题。

"我如果想再联系您，该怎么办呢？"

"如果你能给我提供我需要的信息，那就用这个ID联系我吧。"

"您需要的信息，是指李俊宇正在追踪的那些信息吗？"

"是的，头脑果然聪明，郑记者。"

"其中一个应该是曾获得威思洛伊财团资助而现在失联的那些科学家的下落吧。"

"是的，你能找到吗？"

"报社记者碰到的事情大都跟这个差不多，我知道了，我来找。但是您买卖军火，他们跟您有什么关系呢？"

"我不是做武器生意的。"

"那么……"

义林使出浑身解数，希望能挖到点儿关于他身份的情报。

"你可以把我看做是国家未来的科学家。"

"科学家？"

"当我是哲学家也未尝不可。"

"嗯，就这样吧。除此之外还需要什么信息？"

"还需要个信息。"

"请讲。"

"李俊宇记者正在调查全斗焕是什么时候把瑞士银行的秘密资金提走的。"

"全斗焕提走了朴正熙的秘密资金，这个消息属实吗？"

"是的。"

"那么，我现在把日期查出来又有什么用呢？"

"瑞士银行的朴正熙秘密资金被全斗焕和瑞士银行一家一半瓜分了，我通过瑞士金融界的线人确认了此事，现在计划要回瑞士银行吞掉的那部分余款。我也物色到了为我做事的人，现在的问题是瑞士银行的那些家伙把所有的证据资料全都销毁了，因此为了让他们心服口服，需要查出全斗焕提款的日期，然后以此为根据，找出交易明细。"

"李俊宇记者就是在做这个工作吗?"

"是的。"

义林这时候终于明白了为什么俊宇那么关心瑞士银行，但是即便查到了提款日期，以此要回瑞士银行的余款，似乎也不太现实。义林直率地表明了自己的想法。

"今天我们才提出向瑞士银行追要余款，是不是不太可能?"

"当然不是容易的事儿，但是瑞士因为他的保密制度受到诟病，现在正头疼着呢，这对我们来说无疑是个好机会；而且现在的当事者不只是瑞士银行，甚至还可以给他们的政府施压，所以这方面的问题你就不用担心了。"

"我只要找到全斗焕的提款日期就可以了吗?"

"是的。"

"我知道了，我试试吧。"

"那到时候再联系吧。祝你顺利!"

北学人留下最后的问候然后下线了，义林苦笑了一下，也退了出来。义林通过跟北学人对话解开了心中的很多疑团。虽然俊宇的死因还没有查明，不过迟早都会水落石出。义林想，首先要做的就是不能断了北学人这根线，他决心解开这个谜团。

总统访欧

　　从那天下午起，义林开始全身心地投入这两项工作，但是他感到同时完成这两件事未免力不从心。俊宇没有找到答案的一个重要原因就是他一个人孤军奋战，于是义林想找个帮手，但想了一圈儿，后辈中没有一个合适的；大家都埋头搞自己的事情，让他们帮忙破解这道谜题，即使是后辈也有些不好开口。

　　"如果是金记者就不用大费口舌了。"

　　想到这儿，他拿起了电话。

　　"不好意思，我有件事想拜托你。"

　　"什么事？"

　　泰英可能很清闲吧，接电话的声音很轻松。

　　"帮人帮到底，你能不能帮我查查威思洛伊财团。"

　　"关于哪方面的？"

　　"接受财团奖学金的很多人都失踪了。"

　　"真的吗？"

　　"是的。"

　　"全都是韩国人吗？"

"这个我也不清楚，我只知道其中有5名韩国人。"

"5位韩国科学家失踪?"

"是的。"

"这个消息准确吗?"

"也许准确。"

"也许?"

"因为我是从北学人那里获得的名单。"

"北学人? 前辈跟他联系上了?"

"是的。"

义林把自己跟北学人的对话简单地学给了泰英，而且他特意补充说，为了查明俊宇真正的死因，就得完成他布置的工作，才能跟他保持联系。

"好的，我会尽力而为。"

"谢谢，金记者，今后多多拜托了。"

"知道了，因为是前辈您托付的事，我才答应，换了别人门儿都没有。"

"好啊。"

把财团的事情托付给泰英之后，义林就可以专心调查全斗焕提取秘密资金的时间了。这时，他发现自己已经在不知不觉中完全信任了北学人。

义林首先想到，如果全斗焕不直接接触瑞士银行的负责人，谈判就完全不可能；并且在知道这个秘密的瑞士银行和希望永远保密的全斗焕之间，也不大可能有第三者介入。那么，瑞士银行和全斗焕接触的地点是哪里呢? 只能在瑞士。在朴正熙转移资金这件事情上，心疼的不是瑞士银行而是全斗焕，所以瑞士银行的负责人来首尔会见全斗焕的可能性不大。义林抱着这样的想法，开始一一翻看全斗焕当政时的报道。

终于有一篇关于总统出国访问的报道映入眼帘。

这是一则关于1986年全斗焕访问欧洲的新闻,义林静静地读了起来。

今年4月5日,全斗焕总统带领副总理等17名随行人员对欧洲四国进行了国事访问。出访的国家有英国、西德、法国和比利时。同行人员还有郑周永会长等34名企业界人士,除了对以上四国进行国事访问之外,还访问了瑞士及北美的温哥华、西雅图等地。

根据这篇报道可以知道全斗焕当时对英国、西德、法国和比利时进行了正式的国事访问,这期间对瑞士进行了非正式访问。

"看来是去过瑞士。"

义林一个人自言自语,把当时所有的相关报道认认真真地读了一遍,然后把重要的内容逐条做了记录。

整理之后发现,全斗焕总统的欧洲出访日程一共是17天,访问是从温哥华开始的,在那里停留了一晚,英国三晚,西德两晚,瑞士两晚,法国两晚,土耳其两晚,西雅图两晚。访问的国家不仅仅是欧洲,但当时的报纸都如出一辙地报道是"出访欧洲"。

通过这些报道,能够了解到事情的大概经过。在温哥华或者西雅图的日程中,没有看到一个国家的总统应该进行的政治活动,说句不好听的,大部分日程就像是在串门子,因此当时的报道中也没有提及在这些地区的活动。在瑞士也是如此。他去瑞士是可以肯定的，但是去那里做了些什么完全不得而知，只有简短的报道说会见了IOC（奥委会）萨马兰奇主席，仅此而已。

比利时的日程也有很多疑点，除了与比利时国王晚餐会晤之外，几乎没有什么公务活动。如此看来，全斗焕总统的此次访问属于非正式访问。从东到西，从南到北，看起来完全是一场毫无计划的旅行。东西南北四处跑，这样的旅程实在让人不好捉摸。

义林假定此次访问欧洲，全斗焕会接触瑞士银行方面的人，于是在脑海中试图勾勒出实际的路线图。

全斗焕总统出访瑞士是在4月12日周六，那天早晨，全斗焕总统的日程是从德国的波恩去瑞士的日内瓦；紧接着去洛桑住了一晚，13日又在日内瓦逗留了一夜。

周一早晨即14日去了法国，在法国的日程比较正式，媒体进行了大规模的报道。结束在法国为期两天的访问之后，全斗焕总统一行16日访问了比利时。但是比利时的日程仍旧蒙着一层迷雾，在比利时停留的两天里，没有任何公务安排，随后便结束了这次访问回国。

那么全斗焕和瑞士银行的负责人是什么时候见面的？有可能是在瑞士的两天中周末的那一天，非公事访问又值周末，当然不会受到媒体的关注。那么在这段休整的时间内，与瑞士银行的负责人会面，商谈有关秘密资金的事宜，这种可能性最大。但是就算谈判达成一致，也不会当场就能拿到巨款，数额如此巨大的一笔款项不可能当场提走。那么钱是什么时候从瑞士银行流入全斗焕手里的呢？似乎在接下来出访的法国，以及在比利时停留的两天这一过程中能够找到些线索。这两天里没有任何日程，他一定在等待瑞士银行把钱转给他。

义林点了点头，在手册上写下了日期。

1986年4月16-17日

　　义林判断全斗焕从瑞士银行提钱应该是在土耳其逗留的那两天中的一天，他立刻上网联系北学人，但是对方不在，义林只好把自己的判断和说明写成邮件发了过去。

废墟夜话

　　罗马市中心。

　　来到这座历史悠久的城市，你会感到脚下踩踏的每一寸土地都是一段遗迹。罗马不愧为历史名城，在这里不仅有罗马竞技场、西斯廷大教堂、特莱维喷泉，还有万神庙等各种寺院和教堂。但是可以称为遗迹之最的，是将历史原汁原味保留下来的罗马广场。希望了解历史的人，通晓虚无之道的人，是绝不会愚蠢地错过罗马广场而游览别处的。

　　嫣红的落日拉长了人的身影，正与一座拱门擦肩而过。这时，一辆黑色的奔驰轿车开到了离废墟最近的一条小路上。

　　坐在车前面的秘书和司机都以最快的速度跑下来开门，只见一位身着西装、下巴回缩的男子慢慢地从车里下来。他抬起头看了看落日，然后缓步而行，在市民们集会的会堂废墟前坐了下来。

　　秘书立刻跑回车里，拿来了苏格兰威士忌的酒瓶和酒杯，然后又拿出冰块，毕恭毕敬地给50岁出头的这位男子斟上了酒。男子似乎被掩埋在废墟中，他慢慢地举杯浅酌，任凭威士忌的香气在口中弥散。喝下一杯之后，男子似乎全身心都得到了慰藉。

"葛兰，答题纸都回收了吗？"

"是的。"

这个叫葛兰的秘书怀里抱着厚厚的一个棕色信封，他立刻打开信封把白色的答题纸拿了出来。

"有没有合适的人选？"

"有，是一个考了第18名的孩子，叫金东宪，今年16岁。"

"金东宪？韩国人？"

"是的。"

"好的，这孩子有没有什么超常的地方？"

"茨伯斯坦博士说这个孩子试图利用群论来解五次方程。"

"哈哈，用群论解五次方程？那也就是群集合了？"

"是的。"

"还是韩国有如此优秀的孩子啊！那孩子可真是天才，不，一定是天才。用群论解五次方程这本身就是伟大的尝试，可能这孩子都没有接触过这个领域的知识。"

"现在会长也成数学大师了，茨伯斯坦博士很赞赏这孩子。"

"给这个孩子启动终极系统。"

"什么？您是说终极系统吗？听了茨伯斯坦博士的话，已经建议支付这个孩子直至博士毕业的全额奖学金了，现在就给一个16岁的孩子启动最终方案是不是太超前了？"

"对于世界上所有的数学家而言，最难的就是高次方程，用群论解五次方程，这一点展示了他的天才。其他的孩子们都怎么样？"

"博士说虽然都是学霸，但是优秀得很平凡。"

"哈哈，果然是茨伯斯坦博士的评价，哪个国家得了团体第一名？"

"韩国。"

这时男子的眼皮稍微上扬了一下。

"果然如此，数学是头脑，只看头脑的话，韩国孩子是当之无愧的第一，没有人能比得上。嗯，让约翰逊到韩国去吧。你去见那些获奖孩子的父母，跟他们说明一下我们的阿尔法系统，有必要的话提供往返费用，让他们过来。"

"我知道了。"

"既然你回韩国，就把15岁到20岁之间、数学成绩在全国前10名的学生名单列出来。"

"好的。"

这个男人做了上面的指示之后，又品了一口威士忌，那表情看上去似乎在思考什么，最后下了决心，点了点头，自言自语道：

"是啊，到底是韩国啊，论头脑还得属韩国孩子啊！"

葛兰看到上司这样的表情，忍不住好奇地问道：

"会长。"

"怎么了？"

"我觉得有一点很奇怪。"

"哪一点？"

"世界排名前100位的大学里，韩国一所都没有。那韩国学生怎么能每次都在竞赛中得第一呢？我真是想不明白。"

"你当然会奇怪了。"

男人笑了，然后从秘书端着的托盘里用叉子叉起一块鹅肝，慢慢地送入嘴中。

"韩国是一个腐烂的国家，但绝不是一个可以被小觑的国家。"

"嗯？"

"哈哈，你当然不理解了，嗯，是不可能理解的。"

男人的眼神向废墟的中心地带望过去，那里有以前皇帝的宫殿，前面是环绕宫殿的议会的遗址，如今只剩下残垣断壁，接受着男子的扫视。

男子仿佛在回想什么，他像厌世的哲学家一样微睁着眼睛，在人类古老文明坍塌的现场，喝上几杯威士忌，慢慢地体味。这似乎跟他乘坐的最高级的奔驰车并不搭调，但也展现出他自己对于世界和历史的态度是如此坚定。

"这世界上有两个特别的民族。"

"哦?"

葛兰用充满好奇的眼神打量着自己的上司，他认为上司将要说出的解释中蕴含着巨大的价值。上司做事很特别，他对于世界的解释也非常独特。葛兰读研究生时学的是人类学，上司的分析非常有逻辑性，并且是任何教授都不具备的独树一帜，这让他心悦诚服。也许选择自己当秘书正是因为看中了自己是人类学专业出身，也正因为如此，上司十分喜欢跟他谈论有关历史和文化的话题。

"两个民族的话，是犹太人和……"

"你猜猜看。"

"犹太人是可以肯定了，另外一个民族是……"

"你当然想不到，那正是韩国人。"

"韩国人? 我对韩国人不是很了解。"

"那是当然。"

男人又品了一口威士忌，葛兰立刻端上来盛着鹅肝的盘子。男人把鹅肝放入嘴中，惬意地闭上了眼睛。

"葛兰。"

"嗯。"

"罗马人把鹅肝当做最高级的食物吧？现在也跟从前一样。"

葛兰看了一眼鹅肝，葛兰并不喜欢吃这道美味，尽管上司多次劝他尝尝，葛兰还是不能接受，似乎跟鹅有仇。

"你看那边曾是皇帝的宫殿，当时那里面该有多少人吃鹅肝啊，该有多少鹅因为他们的嗜好而被屠杀，但是现在剩下的是什么？土，只有土。"

男人用空虚的眼神看了看废墟。

"你看，不管你怎么找，在这儿都找不到鹅肝了，历史就是如此的虚无。"

"我也这么认为。"

"不知从什么时候开始，我为了鹅肝而活。"

"哦？"

"呵呵，鹅肝，那才是真实的。从这点看，我要感谢韩国人，是韩国人供我享用昂贵的鹅肝。"

"您不会是因为韩国人给您鹅肝吃才说他们是个特别的民族吧？"

"哈哈哈。"

男人看上去心情很好。

"也许真的是这样，不，真是这样。他们是非常特别的存在，他们把埋头于历史书中的穷学者变成了如此富有的人。"

"会长的观察真是与众不同啊！"

"哈哈，是吗？世界上没有人真正地了解韩国人，首先当然是韩国人自己不了解自己。你刚才说到好奇，为什么世界前100位的大学里没有韩国的大学，但是每次世界竞赛的第一名总是韩国学生？"

"是的。"

"不仅仅世界数学竞赛如此，世界上可以和犹太人的头脑媲美的就是韩国人。诺贝尔奖我们已经得了几个，今后还会得的更多。一句话，韩国人真的很神奇。"

　　"您是指哪一点？"

　　"哪一点？不好说，总之很神奇。"

　　男人又一次将目光投向了废墟，突然像是想起来什么似的跟葛兰说：

　　"韩国人给我的感觉就像是这废墟的主人，他们是失去了历史的民族。"

　　"真是浪漫的说法啊！"

　　"但是他们正经受着磨难，找回历史总是让人痛苦，他们要找回的历史也是我的课题。"

　　"这是什么意思？"

　　"我以前是比较史学方面的专家，我跟韩民族的第一次相遇是通过支石墓。世界一半以上的支石墓在韩国，你不觉得奇怪吗？如此广阔的地球上，60%的支石墓集中在如此狭小的韩半岛。我当时痴迷于支石墓，拼命地学习韩国语，然后漫无目的地来到韩国，只是为了多获取些信息。"

　　"哈哈，世界一半以上的支石墓在韩国，这一点我也是头一回听说呢！"

　　男人尴尬地笑了。

　　"但是，来到韩国才发现连韩国人自己都不知道，不管是学者还是老百姓都不知道这个事实，于是我就恶补了一番韩国的历史，结果，我忍不住笑了。"

　　"为什么？"

　　"世界一半以上的支石墓都在自己的国家，足以说明这个国家历史的厚重和悠久，但是人们却忙着缩短自己的历史。你应该知道支石墓是部族国家的象征，但是人们认为韩半岛在中国人到来之前，完全是蛮荒之地。所有的历史书都这么写，那么数量如此之多的支石墓难道是从世界各地收集而来的吗？在全国范围内全盘接受错误历史的国家，我还是第一次见到。"

"这就是您说的神秘吗？"

"不是，还有更奇妙的。"

男人又倒了一杯威士忌。废墟上的这个男人，一边享受着威士忌和鹅肝的美味，一边挥洒着莫测高深的讥讽和虚妄。

"你也知道我是比较史学研究者，我也是《圣经》方面的专家。但是有一天我的一个发现让我为之震惊，那就是在我读韩国最神秘的预言书的时候，那本书中有几句话跟《圣经》中的约翰启示录上面写的一模一样。"

"哦？是什么时候写的书呢？"

"是在《圣经》传入韩国之前的事了，那本书中让人吃惊的还有它上面出现的数字和内容，都与《圣经》的约翰启示录不谋而合。"

葛兰还是有些不解。

"怎么会有这样的事？"

"这就是说文化上是同根的，韩国人在接受中国文化之前他们本来固有的文化是与苏美尔人同根的，也就是说他们是以色列苏美尔人的后裔。"

"苏美尔人不是从东边迁移过来的吗？"

"当然，他们生活在贝加尔湖附近，后来其中的一部分人东进，穿过西伯利亚进入到韩半岛；另一部分人西进，越过扎格罗斯山脉，进入到近中东地区；还有一部分人就在贝加尔湖附近停留下来。虽然他们总是被周边文化同化，但是仍然在某一部分上保留了共同的文化。"

"哈哈，这才是人类历史上最重要的研究课题。"

"课题？当然，是课题。但是，我真的感到很失望。我到了韩国之后想了解一下这方面的研究进行到什么程度，但是让人失望的是相关研究却一点儿都没有。"

"怎么会这样？"

"虽然让人难以置信，但事实如此。"

"呵呵。"

"最初我很热爱韩国，但是渐渐地开始讨厌韩国。"

"为什么？"

"他们正在消灭人类的遗产，他们这不是等于将本该展示于世人的古代神秘遗产全都葬送了吗？他们都是历史的罪人啊，是糟蹋人类遗产的罪犯。"

"真是很奇怪，那个国家应该有学者或者专家啊！"

"在那个国家谁敢提出这样的问题就会被视为疯子，我一提出这样的问题，韩国的学者们全都开始讨厌我。"

"哦？讨厌您？应该感谢您才对啊！"

"那可是在韩国啊，所有的人都分派别，不学无术的这帮人党同伐异，最终变成了人身攻击。"

"……"

"我一说那个国家拥有如此多的支石墓，足以说明曾经出现过非常强盛的古代国家，他们就围攻我说，你说的那样的国家如果在中国还靠谱，这个国家只有高句丽啊，怎么能算是古代国家等，我只好举手投降。之后，我发现这些是日本人在殖民统治时期故意捏造的历史。"

"韩国仍然是日本的殖民地吗?"

"就说呢,唯一可以肯定的是这个国家是个脑残的国家,全都关心钱,什么历史啊,文化啊,全都像削掉的果皮一样。"

"会长果然很讨厌韩国人啊。"

"……"

"会不会是因爱生恨呢?"

男人沉默地向废墟看去,似乎要看穿那座坍塌的教会屋顶。拱形的圆屋顶上歪斜着的十字架渲染出神秘怪异的氛围,男子的眼睛又蒙上了一层虚无的影子。

"我只是在利用韩国人赚钱,因为我比任何人更了解韩国人。"

"……"

"你可能很难理解我所做的事,但是可以明确的一个事实是,今后这个世界将被我的双手支配,现在指日可待了。"

"不愧是会长,任性!"

"世界并不像愚人想象的那样运转,至少现在还不是,但是世界现在正向我张开双臂。"

男人和秘书就这样在废墟上进行了一场古怪的对话。

无烟商战

　　义林和泰英这顿饭吃得很开心，饭后他们来到一家安静的咖啡厅。两人不知不觉中渐渐熟悉起来，此刻看起来就像一对热恋中的情侣。

　　"对了，事情有进展了吗?"

　　"嗯，有一些。"

　　"快讲给我听听。"

　　"还是前辈先说吧。全斗焕提走朴正熙的秘密资金的确切日期，你已经查出来了吗?"

　　"大概有戏吧。"

　　"大概? 还没法儿确定吗?"

　　"嗯，因为没有证据，完全是靠推测。"

　　"北学人是怎么说的?"

　　"他还没有答复我，可能有什么要紧的事情吧，我昨天给他发了邮件。"

　　"哦，原来是这样。"

　　"现在该你说说了。"

"嗯，好的。目前调查还没有完全结束。因为还不知道那些失联的科学家在哪儿，不过有了一些进展。"

泰英可能是为自己的调查感到自豪，抑或是与义林的谈话很愉快，她口若悬河、滔滔不绝地说了起来。突然，她从包里拿出一份文件，这是一份在国外学习的韩国科学家的名单，更确切地说是一份获得威思洛伊奖学金的名单。

"他们都在很牛的大学学习啊！"

名单上的大学都是国外的名牌大学。

"嗯，是的。不过这是几年前的信息。"

"几年前的信息？"

"对，你再看这个。"

泰英又拿出一张纸，递到了义林面前，上面仍写着刚才名单上的名字。

"这是最新的信息，上面记录着你刚刚看到的那些人毕业后的去向。

"嗯，是吗？"

义林把纸上的内容浏览了一遍。

"你没发现有什么奇怪的地方吗？"

义林并没有看出有什么奇怪的地方，名单上没有失联的人，也没有失业者或乞丐。

"这个嘛，我不清楚。"

义林有些摸不着头脑。

"你没觉得有什么奇怪的地方吗？"

"嗯，他们不都在不错的地方工作吗？"

"问题就在这儿。为什么明明可以成为顶尖的科学家或教授，却为某一特定的企业效力。"

义林又认真地看了一遍名单，名单上的这十几个人，竟然没有一位是教授或研究员。也许这种情况并不反常，但是仍值得怀疑。

　　"是呀，是有些奇怪，竟然没有一个人做教授或研究员。"

　　"那么，我们从这儿可以推断出什么吧？"

　　义林眼前一亮，与泰英四目相对，两个人几乎同时说出一个词：

　　"选择！"

　　两人同时盯着对方的脸，泰英首先打破了沉默。

　　"选择，就像前辈说的那样。也就是说，这个奖学金里包含着一个从表面上看不出来的蹊跷的选择。这太不可思议了，如果不是因为某种选择，怎么会没有一个人成为教授或研究员呢？他们可都是学富五车啊。"

　　"就是说如果没有任何附加条件，威思洛伊奖学金是不会给他们的，是吗？"

　　"应该是这样的。"

　　"如果是这样的话，也就是说长期以来，威思洛伊一边资助奖学金，一边控制受益者。"

　　"也许这项奖学金是世间最阴险的奖学金，因为仅就没有一个人成为教授或研究员这一事实来看，它完全限制了受益者的未来。"

　　"我脑子里突然冒出一个想法，也许俊宇的死就和威思洛伊财团有关。"

　　或许事情正是如此。俊宇受北学人所托，调查威思洛伊奖学金获得者中下落不明的人。如果威思洛伊财团和它的奖学金确实有问题的话，那么俊宇要拆穿这一真相，就很可能遭到他们的报复。

"我突然有一个可怕的想法。"

看样子泰英也有相同的感觉，她把目光投向咖啡厅外，表情凝重。

"怎么样才能找到失踪的人呢？"

"应该继续追查，不过，我想只是坐在这里上网的话，恐怕很难找得到。"

"那你想怎么做？"

"去威思洛伊财团当面问清楚，那样获得的信息应该是最准确的。"

"什么？"

就在和泰英交谈的时候，义林突然想到了什么，那就是和北学人有关的事情都非常危险。义林这才意识到，自己在不经意间已经取代俊宇在帮北学人做事，这使自己陷入了极大的危险之中。这样看来，他觉得有些本应该和北学人当面说的事情，只有通过邮件或聊天软件的方式才能最大限度地确保自己的人身安全。

当天晚上回家后，打开邮件的义林吃了一惊。北学人在邮件上是这样说的：

郑记者：

现在，全球正在进行一场没有硝烟的战争。这是一场关乎各国未来的大战，这场大战也关系到我们韩国的未来，而我正在参与这场战争。我想你已经猜到了，你已经代替李记者成为了我的合作伙伴。李记者已经横遭不幸，由于我正在进行一项争分夺秒的研究，所以现在我需要一个像已故李记者那样可以代替我行动的人。也就是说，现在你要发挥这个作用。郑记者，你也应该感觉得到，这并不是一件普通的事情。你必须尽快去见威思洛伊，查出5个人的下落。在这之前，你先去巴黎见一下法国国防部的杰拉德（Gerard）少将，如果你出示从赵长官那里得到的暗号，那个人一定会见你。看到邮件后请即时登录聊天软件联系我。

义林把邮件读了一遍又一遍。北学人说现在正在进行战争，而俊宇的死也可以断定为他杀，这么说俊宇是在战争中牺牲的。北学人又说现在义林要代替俊宇执行任务，这就意味着义林也许已经陷入与俊宇相同的危险之中。北学人派义林去威思洛伊财团调查失踪的科学家们的下落，这是不久前义林和泰英的聊天中提到过的内容，而北学人算是抢先一步。义林觉得也许北学人对于他们的一举一动，甚至就连他们的想法也都一清二楚。北学人果然不是凡人，义林从他身上可以感受到一种难以抗拒的非凡的领导才能，他的每一句话仿佛都充满着某种魔力，让义林一步步就范。

义林登录了聊天软件联系北学人。

"邮件收到了吗?"

"是的，我见到杰拉德少将后要做什么?"

"你可能要去一趟瑞士，你解开的那道谜题至关重要。"

这与义林的推测完全一致，这意味着朴正熙藏匿的秘密资金中的一部分要依靠杰拉德少将和义林重返韩国。

"那我什么时候出发?"

"马上就出发。我会给你经费，请把你的银行账号告诉我。"

说完，北学人就下线了。义林这才意识到还没有来得及谈论自己在异国的危险处境，以及自己的身份，但是既然已经答应了，就不要再多想了。

虽然义林知道时间不早了，但他还是给泰英打了一个电话，告诉她刚才北学人的指示。

"没有硝烟的战争？他的话可信吗？"

泰英半信半疑。

"好像可信吧。没错，我们应该相信他。尽管对他的真实身份一无所知，但是我想他绝对不会拿这种事开玩笑。即使北学人什么都不说，我也觉得事情不简单。"

"会不会太危险了？李俊宇前辈的事情……"

对于泰英所担心的事情，义林并非全然不知。但是，他很清楚事到如今他已经无法置身事外了。

"先去碰碰运气吧，豁出去了。"

为了不让泰英担心，义林假装自己真的无所谓。但是，泰英心里却另是一番滋味。

"前辈，危险常常隐藏在我们身边，你千万不要轻信任何人。"

挂断电话的义林又开始为请假的事由烦恼了。

女神像前

巴黎的戴高乐机场聚集着来自世界各地的旅客。入境检查非常简单，义林愉快地离开了机场。几乎在全世界人们的印象中，法国是一个便捷、舒适且值得信赖的国家，而这个机场的入境检查似乎也印证了这一点。

旅客无论是黑人还是衣衫褴褛的人，法国办理入境检查的窗口都一视同仁，旅客只需提交一张简单的申请便可以立即通过。相比之下，美国办理入境检查的窗口就要严格得多，甚至可以说像防范罪犯一样森严。尽管如此，法国的安全事故反而比美国少，对此，义林有些无语。

在乘坐出租车时，义林和司机交流起来很费劲，这让义林感到有些无奈。他以前听说过法国人即使会说英语，当外国人用英语发问时，法国人也是不屑回答的，据说是为了保护母语。但是，这位法国司机却连一句英语也听不懂。义林觉得这样的法国司机反而会很幸福，在韩国，从上幼儿园起就开始学英语，相比之下，法国人要轻松得多。

义林下榻在一家小型酒店，这家酒店位于巴士底狱附近的巴黎协和广场的后面，义林放下行李就走了出来。因为酒店是在韩国预订的，所以对于不会法语的义林来说也没有什么不便。可能由于预订的酒店价格低廉，所以酒店前台的工作人员根本不会说英语。

义林觉得不必操之过急，所以打算先慢慢感受一下巴黎的氛围，顺便倒一下时差，然后再去见杰拉德。

义林一边欣赏塞纳河沿岸的遗迹，一边悠闲地散步。之后，他来到了卢浮宫博物馆，在这里他见到了米洛的维纳斯像，不禁为之震撼。以前义林通过照片或图片也看到过这座米洛的维纳斯像，给他的印象不过是一件出色地把握了平衡技巧的艺术品，是一块他不太感兴趣的残片；而看到实物后，义林眼前一亮。义林有生以来第一次见到如此完美的雕塑，难怪全世界的人类学家和艺术家都称赞米洛的维纳斯创造出了世间最动人的人体之美，确实是名不虚传啊！

"你知道米洛的维纳斯是什么时候的作品吗？"

正沉迷于米洛的维纳斯之美的义林被身边传来的声音吓了一跳。

说话的是一位25岁左右的美女，她好像在义林来之前就一直坐在这里。她似乎认定义林不会法语，所以用英语问他。

"不，我不知道。"

义林不好意思地笑了笑。

"它创作于公元前。"

"什么？太难以置信了！"

义林无法相信米洛的维纳斯竟然诞生在公元前。

"所有人都不相信，但这是事实。"

女子把拿在手里的画册递给义林，向他展示了一张印有米洛的维纳斯的照片，在照片的下面清晰地印有公元前的字样。

"啊，这!"

"很吃惊吧?"

"不只是吃惊，简直是匪夷所思!"

义林的确非常惊讶，他无法相信如此完美的雕塑制作于遥远的公元前。

"人类本来就是一种完美的存在，而且我们绝对不能说今人胜过古人。"

"确实如此。米洛的维纳斯给所有具有艺术眼光的人带来了一种视觉上的冲击。"

"对于我这种对艺术一窍不通的人也是如此。"

女子的皮肤白皙，嘴唇上涂了鲜红色的口红，散发着强烈的魅力。听了义林的玩笑，她咯咯地笑了，头部的微微晃动使她那头金发也随之颤动;同时，她身上还散发出一种独特的香气，刺激着义林的嗅觉。

"你很风趣呀! 你是从什么地方来的?"

"我是从韩国来的。"

"啊，韩国? 早就想去看一看但是一直没有机会，我想去亲眼看一看韩国传统建筑上的丹青。"

"哦，你说想亲眼看一看传统建筑上的丹青? 你对韩国挺了解的嘛。"

"可能是从事美术工作的缘故，所以了解一些。"

"你说你从事美术工作? 你在法国定居吗?"

"不，我住在罗马，但经常来巴黎。搞美术的人要经常来法国，要参观这种博物馆或大型美术馆，最重要的是要看一看街道上画廊的潮流，因为所有的流行趋势都源自于巴黎。"

"确实如此。"

"我叫索菲娅。"

"我叫义林。"

"你是来巴黎旅行的吗？"

"是的。"

"可是你却唯独深深地陶醉于米洛的维纳斯？"

"没错，看到它使我想起了上大学的时候涉猎过的哲学。关于人类的神秘不断地在我的脑海中闪现，而且我一直在思考人类到底是什么。"

"你欣赏雕塑的水平很高啊！我也一整天都待在米洛的维纳斯身旁，猛然发现还有一个和我一样的人。大约过了3个小时了吧，原来是一位来自韩国的哲学家。"

"是吗？这就是缘分。那我们一起去喝杯咖啡怎么样？"

"好啊。"

两人来到了位于画廊一角的咖啡厅。

"我沉迷于美术的世界，从小我就热爱美术，对于穿着打扮反而不太感兴趣。在外人看来，我可以称得上是近乎疯狂地喜爱雕塑。"

"咦，这一点和我一样。"

"是吗？你也喜欢雕塑吗？"

"不，我的意思是说对于个人包装根本不在意这一点我们两个人很像。"

两人都笑了。义林认为可能因为索菲娅从事美术工作的缘故，她有很高的文化素养，并且懂得照顾别人。义林想起小时候曾经有人说他有绘画天赋，不禁哑然失笑。

"你想到了什么？"

“学美术要花很多钱吧？”

义林不经意地问了一个这样的问题，他不知道自己为什么要问这样的问题。也许是设想自己如果也来巴黎学习美术，一定会与索菲娅这样美丽的女子邂逅，等等。

“不，并没有花多少钱，只要画得好就可以了。”

“你的画在罗马很畅销吧？”

“不，我画好之后来巴黎卖，因为这里比罗马能卖出高10倍的价格。”

“哦，两个城市的差距这么大吗？巴黎不愧为世界美术的中心。”

“但是巴黎绝对比不上罗马所具有的魅力和风情，还有从深处迸发出来的灵魂之声。”

“与罗马相比，巴黎显得比较肤浅。”

“肤浅？确实如此，这是一个很准确的表达。义林，你是从事什么工作的？怎么会使用如此贴切的词语呢？我听过无数关于罗马和巴黎的说法，但这么超棒的说法还是第一次听说。”

义林表明了自己的身份。

“我只是一名普通的游客，在韩国从事评论工作。”

索菲娅一听到义林说自己是从事评论工作的不禁喜形于色。

“我曾经想从事美术评论工作，但是我讨厌把作品玩弄于股掌之上。不，我想也许真正的评论来自于沉默当中。因为我认为欣赏历经数千年岁月洗礼的雕塑，安静地欣赏是基本的礼仪，在它的面前进行无谓的解释是一种无礼的行为。”

义林点点头，语言和文字之间显然是有界限的，而索菲娅恰好指出了这一点。

“也许唯有沉默才是人类最深刻的语言。”

"义林你真的很厉害，好像一位出口成章的诗人一样，而且你说的每一句话犹如优美且富有深意的诗句。我的确深深地感受到这种沉默的力量，所以我在罗马的时候经常去古罗马广场。"

　　"古罗马广场？"

　　"是的，那是一个古代遗迹，完全变成了一片废墟，但我认为所有的美术品都不及那废墟本身。"

　　"竟然有这种地方？"

　　"是的，你如果去罗马的话一定要去看一看。"

　　"我知道了。为了感谢你的推荐，我请你吃晚饭，不知你意下如何？"

　　"好啊！"

　　和索菲娅共进晚餐，义林强烈地感受到索菲娅对艺术和文化的挚爱。两人点了葡萄酒，晚餐吃得非常尽兴。

　　"这次旅行中能与你相遇我将终生难忘。"

　　"我也很高兴，尤其感谢你的晚餐。"

　　义林本想和索菲娅进一步交往，但是想到自己此行的重要任务，还是就此分开才是明智的决定。

　　"那后会有期。"

　　"嗯，再见。祝你旅途愉快！"

情报局长

第二天早上，义林在宾馆给法国国防部打了电话。

"我找杰拉德将军。"

电话马上转了过去。

"喂，这里是少将办公室。"

"我想和杰拉德将军通电话。"

"您来自哪里?"

"请转告他我是从韩国来的。"

"请您稍等。"

接着，从听筒里传来沉稳的英语声："我是杰拉德。"

"我是从韩国来的。"

"今天天气怎么样?"

"巴黎有雾。"

"欢迎你远道而来。晚上一起吃个饭吧?"

"好的。"

"在蒙巴纳斯有一家叫做多维尔小姐的餐厅，那里环境不错，而且方便交谈，但是不太好找。你去丽思卡尔顿酒店吧，6点我会派车过去。"

"我知道了，我会在酒店大堂等候。"

义林不禁被杰拉德将军的声音所吸引，将军适中的语速和语气准确地传达了他的性格。

义林觉得和这样的人一起共事应该会很不错，所以稍稍放松了一些。

义林在市区逛了一会儿后便去了丽思卡尔顿酒店。在大堂坐下不大一会儿，便有一位西装革履、发型干净利落的年轻人来到了他的面前。

"您是来找杰拉德将军的吗?"

"是的。"

"您好。我是杰拉德将军的秘书雅克上尉。"

"哦，你好。"

"请您上车。"

"谢谢。"

在离开酒店前往目的地的途中，义林强烈地感觉到杰拉德将军并不是一位普通的军人，因为除了义林乘坐的汽车之外，前后还各配有一辆汽车，应该是警卫人员。

尽管坐在前面的雅克上尉可以说一口流利的英语，但是只要义林不问，他便保持沉默。从这一点来看，雅克上尉应该是一位自律甚严的年轻军官。

汽车停在了距离丽思卡尔顿酒店不远的地方。

"请下车，我给您带路。"

义林跟着雅克上尉进入了一家餐厅。餐厅里的气氛与从外面看到的完全不同，一眼就可以看出这家餐厅绝对不是普通客人来的地方。

“将军正在等您。”

一位非常漂亮的女老板用眼神跟站在雅克上尉后面的义林打招呼，并走在前面带路。进入餐厅后，这位看起来35岁左右的女老板打开了一个房间的门。

跟在女老板身后的义林一进入房间就听到他曾经在电话里听过的那彬彬有礼的声音。

“欢迎光临，伊卡洛斯！”

义林一下子意识到李记者的网名伊卡洛斯是行动时使用的代码。

“很高兴见到您。”

“欢迎来到巴黎，伊卡洛斯！”

将军拥抱义林，义林也伸开双臂与将军拥抱在一起。

“多维尔小姐，我给你介绍一下这位绅士。他是一位非常能干的韩国记者，叫伊卡洛斯。这位美女名叫多维尔，韩国名字叫做赵世嫔。她用动人的脸庞、曼妙的身姿，以及风情万种的眼神俘获了整个巴黎。”

义林轻轻地点了点头。

“伊卡洛斯是到目前为止光顾小店的客人当中灵魂最富有的人。”

赵世嫔开心地笑了，义林也笑了笑。

“你是指我的穿着最穷酸吗？”

“是的，所以创造了我们餐厅新的历史。”

“如果这么说的话，今天你也创造了新的历史，因为你拿富人享用的食物招待了一个穷小子。”

“没错，那让我们三个人一起创造新的历史吧！”

赵世嫔给将军服务就像是执行任务的军人一样尽职尽责，她一边在将军身边寸步不离地服侍，一边和将军闲聊。

将军边吃边喝，直到喝得醉醺醺的时候也只是闲聊，并没有提到什么特别的事情。义林也没有说什么，只是非常放松地大快朵颐。过了很久，将军才用手势示意赵世嫔出去。

"赵上校还好吗？"

"嗯，不过……"

"我知道，在那里面的生活不可能开心。不过，现在赵上校不会再有危险了。北学人也还好吗？"

当听到从将军口中说出北学人三个字的时候，义林吃惊不已。不过试想一下，北学人既然让他来见杰拉德将军，那两个人当然是认识的。

"是的。"

义林想问的事情很多，但还是克制住了。

"我们明天就出发，他们绝对不会把钱转移出瑞士；因为除了在瑞士，他们的金钱交易都是犯罪，我们要亲自过去。"

义林只能大致猜到杰拉德将军说的金钱交易是指什么，不过假装知道一切似乎可以从他身上获取更多的信息；因为如果和他继续聊下去的话，义林自然会知道其他的事情。

"没有危险吗？"

"不会有什么危险的，因为他们的交易常常很隐秘。"

"那明天会收到钱吗？"

"应该会吧。"

"不过事情怎么会这么顺利呢？"

"嗯，因为我向瑞士政府施了压。"

"请您说得再详细一些。"

杰拉德的嘴角浮现出一丝微笑。

"我接受了北学人这么新颖的提议后，便与欧盟执行部的亚伯商量了一下，是他建议我暗中向瑞士政府施压。"

义林帮杰拉德倒了一杯酒。

"谢谢！"

杰拉德喝了一口葡萄酒，继续兴奋地说："欧盟每次都拒绝瑞士加入欧盟的申请，瑞士表面上好像无动于衷，但实际上却焦虑不安，因为这样的话它就被孤立了。"

"欧盟为什么拒绝瑞士加入呢？瑞士不是法国、德国、意大利等国的亲密盟友吗？"

"确实如此。不过亚伯等欧盟领导人曾明确表示：只要瑞士不废除银行保密制度，就不允许其加入欧盟。虽然从表面上看这个理由合情合理，但是其中的缘由却相当复杂。"

义林认为欧盟领导人提防瑞士的银行保密制度，可能是想试图阻止各种数额庞大的资金流入瑞士。

"瑞士站在选择的十字路口上，到底是废除银行保密制度加入欧盟还是继续保留这个制度？虽然各有利弊，但是最终瑞士选择了加入欧盟。因为银行保密制度固然吸收了大量的资金，但是如果被欧盟孤立的话，用不了多久，瑞士就将面临破产。"

"确实如此。"

义林附和道。

"所以我想如果追究瑞士银行的丑行并交由欧洲议会裁决，瑞士岂不是将无立足之地了？"

"裁决？"

"假设欧洲议会做出将各国独裁者的资金无条件归还各国国民的裁决，只要整个欧盟联合起来，瑞士银行将在欧洲无立足之地。如此巨额的资金没有什么理由不归还吧？这些资金是数百年来侵吞的所有无主的黑钱。"

义林点了点头，杰拉德说得很有道理。

"我提醒瑞士政府注意这一点并向他们提出了协助我的条件，那就是将1986年侵吞的朴正熙的秘密资金归还给我。如果按照我说的做，我将把法国国防部对瑞士银行不利的资料全部销毁。这就是政治学教科书讲授的恩威并施。"

义林这才明白杰拉德将军所说的向瑞士政府施压的准确含义。

"不过您是怎么得知朴正熙的秘密资金的呢？"

"这个可能是威思洛伊的情报。北学人说他是从威思洛伊那里获得的这个情报。"

"不过就算是这样，仅凭一个猜测便向瑞士银行施压应该很困难吧？"

"伊卡洛斯，法国国防部情报局在全球享有盛名，而我是国防部情报局的负责人。我这样回答你满意吗？当然，向瑞士政府施压这件事情确实有些难度，所以我干脆把全斗焕提取资金的日期告诉了他们。那些家伙胆小如鼠，他们当然想摆脱我，但是法国国防部情报局不是那么容易对付的。"

义林点点头。朴正熙的秘密资金在韩国国内还是一个秘密，但是对于纵横全球的情报负责人来说简直算不了什么。

尽管如此，但得知对方就是法国国防部情报局负责人，义林还是非常惊讶。自己竟然受到了法国国防部情报局负责人的款待，义林真的有些受宠若惊。

而北学人怎么能够动用这样的关系呢？就在这时，义林想起北学人说过的关于参与韩国购买战斗机的事情，他想那位可以影响达索公司的大人物应该就是杰拉德。

"请问您和北学人是什么关系？"

"我们是搭档。"

"搭档？您说的这个搭档是指哪方面？"

"嗯，北学人没跟你说过吗？"

"是的，因为他现在正忙于进行一项非常重要的研究。"

"既然这样，还是等你回去后让北学人告诉你比较好，因为他也有他的立场。"

杰拉德将军委婉地拒绝回答，而义林也很快转移了话题。

"请问明天我有什么特别的事情要做吗？"

"没有，你只要出示记者证就可以了，我和瑞士银行的高层决定让一名韩国记者加入我们的计划。当然，这件事情暂时不能在韩国公开，而你只是一个证人。起初我就认为应该有韩国记者加入，因为是韩国人民的钱。说不定什么时候你还可以为我们作证，不管事情成功与否。"

义林的脑海里突然冒出一个大大的疑问，如果不在韩国公开的话，这几个人就有可能会私吞这笔钱，于是义林赶紧问道："金额有多少？"

"准确的金额明天银行负责人会告诉你，你就再等等吧。"

"我知道了。不过我们怎么把这笔钱弄回韩国呢？不会要我带回去吧？"

杰拉德少将哈哈大笑。

"哈哈哈，北学人已经告诉我该怎么处理这笔钱了，这笔钱的一部分要给威思洛伊。"

义林想关于钱的事情不能再问杰拉德将军了，所以便打住了。

"明天早上9点，雅克上尉会去酒店接你，然后你将乘坐直升机前往瑞士。今天就到这里，你早点儿回去休息吧！"

"好的。"

尽管心中还有好几个疑问，不过义林想暂时还是打住为好，所以他跟着将军从座位上站了起来。赵世嫔不知道什么时候走了进来，她拿起了将军的夹克并替他穿上。

"杰拉德。"

可能是喝了一点儿酒的缘故，赵世嫔的脸上泛起了红晕，她深情地望着杰拉德将军。义林想对于像杰拉德将军这样位高权重的美男子来说，走到哪儿都会有美女投怀送抱，而杰拉德将军大概是想躲开赵世嫔，所以他问义林："伊卡洛斯，今晚你想不想和这位美女共度春宵？"

义林吓了一大跳，赶紧摇头。

"不，杰拉德，今晚我的心情不好，我只需要你。"

赵世嫔诱惑地钻进了杰拉德的怀里。

"赵世嫔，今天不行！"

"杰拉德，今天我需要你。"

"我说了不行。"

尽管杰拉德断然拒绝，但赵世嫔还是纠缠不休。

"那我先告辞了。"

看到这个场面的义林觉得很尴尬，于是他想先行离开。

"雅克上尉正在门口等你，那再见了！"

赵世嫔代替杰拉德跟义林挥手道别。就在义林出去的时候，他听到将军低声对赵世嫔说："那我一会儿过去。"

将军朝义林不好意思地笑了笑，意思是他拿这个女人毫无办法。

将军之死

第二天早上9点多，雅克上尉还没有来接义林，这让义林感到有些奇怪。鉴于昨天见识过他们严格的制度，义林觉得雅克上尉没有理由迟到。义林走出酒店大堂后又等了半个多小时，虽然觉得可能会出什么问题，但是也只能继续等下去。又过了将近一个小时，雅克上尉还没有来，义林认为不能再干等下去了。

于是，义林拨通了国防部的电话。

"请帮我找一下杰拉德将军。"

"请您稍等。"

接线员像昨天一样接通了电话。

"这里是少将办公室。"

"请杰拉德将军接电话。"

"请问您是哪位?"

"请转告他我叫伊卡洛斯。"

"将军出去了，请您稍后再打过来吧。"

"那我应该过多久再打电话呢?"

"请您30分钟后再打过来。"

义林狐疑地挂断了电话。不管他怎么想也想不通，如果杰拉德将军发生了什么意外，雅克上尉也应该来找他。就算雅克上尉不来，也应该会给他打电话；而杰拉德将军去国防部上班也没有跟他联系。对此，义林完全无法理解。

"不会是忘了吧？"

可是，这样的事情是不可能发生的呀！杰拉德将军大费周章地叫他来巴黎，而且还那么热情地招待他，是不可能如此健忘的。

30分钟后，义林怀着忐忑不安的心情想再次给杰拉德将军打电话，于是，他从酒店大堂的沙发上站了起来。

"伊卡洛斯？"

从义林身后传来一个人的说话声，义林惊喜地转过身去。

"伊卡洛斯？"

虽然不是雅克上尉，但这个人给义林的印象并不算特别差。

"我是。"

"您有护照吗？"

"是的，当然有了。"

"请交给我。"

"为什么？"

"我有一些事情需要确认。"

义林默默地把护照递给他。男子翻开护照，在确认了义林的照片后便把护照放到了自己的西装口袋里。

"请您和我走一趟，我们是巴黎警察局的。"

"什么？你说什么？"

突然有两名男子分别站到了义林的左右两边。

"我们要调查一些事情，希望您能够协助我们。"

"你们总得告诉我是什么事情，我才知道能不能协助你们吧？"

"很抱歉，在这里不方便说，上车后我们会向您说明的。"

义林的直觉告诉他一定发生了什么事情，他和那几名男子一起坐上了一辆等候在酒店门口的车。

"杰拉德将军已经死了，我们需要郑先生协助调查。"

"什么？你说什么？你说杰拉德将军死了？"

"是的。"

"什么时候的事情？"

"尸体是今天早上被发现的，推测的死亡时间大概是昨天晚上12点左右。"

"这么会这样！"

义林突然觉得自己好像被掏空了一样，如果知道会这样，他昨晚就把疑惑不解的事情一股脑儿都问了。

"这么说是他杀？"

警察点点头。

"罪犯呢？"

"不久前已经被我们抓获了。"

"是谁？"

"是一个女人。"

"赵世嫔？"

义林差点儿说出这个名字。根据昨天晚上赵世嫔缠着将军的情况来看，这件事情很可能是事先策划好的。不过，义林知道在这种情况下，他应该慎重回答，如果稍有差错，他就可能受到直接的牵连。幸亏赵世嫔那么纠缠将军，否则他可能也难逃被杀的厄运。

义林接受了相关调查。在调查当中，义林声称自己是一名来自韩国的记者，为了采访法国的阵风战斗机没有被韩国采购后法国国防部的态度，所以才与杰拉德少将见面，这样的理由很有说服力。

调查人员由于不知道杰拉德少将和义林的谈话内容，所以向义林详细询问了关于昨晚用餐的情况，然后才结束问话。

"不过那个女人为什么要杀害将军呢？"

调查人员并没有回答义林，但是作为记者的他知道在这种情况下应该如何获取自己想要的答案。

"我觉得可能会对案件的侦破有帮助，所以才问的。"

听义林这么说，侦查人员只好妥协了。

"她说将军不仅胁迫她与他上床，并且要求她做一些非常变态的行为。"

"嗯。"

听了赵世嫔巧妙的杀人动机后，义林意识到这个女人并不是普通人。为了杰拉德将军的名誉，只能掩盖事态的真相，义林猛然从赵世嫔身上闻到一股职业杀手的气息。

"不是这样的，我昨天亲眼看到是那个女人勾引杰拉德将军。"

侦查人员面面相觑，接着，其中一个人拿起了电话。因为说的是法语，所以义林听不懂说的是什么。大约一个小时后，一位看起来像是高级官员的人坐到了义林的对面。

"郑记者，我是警察局的刑侦局长。目前我们的处境很为难，我们不清楚这件事情的背后隐藏着什么，可能你也并不是专门为了采访而来的记者吧？如果继续调查下去，恐怕你也很难置身事外。"

义林隐隐地感觉到这个人是在威胁他。

"如果将你的陈述记录在案的话，直到这个案件审理结束为止，你都将成为最重要的证人。如果这样的话，整个审理过程将成为热点新闻，军方也将成为被嘲弄和蔑视的对象。这对国家安保造成的损失将超过50亿美元。我们现在收到军方的请求，要求我们掩盖事态，避免其曝光。"

"但是如果真的有什么阴谋的话，难道不应该调查清楚吗？"

"这是情报局要做的事情。赵世嫔并不是一个普通的女人，她平时就把杰拉德将军的变态行为拍摄下来，手法相当专业。这是情报战，我们政府的意思是要将这个案件大事化小、小事化无，您应该明白这个意思吧？政府并不打算耗费50亿美元来调查这个案件。雅克上尉也同意这么做，希望您也能配合我们。"

义林没有理由继续坚持。俗话说得好，真正的大新闻是不能报道的。想到这里，义林只好签了保证书，然后默默地离开了警察局。

眼看就要成功的事情却功亏一篑，义林对此倍感失落。虽然自己全身而退，但是不禁为杰拉德将军感到惋惜。他怎么也无法接受那么沉稳干练且胆识过人的杰拉德将军，在一夜之间突然变成一具尸体。

义林想，杰拉德将军有可能是被瑞士银行方面杀害的，这种可能性并不是完全没有。

但是，义林又想到杰拉德将军是法国国防部情报局局长，自己并不掌握事情全部，将军被害的原因或许还有很多。无论如何，既然法国政府试图掩盖案情，那么仅凭一己之力是不可能挖掘出事实真相的，而且自己掌握的线索也很有限。

最重要的是朴正熙的巨额秘密资金下落不明，为此义林感到很沮丧。义林考虑自己能否像杰拉德将军那样向瑞士政府施压，但很显然他的力量是微不足道的。意识到自己什么也做不了之后，义林觉得从这些是非当中抽身退步才是上上策，于是他马上退房离开了酒店。

义林去了丽思卡尔顿酒店的商务中心。他很伤心，甚至没法儿正常打字，他将自己的惋惜之情借助聊天软件告诉了北学人。成功本来近在咫尺，可现在一切却都化为了泡影。义林把这些都转化为文字告诉了北学人，他可以想到北学人对此会感到多么失望。想到这儿，担忧和不安都上了义林的心头。

果然不出所料，得知消息后的北学人好像受到了沉重的打击，他并没有像平常那样马上回复义林，而是保持缄默。

"你回来吧。"

一个小时后，北学人非常简短地回复了义林，而义林比任何人都理解北学人这句简单的回复里所包含的惋惜和遗憾。

义林立即给航空公司打电话。虽然他在巴黎停留的时间很短，但是已经没有心情再继续观光或者买礼物了。幸运的是正好晚上就有飞往韩国的航班，于是义林立即出发赶往机场。

站在登机口的义林听到广播里叫他的名字，他还以为是机票有问题，于是便去找机场工作人员。

"我就是郑义林。"

"啊，是吗？请您给这个号码打电话。"

工作人员给他的是韩国的电话号码。义林赶紧找到公用电话亭，并使用信用卡给韩国打电话，果然是北学人找他。

"郑记者，你去罗马吧，去见威思洛伊。"

义林立马激动起来，听到北学人的声音后，义林感觉北学人神秘莫测的真面目马上就要浮出水面了。北学人的声音既清晰又柔和，并且包含着一种沉稳的力量。仅凭声音，义林就可以感受到北学人的光明磊落和胆识过人，他连理由都没问便谦恭地回答道："好的。"

"杰拉德将军之死对我的计划造成了很大的影响，不过在这半天的时间里发生了一件令人难以置信的事情。现在即使没有瑞士的秘密资金，事情也可以重新再来，这真的是一个奇迹。但问题还是威思洛伊，既然没有资金，便只能和威思洛伊正面交锋了。他是一个非常古怪的人，事情的成败全都掌握在郑记者你的手上。也就是说，你要完全掌握他的情绪，只有这样事情才能够成功。他对韩国非常了解，并且沉迷于韩国文化，对韩国人他爱恨交加。你去罗马的威思洛伊财团后首先要找到罗英俊博士，他也失踪了，他也接受过这个财团资助的奖学金。"

"不找上次那5个人了吗?"

"是的，他们的事情先放一放。罗英俊博士的研究领域与他们有着很大的不同，这对于我们来说是非常幸运的，因为这样至少不会引起威思洛伊的怀疑。"

"你的意思我并不是非常明白。"

"下次我会向你具体说明的。你一定要记住，威思洛伊是一个非常古怪的人，你千万要小心。比起正直他更喜欢谎言，而比起谎言他更喜欢正直。既然不知道该怎么做，就把一切交给命运来决定。你大胆地去吧，请记住，他的怪癖还真的不少。"

"比起正直更喜欢谎言，而比起谎言更喜欢正直?"

义林挂断了电话。

威氏财团

第二天早上，义林去巴黎北站乘坐火车。上车后他先把包放在架子上，正打算坐下的时候，一个女子的身影映入了他的眼帘，那是一张熟悉的脸。

"哦，索菲娅！"

"我的天啊，义林！"

索菲娅好像也很惊讶，她瞪大双眼，一边看着义林一边问道："不会吧，你这么快就要离开了？你不是前天才到巴黎的吗？"

"嗯，是的。我的行程有变，打算在罗马多待一段时间。不过，我也没想到索菲娅你会这么快离开。"

"你的座位在哪儿？"

"就在这儿。"

"哦，这么巧，离我的座位还挺近的。"

"那我们坐在一起吧？"

"好呀。"

义林把靠近窗户的座位让给索菲娅，而他坐在旁边。

随着火车缓缓地驶离站台，义林的心情也好多了。

"火车沿途的风景非常漂亮，我们将会欣赏到法国南部的田园风光和阿尔卑斯山的皑皑白雪。接着，当火车驶进意大利后我们还可以欣赏到什么呢？伦巴第平原的乡村风光是千万不能错过的；如果时间允许的话，还应该去佛罗伦萨之类的古城看一看；如果是酷爱时尚的人，那么一定要去米兰转一转。"

车厢里很舒适。由于车上没什么人，所以两个人各占了两个座位，面对面地坐在窗边。

"其实，比起其他城市我更喜欢米兰，因为杜莫主教堂就在那儿。"

"罗马不是有许多教堂吗？比如西斯廷教堂。"

"嗯，没错。但是在意大利所有的教堂当中，米兰的杜莫主教堂是最棒的。不，应该说在全世界所有的教堂当中，杜莫主教堂也是最棒的。"

"它是规模最大的教堂？"

"不是，论规模，杜莫主教堂绝对比不上德国的科隆大教堂。之所以说全世界所有的教堂都不及米兰的杜莫主教堂，是因为杜莫主教堂里蕴含着一种纯粹的感觉，这种纯粹散发着其他任何建筑都望尘莫及的质朴与庄重。人们试图把建筑建造成某种形状，但看到杜莫主教堂后，人们终于明白了，真正的建筑应该是感觉的产物。"

义林很想跟索菲娅说他想在米兰下车，但还是忍住了。

"若身处杜莫主教堂，在那雄伟庄重之中，我们将与过去对话，并会发现隐藏于其中的自己。在这个世界上，不管是贪婪的人还是悲伤的人，只要身处杜莫主教堂，便能获得内心的平静。"

到达阿尔卑斯山脉之前火车中途不停，在这期间，索菲娅忘我地讲述着关于杜莫主教堂的故事。义林一边看着索菲娅，一边联想到人生百态。虽然人生有各种各样的活法儿，但是他觉得像索菲娅那样通过艺术与过去互动的生活方式也不失为一种很好的选择。

"快看那边！那座山整个儿就是一个悲剧，山怎么会是那个样子的呢？咦，你在思考什么重要的事情吗？"

"没有。嗯，其实我是在想你。"

"想我？我不就坐在你的面前吗？"

"尽管你就在我的眼前，我也在想你。"

"义林，你说的话犹如一首诗，我从没听过如此动人的诗句。此情此景我将终生难忘。"

义林没有意识到他对索菲娅的态度已经发生了微妙的变化，但是不知道为什么，索菲娅永远神采飞扬的眼神突然暗淡下来，尽管她很快又恢复了往日的神情，犹如漂泊在大城市的职业女性思念宁静的故乡一样。

火车一到达罗马的泰尔米尼火车站，索菲娅就把她的手机号告诉了义林。

"你可能还不知道在哪家酒店落脚，等你办理好入住登记后记得和我联系。"

接着，两个人便在火车站前分手了。

义林入住了皇家希尔顿酒店，这里可以将罗马市区的景象尽收眼底，当然这也是出于安全方面的考虑。客房的奢华和洁净程度完全超乎义林的想象，这里不愧为罗马最高档的酒店。义林刚办完入住登记，总服务台的工作人员便热情地为他介绍起来：

"旁边的建筑就是西斯廷教堂。古罗马皇帝尼禄在这里一边俯视燃烧的罗马，一边吟诵诗歌。现在夜幕马上就要降临了，郑先生您也可以一边欣赏罗马的夜色一边吟诗。皇家希尔顿酒店真诚地欢迎您的到来！"

说完，服务员便离开了客房。

坐在阳台上的义林失神地看着罗马街道上的路灯一个一个被点亮。

"我竟然来到如此美妙的城市寻找那些失踪的人。"

确实如此，义林只是因为有事在身才来到罗马。罗马是一座拥有悠久历史和深厚文化底蕴的城市。来到这样的城市本应该尽情畅游，但义林却肩负着有关威思洛伊财团的重任，这不免让他深感遗憾。

义林本想出去逛逛，但想到明天的事情又只好作罢。他静静地欣赏着罗马的夜色，独自一人度过漫漫长夜。

第二天一大早义林便忙碌起来。他先洗了一个澡，接着去拿委托熨烫的西装，然后把胡子刮得干干净净。义林的早餐很简单，红茶配烤面包。吃过早餐后，他便乘坐去市区的专线巴士。虽然已经打听清楚了去威思洛伊财团的路线，但是义林还是想一边穿梭在罗马市区一边感受一下都市的氛围，熟悉熟悉罗马，然后再前往科学财团。

于是，义林在市区的一个地方下车后便开始步行。

罗马不愧是一座历史名城，到处都可以感受到它悠久的历史积淀，残留在街头巷尾的遗迹犹如一幅幅历史画卷，展现在义林的眼前。

"咦，这是……"

义林偶然看到一块用英文写的小招牌，上面的文字是那么熟悉：Internet Cafe

义林突然想给北学人发一封邮件，尽管目前没有什么特别的事情，但是他想可能会从北学人那里听到一些有价值的忠告。

网吧在韩国随处可见，而在罗马，义林走了好几十分钟才看到一家。受好奇心的驱使，义林走进了这家网吧。在狭小的房间里，一位年迈的老人坐在一把小椅子上，只有两台电脑放在角落里。

"能上网吗？"

老人似乎不大听得懂英语，所以仅靠一句"上网"几乎很难与他沟通。但是义林一表明上网的想法后，老人便摇了摇头。老人说虽然不知道是机器问题还是通讯问题，反正上网很费劲。

义林只好走出网吧。虽然有些遗憾，但是想到与韩国相比，意大利在网络和其他无线通讯等的普及和使用方面存在的差距，义林又有几分欣慰。义林认为如果信息和知识能够决定未来的世界，那么无疑韩国现在已经跻身于网络强国之林。就网络和个人通讯的普及率而言，韩国在世界范围内也是数一数二的。想到这里，义林仿佛看到了韩国光明的未来。

义林向威思洛伊财团走去。威思洛伊财团在一栋历史悠久的老建筑里，虽然它的规模令人称奇，但可能是因为没有什么人的缘故，整栋建筑显得异常安静。

"请问有什么可以帮助您的吗？"

一位外表靓丽的意大利女子一看到义林便从椅子上站起来，和蔼亲切地问道。这位女子看起来25岁左右，她的嘴角带着明朗的微笑，她那自信的神情仿佛是在告诉义林不管是什么事情她都可以帮助他。

"我叫郑义林，来自韩国。"

"哦，欢迎您！请您先在这里坐一会儿好吗？"

年轻女子可能感觉到义林的事情需要一些时间，所以让他坐在椅子上。

“谢谢。其实我是来打听一个人的。”

“请问是什么人？”

听了义林非同寻常的话后，女子的眉头微蹙，关切地问道。

“是一个叫做罗英俊的人，他是我的表哥。”

“表哥？好的，我知道了。不过他和我们科学财团有什么关系吗？”

“他曾经接受过贵财团的奖学金。”

“原来是这样，请您稍等一下。”

年轻的女职员拿起内线电话，向对方转达了义林的来意。没过多久便来了一位男职员，坐在了义林的面前。

“听说您是为了打听一位接受过我们财团资助的人而专程从韩国来的？”

“是的。”

“请问他的名字是？”

“罗英俊。”

“那请问您和他是什么关系？”

“他是我的表哥。”

“请问您有什么可以证明您身份的证件吗？”

“有，这是我的护照。”

“请您稍等。”

男职员拿着义林的护照进入了一个房间，但不知道为什么，过了很久他还没有从房间里出来。终于，男职员拿着义林的护照走了出来。

“请您拿好护照，这边请！”

在男职员的引导下义林进入了房间，房间里的一位看起来成熟干练的中年男子从座位上站起来，欢迎义林的到来。

"请坐，我是威思洛伊财团的秘书长。"

"您好！我是来自韩国的郑义林，也是罗英俊的表弟。"

"原来如此。不过您来此所为何事呢？"

秘书长再次确认义林的来意。

"近来我们一直没有表哥的消息，以前一直有联系来着，可是最近完全没有他的消息，也不知道他在什么地方做些什么。"

"嗯，你说他叫罗英俊？"

秘书长的声音很可怕，接着，他点起了一支香烟。义林意识到罗英俊可能有什么事情。

"关于罗英俊的下落，在我们的电脑里没有任何记录，所以很抱歉。"

"不，这怎么可能！如果有我表哥的消息，我们就会知道他在什么地方，而你们科学财团不是一直掌握我表哥的行踪吗？"

义林大胆地揣测，而秘书长的脸色变得更加难看。

"其他人确实如此，但是关于罗英俊的下落我们确实不清楚。他真的从我们这儿接受过奖学金吗？"

"当然了。"

义林把北学人通过传真给他发送的银行收款存根复印件交给秘书长，而汇款方正是威思洛伊科学财团。

"没错，但奇怪的是电脑里没有任何记录。"

秘书长的神色依然很尴尬。

"请您不要这样，收据上清清楚楚地记录着我表哥从高中的时候就开始接受贵财团的奖学金，留学和工作也都是按照贵财团的意思。你们一直监视着我表哥，现在他下落不明，你们却说不清楚，这像话吗？"

"但是电脑里确实没有任何记录。"

"这其中肯定有什么不可告人的阴谋。明天早上我会再次来访，如果到时候你们还是像这样敷衍我的话，那我就只能去警察局报警了。我表哥的失踪和你们财团有着千丝万缕的联系，到时候我只好委托警方帮忙调查；而且，回国后我会将威思洛伊科学财团推卸责任、置之不理的态度告诉所有学生的家长。当然，我还会把这件事捅到网上，告诉全世界。所以，请在明天这个时间之前给我一个答复。"

义林感觉到秘书长恐怕无法作决定，所以给他一些时间与某人商量一下比较妥当。义林发表完最后通牒便走出了房间，男职员和女职员一直将义林送到门前并向他行礼道别。从他们对待义林的态度可以看出，就算他们不知道详细的情况，他们也知道义林绝对不是好惹的。

义林回到酒店后使用商务中心的电脑给北学人发邮件，将事情原原本本告诉了他，并告诉北学人明天的这个时间他们会给他一个结果，到时候他会再给他发邮件。发完邮件，无事可做的义林便决定去市区逛一逛。

古罗马竞技场的结构非常复杂，义林想象着当年那些被关在地下室等待成为狮子盘中餐的人们的心情，沿着通道朝地下通道走去，但是地下通道被封闭了。于是，义林一边想象着当年那些看守们的心情，一边又走上台阶。

皇帝的坐席是俯瞰角斗士较量或牺牲者悲惨结局的最佳位置，义林站在当年皇帝的位置上观察着古罗马竞技场。为了上演一场视觉盛宴，古罗马竞技场将贵族和平民与那些牺牲者们巧妙且牢靠地分离开来。

义林的心中突然冒出一个可怕的想法，许多人怀着喜悦的心情来此观光留影，而实际上这个建筑分明就和奥斯维辛集中营的毒气室没有什么两样。最引人注目的是，在死亡的最后时刻留在石头上的绝望爪印；而此时，义林正沿着这悲惨的历史遗迹，慢慢地走进一座阴森森的地狱。

"咯吱咯吱。"

从义林身后传来一个奇怪的声音，他下意识地转过身，一个肌肉发达的男子正露出狰狞的笑容盯着义林，还有一个看起来身手敏捷的小个子也在目不转睛地盯着他。

"找我有什么事吗？"

就在义林试图躲开他们的时候，一个拳头以闪电般的速度朝义林的脸猛击过来，义林倒在了地上。义林根本不知道是哪个家伙挥的拳头，反正脸上火辣辣地疼，他狠狠地瞪着他们。紧接着，义林的嘴巴里出了很多血。这时，矮个儿男子又一脚踢中了义林的下巴，义林的头撞到了墙上并再次扑倒在地。当那个矮个儿家伙刚一靠近，义林突然站起来用膝盖顶中了那个家伙的要害。

"啊！"

大意的矮个儿男子惨叫一声便朝后倒去，这时，那个高个儿男子又踹中了义林的肋骨，并就势骑坐在义林的身上。义林用手指猛地戳中了那个家伙的眼睛，那家伙发出一声惨叫，用双手捂住了脸，义林趁机爬起来逃跑。高个儿男子一边捂着眼睛一边追赶义林，眼看就要追上来了。义林并没有转头，而是像一个不知道从什么地方飞来的橄榄球一样，用头猛撞那个家伙的下巴。幸运的是，义林再次脱身，继续奋力逃跑。

发出悲鸣并摔倒在地的家伙这次再没有追来，而是掏出手枪瞄准了义林。虽然开了几枪但都没有打中，这多亏了义林是以"之"字形路线逃跑。义林绕着古罗马竞技场凌乱的柱子飞跑，幸运地逃了出去。

　　保卫人员听到枪声，迅速拔出枪朝义林的方向跑来，义林用手势告诉他们那两个家伙的所在。义林一边看着保卫人员跑过去，一边通过出口逃了出去。

拒绝诱惑

回到酒店的义林久久无法平静,他在房间里走来走去,还一口气喝了一杯冰水。接着,义林开始认真思考到底是谁派那两个家伙来的。

是威思洛伊科学财团。

不过令义林困惑的是这些人到底和罗英俊的失踪有什么关系,以至于他一询问罗英俊的下落,他们便要置他于死地。尽管他们好像只是想给义林一些警告,故意将子弹射偏,但是如果稍有差池的话,义林就可能因此丧命。想到这里,义林不免心有余悸。

义林觉得俊宇之死的背后似乎也有这个财团的影子,俊宇可能想将他们可怕的真面目公之于众,但被他们发现了,所以便干脆对他痛下杀手,并将整件事情伪装成一场事故。义林想起北学人曾经说过俊宇是在战争中牺牲的,从中似乎也可以印证他的猜测。

义林甚至觉得杰拉德将军之死可能也与他们有关,对于杰拉德少将的死因,他一直没有释怀。首先是因为瑞士银行杀害杰拉德将军的可能性很小，当然，随着杰拉德少将的猝死，瑞士银行便可以保全数额巨大的资金。从这个角度来看，瑞士银行的可能性最大；但是从将军与瑞士政府的关系来看，瑞士银行应该不敢对将军下毒手。如果是这样的话，那么威思洛伊财团的嫌疑就最大；但是杰拉德将军说过会将索回的秘密资金的一部分给威思洛伊，如果是这样的话，威思洛伊没有理由杀害还没有找到资金的将军。

想到这里，义林觉得杀害杰拉德将军的人和对自己大打出手的人可能不是同一伙人。义林根本不知道这到底是怎么回事，可能其中含有自己意想不到的某些复杂因素。

义林本想给北学人发邮件，但是又放弃了。虽然义林相信他，但是他的真实身份仍然蒙着一层神秘的色彩，而且现在义林也没有心情和别人交流。说不定北学人早就预料到某种程度的危险，但是觉得无关紧要，所以之前也没有特意提醒义林。看着镜子里伤痕累累的自己，义林突然有一种无助的感觉，而酒店的奢华更加重了他的孤独感。

义林找到记在小册子上的索菲娅的电话号码，给她打去了电话。

"你说皇家希尔顿酒店？我的天啊！"

索菲娅好像很吃惊，所以惊叫道。

"好像过于奢侈了？"

"怎么会呢？义林你好像不是一位普通游客。"

"为什么这么说呢？"

"你在巴黎只待了两天，而且在罗马竟然入住了通常只有成功人士才有可能入住的最高级的酒店。"

"这样啊？"

"我可以过去吗？我一直想去那家酒店。"

"好的，我在酒店大堂等你。"

索菲娅盛装打扮后坐上了出租车。义林在酒店大堂的休息室，一看到索菲娅从出租车上下来便出去接她。

"我真的是没有想到，即使是某个国家的公主，恐怕也赶不上你此刻的华贵。"

"噢，谢谢！"

"晚餐我已经订好了。"

"在露天花园吗？"

"是的，你很了解这里嘛。"

"对呀，在露天花园一边欣赏市区的夜色一边品尝葡萄酒，这是所有罗马市民的梦想。"

"这么说，索菲娅的梦想今天就要实现喽？"

"这都要感谢你。"

不过接下来可能是注意到了义林伤痕累累的脸，索菲娅小声地问道："不，这是怎么回事啊，你的脸？"

"没什么。"

义林开始瞎编。

"怎么会没什么？"

索菲娅用担心的眼神看着义林的脸，追问道。

"去吃饭吧！"

义林努力抑制着内心莫名的悲伤，率先开口。

晚餐无疑是完美的。这是一个浪漫的夜晚，甘甜的葡萄酒香随着微风刺激着人们的嗅觉。

餐后两人来到了酒店大堂的休息室，点了卡布奇诺，然后坐在舒适的沙发上听着激情四射的音乐演奏，钢琴优美的旋律顺着两人的耳朵流入了他们的内心深处。

"我想去房间。"

听到索菲娅这句话的一瞬间，义林慌了，他不知道该如何应对。义林无法判断她是单纯地对酒店抱有好奇心还是有其他意思，所以，一时间茫然失措。

而索菲娅只是略带羞涩地注视着义林。

"好的，我们一起上去吧！"

虽然时间很短，但是义林却想了很多。不过，连他自己也不知道他会这样回答，似乎不管索菲娅是什么意思他都可以接受。

索菲娅一进入房间便发出感叹：

"啊，房间真的太奢华了！充满着中世纪的情调，就像进入了教皇的房间或古老家族的城堡，这里竟然如此高雅、洁净。"

看过卫生间，索菲娅再次发出感叹："卫生间里真是应有尽有，从照明到水龙头全部都是最新款的。"

看到索菲娅欣喜的神情，义林不禁得意起来。接着，索菲娅轻轻地坐在床上。

"好像坐在鸟类的羽毛上一样，床竟然可以这么松软。"

索菲娅轻轻地触摸床单，突然，索菲娅的眼神给了义林一种奇妙的感觉，她的眼神仿佛穿透了他的身体。两个人一时间陷入了沉默，没有任何言语的交流，略显尴尬的沉默深深地压抑着两颗年轻的心。时间在一分一秒中流逝。

首先打破沉默的是索菲娅。

"义林，到这里来。"

义林突然心跳加速，梦中的场景此时此刻竟然就发生在自己的眼前。

"快啊！"

索菲娅甜美的声音深深地渗透进义林的心里，义林本来想说什么，但是突然只能发出沙哑的声音。

"索菲娅！"

索菲娅把手指放在嘴唇上，示意义林什么也不要说。

"快来嘛！"

迷人的声音在义林的耳边环绕，而索菲娅开始慢慢地脱衣服。当白皙的胸部呈现在义林眼前的时候，义林的呼吸仿佛都要停止了。

"索菲娅！"

"到这里来！"

不知不觉，义林已经来到了索菲娅的身旁。接着，索菲娅伸出她那柔软修长的双手脱下了义林的衬衫。

"嗯……"

义林的口中不断发出呻吟。索菲娅把义林的衬衫脱下后，便慢慢地解开自己的裙子和内衣，接着躺在了床上，看到这幅场景的义林感到一阵晕眩。

"你去洗澡吧！"

索菲娅赤裸裸地躺在床上，并示意义林去洗澡，义林犹如中了邪一般好不容易才挪动燥热的身体向浴室走去。当打开淋浴喷头身体接触到冷水的那一刻，义林才稍微清醒了一些。

"我的天啊！怎么会这样？"

义林一走出浴室，索菲娅便吃惊地喊道，本应赤身裸体出现的义林反而穿上了之前脱下的衬衫。义林坐在桌子上，用低沉且温柔的声音说："索菲娅，你也把衣服穿上吧。"

"为什么？"

索菲娅歇斯底里的声音深深地刺痛了义林的心。

"来，索菲娅，快把衣服穿上吧！"

"义林，为什么会这样？是哪里不对劲儿吗？"

"我会跟你解释的，快把衣服穿上吧！"

"你不喜欢我吗？"

"恰恰是因为我喜欢你，所以快把衣服穿上吧。"

索菲娅看着义林，而义林默默地站起来，透过阳台的窗户注视外面。接着，索菲娅起身穿好了衣服。

"来，过来坐吧。"

索菲娅穿好衣服后，义林便让她坐下。

"嗯，首先我要向你道歉。"

"什么？为什么要道歉？"

"从某个角度来说，我的做法可能不够绅士。"

"……"

"不过，我并不是不知道索菲娅你对我的心意，而且我也不是因为不喜欢你才这样的。"

"……"

"相反，我深深地爱上了你。我第一次见到像你这样令我着迷的女子，所以我也非常苦恼。"

"……"

"最后我决定顺其自然，如果有缘分的话，我们一定可以长相厮守。"

"……"

"就算我真心爱你，但是对于做爱，我们相处的时间还很短。我认为当更多的思念煎熬着我们彼此内心的时候，身体的结合才是顺理成章的。这就是我的爱情观，虽然很难理解但是请你接受。"

索菲娅一言不发，只是默默地听着义林的话。

义林握住索菲娅的手并贴在了自己嘴边，手背轻触嘴唇。义林非常担心索菲娅会觉得被侮辱，虽然有瞬间的后悔，但他还是确信自己的想法和行为是正确的。

索菲娅默默地抽出自己的手，然后腾地一下站起来，拿起自己的拎包便冲了出去。

"索菲娅！"

义林立即追了出去，可是索菲娅已经走进了刚刚上来的电梯。焦急的义林本来想用手挡住即将关闭的电梯门，但是晚了一步。在电梯门关上之前义林看到索菲娅的脸上呈现出非常复杂的神情，但是美丽依旧。就在电梯门即将关闭的瞬间，义林心痛地喊道："索菲娅，不要走！"

但是义林的喊叫并没有影响电梯下降的速度，义林马上沿着楼梯飞奔下楼，他到一楼的时候，索菲娅正通过旋转门。

"索菲娅！"

义林的喊叫引起了酒店大堂里人们的注意，但是义林觉得无所谓，他一边喊索菲娅一边朝旋转门跑去。义林一出旋转门，便看到索菲娅坐上了一辆出租车，车门马上就要关上了。

"索菲娅，你等一等！"

可是索菲娅还是关上了车门，出租车立即启动了。

"索菲娅！"

义林试图抓住即将开走的出租车的门把手，但是出租车摆脱了义林的手，绝尘而去。

"索菲娅！"

义林看着出租车驶去的背影深深自责，他没想到自己的一句话会给她那么大的伤害。义林赶紧返回房间给索菲娅打电话，但是她没有接。

　　这天义林直到很晚还一直待在阳台上，他一边俯视着罗马的夜色，一边喝着闷酒。

妾身未明

第二天一大早，义林便去了威思洛伊财团，而秘书长好像正在等他。

"欢迎！您有没有到处逛一逛？"

义林有点儿生气，这个人明明知道他昨天的遭遇，却故意装蒜，不过义林还是控制住了自己的脾气。

"当然，谢谢您的关心！"

义林冷冷的回答表示出无所谓，而秘书长的表情却很严肃，他开口说道："您应该知道我们财团对韩国有一种特殊的感情吧？"

"是吗？"

义林觉得秘书长愚不可及，就算不提昨天的事情，单从利用奖学金控制韩国优秀人才这件事来看，还厚颜无耻地说对韩国有特殊的感情？！义林不禁发出一阵冷笑。

"您暂时不理解也没有关系。不管怎么样，昨天我已经将郑先生的来意报告了会长，会长希望今晚和您见一面。"

"您说威思洛伊？"

"是的。"

"会长请您今天黄昏时分在古罗马广场等候。"

"古罗马广场？他说黄昏时分在废墟中等我？"

"是的，会长通常会在那里谈一些重要的事情。"

"嗯。"

从秘书长诚恳的表情来看应该不是谎话，虽然昨天在古罗马竞技场的遭遇让义林非常不爽，但是对方还不至于为了说谎把会长搬出来。

"我知道了，不过已经找到罗英俊的下落了吗？"

"会长可能就是因为这件事才要与郑先生见面。"

义林完全不知道这个威思洛伊财团的真实目的到底是什么，昨天干了那么恐怖的事情，而今天会长竟然要亲自见他。

"我知道了。如果没有满意的答复，我还会来的。"

"我想应该不会有那个必要。"

秘书长回答得很巧妙，义林只好离开了财团。他不知道应该做什么，本想联系索菲娅，但最终还是放弃了，他想索菲娅可能需要一些时间调整自己。

在回酒店的路上义林整理了一下思绪。

"好吧，把一切都忘了，去逛一逛吧，反正威思洛伊晚上才和我见面。至于索菲娅，我会等她给我打电话；如果她不给我打电话，那我就只能把她留在记忆中了。"

义林换上一身舒适的衣服，然后去服务台咨询了一些关于罗马观光的事情。

"一定要去西斯廷教堂。来到罗马的人如果不去欣赏一下拉斐尔的《雅典学派》和米开朗基罗的《创世纪》的话，要么他在说谎，要么他就是一个傻瓜。"

说得没错，义林很想要看一看米开朗基罗的《创世纪》和

《最后的审判》。米开朗基罗一生坎坷，他曾经扔掉画笔企图逃走，但后来又被抓回来绘制穹顶画。虽然历经岁月的变迁，但是他绘制的穹顶画仍然是不朽的杰作。即使没有他人的推介，义林也打算要去看一看。

义林好不容易才通过了被旅游团塞得满满的售票处，来到西斯廷教堂的走廊。因为西斯廷教堂属于梵蒂冈而不属于意大利，所以担任保卫工作的是瑞士卫队。

西斯廷教堂是罗马教皇的专用经堂，从走廊开始，义林就已经着了迷。罗马至今仍然完好保存着无数的雕塑和绘画，着实令人佩服。起初义林一件一件仔细地观看，可是没走多久他就累了。如果照这样看下去，就算花上一周的时间恐怕也看不完，所以义林加快了脚步。

米开朗基罗的《创世记》和《最后的审判》不愧为旷世杰作，是所有来到西斯廷教堂的人们非看不可的巨制。在它们面前，义林再一次深深地感受到基督教对于人类历史的影响。

义林仿佛是被人流挤出了有米开朗基罗画作的房间，他沿着回廊又来到了梵蒂冈博物馆。西斯廷教堂侧重于展示绘画，而梵蒂冈博物馆则陈列着数不清的雕塑。

义林一边欣赏着周围的雕塑一边漫无目的地走着，突然，他停住了脚步。偶然看到的一尊半身像令他心中一动，所以义林转过身去，那是一个义林没有听说过的皇帝的半身像。

"哦！"

皇帝雕像聪慧的脸庞面向远方，他的脸上浮现出比流淌的江水更多的柔情和菩萨面容般的仁慈。这尊雕像拥有一张平和、智慧的脸，义林觉得注视它可以让人反躬自省。当得知这尊半身像出自一位艺术家之手后，义林的内心被深深地感动了。

"啊，人类的创造力果然是无限的。"

义林突然想到在巴黎看过的米洛的维纳斯，如果说米洛的维纳斯全身散发着向往未来的美好憧憬和神圣不可侵犯的尊严，那么这尊皇帝的半身像则向世人展现了对生活在现实中的人们无限的理解和关爱。

义林过去学习过哲学，并对美学和美术也有一定的修养，但仍被这尊皇帝的半身像散发的隐约且浓郁的香气而深深吸引，久久不愿离去。尽管它在美术史上毫无名气，本身也并不引人瞩目。

"我就知道你会来的。"

在义林身后说话的不是别人，正是索菲娅。

"啊，索菲娅！"

"我就知道只要你来到这里，就一定会在这尊雕像前驻足。"

"在没有一点儿名气的这尊半身像前？"

"是的，我想为米洛的维纳斯着迷而坐上几个小时的人，也应该在这尊半身像前流连忘返，尽管它寂寂无名。"

"不过这怎么可能呢？你竟然知道我会站在这尊没有任何美术史学家或评论家关注的半身像前，这怎么可能呢？"

"我觉得有可能。所以我就在这里等你。"

"可是我差点儿就错过了这尊半身像。"

"这也有可能，这就是我们的宿命。"

"你说宿命？"

"是的，生死有命。"

"什么意思？"

"你没有想过我是什么人吗？"

"没有，有这个必要吗？你是一位美丽善良的美术工作者，不是吗？"

索菲娅的脸上浮现出自嘲般的笑容，她默默地注视着皇帝的半身像。义林看到她眼中流露出悲伤，感到非常奇怪，仿佛此刻站在义林面前的不是一直以来明艳动人、单纯善良的索菲娅，而是另一个陌生的女性。

"从你在韩国登上飞机的那一刻起，我就在等着和你见面。"

"什么？"

直到这时义林才意识到自己在巴黎与索菲娅的相遇绝非偶然。

"没错，我一直在巴黎等着你。与你同乘一辆火车也并非不期而遇，我是在执行任务。"

义林非常吃惊，索菲娅说任务？尽管索菲亚"妾身未明"，但是对于义林来说，索菲娅拥有着天使一般的纯洁和神韵。

"索菲娅，这都是真的吗？"

"是的，但是你没有和我上床，反而让我穿上衣服。你还说想与我长相厮守，所以才不愿随随便便和我做爱。"

"是的。"

义林一边努力使自己冷静下来，一边点了点头。

"我本以为事情已经结束了，而你反而怕我受到伤害，还跑出去想安慰我。"

"我现在根本无法相信你说的话，不，就算我相信，你也不会改变你对艺术的热爱以及纯洁的心灵。"

"我并不纯洁，这个不会有什么改变，不过有一样会有所不同。"

"……"

"我不会再像这样生活了。"

"什么意思？"

"从现在开始我所说的话你要仔细听好了。"

义林的目光迅速从皇帝的半身像转移到索菲娅身上。

"赵世嫔是我的同伙，她的任务是搞定杰拉德，而我的任务是搞定你。"

"你说你和赵世嫔是同伙？"

"是的，不过这都不重要，重要的是你现在陷入了危险之中，因为除了我之外还有人想要对你下手。"

"到底是谁指使你们这么做的？"

"我们是CIA的人，嘘——"

"所以，在哥特式绘画出现以前，古希腊美术反而更加贴近生活，也更加华丽，当然也更加细腻；而文艺复兴时期的人文主义思想，其实就是延续了希腊派的传统……"

义林觉得从他和索菲娅身边走过的几个游客中有一个人很奇怪，这个人看起来五十多岁，他假装欣赏美术品，其实好像在竖起耳朵偷听他们俩的谈话。等那个游客一走开，索菲娅又开始了之前的话题。

"他们已经察觉出了我的变化，因为我从来没有失手过，所以引起了他们的怀疑。"

义林努力冷静下来，当他从索菲娅口中听到"任务"一词时，心中便满是疑问，于是他开口问道："那个任务也包括杀人吗？"

索菲娅点点头。

"不过你放心吧，目前我的任务还不涉及杀人。"

"那你的任务是……"

"通过你打探出北学人的所在。"

"然后呢？"

"之后的事情会交给其他人。"

"哦。"

义林的口中发出一声呻吟，渐渐地，义林开始感觉到心痛。这痛苦并不是因为自己陷入了阴谋之中险遭不测，而是他和索菲娅的缘分竟然发端于这样的阴谋之中。对此，他痛苦不堪。

"不过，现在这种生活就要结束了。即使这次任务失败，他们也不能抹杀我之前的功劳。现在我可以以一名平凡的美术学者的身份，随心所欲地待在杜莫主教堂。义林，再见了!"

"嗯。"

"虽然我曾经也想过不能再做这种事情了，但我放弃的最主要的原因还是因为你。像你这样富有人性的人，我还是第一次见到，也许这就是爱情。和你的相逢，我将终生难忘。"

"索菲娅，那你不会有危险吗?你现在真的可以轻轻松松地坐在杜莫主教堂几个小时，和过去交流吗?"

"谢谢，你是真心为我着想。不过，我还有一件事情要告诉你。"

"什么事?"

"你见到威思洛伊后他会问你爱不爱我，你千万不要承认。如果你承认的话，我们两个都会没命。不论他说什么，你都要冷静应对。"

"索菲娅，你和威思洛伊是什么关系?"

"我爱他，有时候我也会把我们的情报告诉他。以后我恐怕也要生活在他的阴影之下，因为我爱杜莫主和罗马。"

义林可以猜到索菲娅有一些难言之隐。

"对了，还有……"

索菲娅好像突然想起了什么。

"嗯?"

"你别找那5名科学家了，否则只有死路一条。李俊宇记者的死其实就是因为他想查出他们的下落。"

"这是真的吗？你能不能说得再详细一点儿？"

"没有时间了，我只能长话短说，这件事情始于由3个大人物共同参与的项目。"

"3个人？"

"就是威思洛伊、北学人和杰拉德。起初威思洛伊将瑞士银行侵吞朴正熙秘密资金一事告诉了北学人，北学人可能用了什么手段找来了杰拉德将军，让他帮忙寻找那笔资金，而威思洛伊会分得一杯羹。"

"那杰拉德少将和北学人会得到什么呢？"

"这件事情的具体情况我们也不清楚。我们只是获得了情报，据说北学人会将找到的秘密资金分给威思洛伊，而威思洛伊会将失踪的那5名科学家交给北学人。"

"北学人竟然为了5名科学家，用在瑞士银行的朴正熙秘密资金与威思洛伊做交易？"

"是的。"

"他想利用那些科学家做什么？"

"详细的情况我也不清楚，我猜测北学人可能正在秘密地进行某项重要研究。"

"到底是什么研究，你一点儿也不知道吗？"

"那5个人都是半导体方面的专家，他们都与被称为纳米半导体的最新技术有关。我们总部也怀疑北学人试图研发某种新型的半导体。"

"所以出现了关于三星电子的种种说法？"

"三星电子？这个我不清楚，因为我并不知道所有的情报。"

"就算是这样但还是有些奇怪，我们知道北学人和威思洛伊之间有一种契约关系，而现在随着杰拉德少将的死亡，这一契约自然失去了效力。不过杰拉德少将为什么要帮北学人呢？真的只是单纯地为了向韩国出售法国的阵风战斗机吗？"

"准确的情报我也不清楚。我只知道北学人正在进行一项与最新型半导体有关的研究，而杰拉德和他联手也是事实。杰拉德帮助北学人找到在瑞士的朴正熙秘密资金，而作为补偿，北学人应该也相应地答应了他的一些条件。赵世嫄本来要打听出具体的内容，但是由于杰拉德的拒不合作，所以她被迫将其杀害。"

"好吧，就算北学人与威思洛伊、杰拉德之间存在某种契约关系，那你们CIA为什么要插手并挑起事端呢？"

"嗯，这个我很难跟你解释清楚。我们只是对这三个人的目的，尤其是对北学人的目的深感担忧。"

"担心什么？"

"我们非常担心他们会损害美国的国家利益。"

义林想起北学人说过的没有硝烟的战争。义林感觉到美国CIA和法国国防部情报局，以及总部位于意大利的那个不同寻常的科学财团之间正在进行一场至关重要的角逐。在这场战争中，报社记者和法国国防部情报局负责人已经做出了牺牲，现在自己也被卷入其中，而在自己上头还有一个北学人，他正站在最重要的位置指挥着这场大战。义林有点儿理解北学人如此小心谨慎的原因了。

说完，索菲娅与义林告别。

"义林，再见了！"

义林本来还想问索菲娅一些事情，但最终放弃了，他用平静的声音说道：

"祝你幸福！"

索菲娅一边竭力忍住含在眼中的泪水，一边转过身去，步履轻盈地走出了画满各种穹顶画的画廊。

鹅肝与酒

傍晚时分，义林来到古罗马广场，这里距离古罗马竞技场不远。

"是郑先生吗?"

一位戴墨镜的男子站在入口处，向义林发问，义林默默地点了点头。

"请跟我来。"

按照戴墨镜的男子的指示，两个像保镖一样的人走在义林的两侧。

沿途破损的砖石散落一地，乌鸦在几座大小不一的倒塌的凯旋门上方乱飞。因为是黄昏时分，太阳的余晖洒落在阴森的废墟上。

"请一直朝前边那几位先生走过去。"

几名男子让义林一个人走过去，而他们则停在原地。

义林慢慢地走向正在等待他的人，黄昏时分的太阳正以惊人的速度坠落。

三名男子微笑着迎候义林，虽然他们都穿着黑色的西装，但各自身上散发的气质却不尽相同。

"欢迎你的到来，郑义林记者！"

义林甚至怀疑自己的耳朵，说话的这个人操着非常流利的韩语。

"我是威思洛伊。"

他的声音很沉稳。他一边摘下墨镜，一边示意义林坐下。

"请这边坐。"

威思洛伊指着一块倒塌的凯旋门的残片。

"虽然只是一块坚硬的石头，但是坐下之后你就会发现，其实还是非常舒服的。"

义林默默地坐在石头上。

"来，喝一杯吧！"

威思洛伊把端着的酒杯递给义林，而秘书立即将酒瓶递给他。

"我没有心情喝酒。"

义林并不想喝酒，死亡的危机近在眼前，怎么会有心情轻轻松松地喝酒呢？

"别这样，喝吧！太阳马上就要落山了，如此庄严的时刻，必须要喝一杯。只有这样才能聊天，对吧？"

威思洛伊并不理会义林的想法，他按照自己的意思给义林倒酒。

"请先喝一口吧！"

义林拿起酒杯，威思洛伊也往自己的杯子里倒酒，并喝了一口。

"在喝酒之前，一定要空腹，这是人生中最重要的事情。"

威思洛伊一边放下酒杯，一边说着出人意料的话；而他的秘书立即拿出一个银制的盘子，威思洛伊夹起一块鹅肝。

"来，请用。"

义林默默地接过威思洛伊递给他的鹅肝，并放在嘴里慢慢地咀嚼。

"你们韩国人真的很奇怪，坏了我的好事，现在还反过来说要重新开始。"

义林闭紧了嘴巴，凝视着威思洛伊。

"杰拉德简直就是一个傻瓜，表面看好像挺了不起的，其实就是一个无知的笨蛋！不管怎么样，因为那个家伙和你们，让我蒙受了非常严重的损失。我虽然不是很了解这个世界，但有一样我非常清楚。"

威思洛伊握着酒杯，凝视着在黑暗中阴森森的废墟残骸。

"我父亲曾经告诉过我：让我高兴的人就是我的朋友，让我痛苦的人就是我的敌人。虽然我读过许多书，但父亲的这句话我终生难忘。"

义林想起北学人说过威思洛伊的性格非常古怪。

"我父亲还说过救友杀敌，但是我唯独不喜欢这句话，因为人有时候会成为敌人，而有时候又会成为朋友。如果按照父亲的说法，我只能杀掉所有的人，所以我并没有按照父亲这句话的意思去做。"

面对威思洛伊的怪论，义林无言以对。

"不过后来我渐渐明白了我父亲的话就是真理，如果不杀死那些该死的人，我会很痛苦，而我的事情也会被搞砸。不知道从什么时候开始，总之我一按照父亲说的那样去做，我的麻烦马上就迎刃而解了。"

这时，威思洛伊的声音有些颤抖，义林能够感觉到威思洛伊突然陷入了深深的悲伤中。威思洛伊让义林喝酒，而义林没有理由拒绝。

"所以我在父亲的墓前发誓：将来不管发生什么事情，我都会坚守原则。只要是该死的人，我就一定会杀死他。"

威思洛伊给自己倒了一杯酒，然后一饮而尽。

"所以我杀死了可怜的索菲娅。"

"你说什么？你说你把索菲娅杀死了？"

"没错，我现在很心痛，能够理解这个废墟的人只有索菲娅，而我却把她杀了。"

义林一时无法接受索菲娅已经死了的事实，因为几个小时前他还与索菲娅在一起。

"其实索菲娅有着非常冷酷的一面，这也是因为她的艺术观。她喜欢和雕塑进行无言的对话，她并不仅仅把雕塑当作雕塑，而是把雕塑当作真实的人来对待。"

威思洛伊好像无所不知，而他对索菲娅的分析令义林瞠目结舌。

"这么看来，我们似乎可以发现她不太喜欢现实生活中的人们。她觉得他们肮脏不堪，她在父亲的阴影之下度过了痛苦的童年，而长大后在社会上又遇到了形形色色的人。反正她喜欢的只有雕像而已，我从来没有见过她对现实生活中的人敞开心扉。"

威思洛伊又喝了一杯酒。

"来，再喝一杯吧！"

面对威思洛伊的劝酒，义林只能默默地接过酒杯。

"但是这个索菲娅却爱上了你，她说的最后一句话就是求我放过你。她竟然让我放过你，从那时起我便陷入了深深的迷惑当中。"

威思洛伊让义林喝酒，并且又给义林夹了一块鹅肝。

"来，吃吧！这是鹅肝，唯有鹅肝才是这世间的真理。"

义林将鹅肝放进嘴里，而威思洛伊默默地看着他。

"味道还不错吧？"

义林点点头。威思洛伊仰望着星空，而他的脸上突然浮现出神秘莫测的笑容，这笑容中夹杂着未知的神秘和悲伤。

"我问过索菲娅到底为什么让我放过你，她说你是一个高级的人类。高级的人类？真的是好久没有听过了，因为那是以前索菲娅专门对我的赞美之词。索菲娅一定有她的理由，她并不是一个普通的女人。于是，我又再次陷入了苦恼之中，因为你该死，而这令我很痛苦。不过，在苦恼了很久之后，我做出了一个决定。我要进行一个测试，然后我会根据测试的结果来决定你的生死。"

威思洛伊的话再次让义林异常紧张。测试？关系到人命的测试到底会是什么呢？威思洛伊又喝了一杯酒。

"你爱索菲娅吗？"

义林大吃一惊，索菲娅怎么知道威思洛伊会问这个问题呢？义林觉得这个时候需要镇定，如果只回答"不爱"至少可以免于一死。他想威思洛伊可能是一个嫉妒心很强的人，他非常爱索菲娅。

尽管义林认为应该说"不爱"，但是并没有说出口。义林很苦恼，首先他不敢相信自己竟然会遭遇这么恐怖的事情，义林想，在这种情况下一定有数不清的人死于非命。为了活命而说一些违背自己内心的话，义林觉得浑身不自在。

一时间，"爱"和"不爱"在义林的身体里发生了激烈的冲突，怎么办呢？就在这时，北学人的话突然浮现在义林的脑海里。他想起北学人说过如果不知道该怎么做，就把一切交给命运来决定。一想到这儿，义林发出好像垂死挣扎一般的悲鸣："杀了我吧，因为我爱她。"

义林突然感觉到四周陷入了死一般的沉寂，他不知道自己为什么会放弃唯一活命的机会而选择一条死路。对于邂逅不久的索菲娅，就算爱又能有多爱呢？其实，义林并非爱索菲娅爱到可以为此付出生命，但是在暴力面前，他并不想为了活命而放弃自己做人的原则。

"你已经通过了测试。"

义林根本无法理解，为什么已经预见到这一情况的索菲娅并没有告诉他正确的答案。

"你不愧是一个高级的人类，你走吧！"

义林现在终于可以放心了，但他不明白这到底是怎么回事。一个狂妄的男子企图通过一个测试来判断义林是否是一个高级的人类，并以此为依据来决定是否杀他。深爱义林的女子一心想救他，但是她告诉义林的答案却是错误的。想到这里，义林只觉得这一切都像是一场恶作剧。

"我可以走，不过在此之前，我要知道罗英俊的下落。"

一直站在威思洛伊身后的秘书和司机的脸上浮现出吃惊的神情，但是威思洛伊的表情却出乎意料地平静。

"你说罗英俊的下落？所以我才说你们满嘴跑火车什么都敢说，但是这个请原谅我无可奉告。"

"我就是为了这件事才到这里来的，我可是冒着生命危险啊！所以就算保住了性命，我也不会安心离开的。"

"哎，但是请原谅我无可奉告。不管怎么样，既然保住了性命，你就应该心满意足地离开。"

突然，愤怒和勇气从义林的内心深处缓缓升起，义林用挑衅的口吻对正在倒酒的威思洛伊说："如果我再次通过测试，你能否实现我来此的心愿呢？"

威思洛伊的嘴角不禁浮现出一丝笑容。

"你说再次通过测试？"

"是的。"

"哈哈哈，有趣有趣。"

威思洛伊哈哈大笑。

"如果换成一般人，在这种情况下早就逃之夭夭了，而你却在明明可以逃命的情况下要求再次进行测试？不过你的说法有失妥当。"

"什么意思？"

"如果你没有通过测试，那么理应付出相应的代价，这样才公平吧？"

"代价？"

"死亡。"

威思洛伊的话吓了义林一跳，但是既然到了这个地步，就算听到这种话也不能退缩。

"好的，你出题吧！"

威思洛伊望着废墟缓缓地问道："怎么样可以把360分成两部分，而这个分法是由韩国的什么人提出来的？"

义林一时间非常惊恐，此前从威思洛伊身上感受到的善意和温暖此刻已经荡然无存。义林意识到自己对威思洛伊做出了错误的判断。

"我非常珍视韩国的历史，但是每次看到韩国人的时候，我都非常生气，他们太无视人类共同的财产了。其实我们可以把世界看做是犹太人与韩国人的战争，但是与犹太人相比，韩国人简直就像一群傻瓜。虽然你们头脑聪明，生活状态也不错，但犹太人正在独占诺贝尔奖。据我的观察，韩国人的头脑比犹太人更聪明。在世界数学竞赛上，韩国青少年出类拔萃，问题是接下来韩国人就没有下文了。请解答这道题，时间截止到明天，明天这个时间请到这里来。你可以问任何一个韩国人。"

威思洛伊又给义林倒了一杯酒。

"请你一定要找出正确答案。其实我并不想杀你，可能是因为你珍惜索菲娅，没有与她上床，也许是因为你让我感受到了一丝乡愁，或许是因为你让我想起了很久以前我怀揣着希望和期待第一次去韩国的情景。"

义林毫不犹豫地举起了酒杯，对方是一个完全不按照常理出牌的古灵精怪的人。他非常了解韩国，对韩国爱恨交加。

"你们本来有着视金钱如粪土的道德传统，而这与犹太人的精神文化是不同的。"

义林觉得威思洛伊对韩国人侧重物质文明而忽略精神文化的事实好像很不忿儿，所以委婉地问道："但是任何精神文化都无法在今天物质文明的洪流中孤立存在吧？"

"我不是这个意思，我只是指其中的本质。我对过于浅薄的韩国表示遗憾，即使对于不属于精神层面的科学技术也是如此。最优秀的人才却投身于毫无价值的蠢事，这令我十分愤懑。因为地球上发生的一切最终都将成为人类的共同财产，也就是说，韩国人没有履行自己的义务，并且造成了各种问题。"

义林放下酒杯，转过身慢慢地走了开去。

义林决定把与威思洛伊的谈话以及自己的生死先放在一边，当务之急是要解答难题。比起义林，威思洛伊似乎更了解韩国，而对于他的内心世界，义林更是一无所知。

魔幻数字

　　义林回到酒店，陷入了沉思。这真是一个诡异的问题，义林绞尽脑汁也想不出答案。义林以前有一个习惯，如果遇到一个哲学命题，他会思考数日，再难的问题都可以得出一定的结论。

　　但这个问题理解起来确实很困难。360好像是指圆，当威思洛伊说将360分成两部分的时候，义林想最简单的方法就是将其平分，分成两个180就算齐活儿，但是会这么简单吗？往下义林就不知道该怎么办了。

　　义林不禁发出阵阵苦笑，就像将鹅肝一分为二一样，这种均分的解法到底是不是正确答案呢？义林不禁嘲笑起为此烦恼的自己来。

　　待在客房里的义林觉得很郁闷，所以他决定出去走走。义林在酒店周围散步试图改变一下心情，但他所有的神经还是纠结在那个奇怪的问题上。

　　义林也尝试着换一种方式思考，他想360或许意味着阴历的天数。如果是这样的话，答案也许就是以30为一个单位，分成12个；但这是从很久以前流传下来的太阴历，而在韩国并没有究竟

144　　三星阴谋

是谁发明太阴历的记载。义林的想法虽然另辟蹊径，但问题是太阴历也无法将360分成两部分。

北学人。

义林想到了北学人，他马上到酒店的商务中心联系北学人，但是北学人不在线。义林给他发了一封邮件，然后回到客房继续思考。但是，不管他怎么想，都想不出答案。义林晚上几次下楼去确认邮件，但北学人一直没有回复他。

"我是不是在做一件徒劳无功的蠢事？"

义林也考虑过天亮后要不要收拾行李离开，万一有人监视的话，他就报警寻求人身保护。但是不知道为什么他不想那么做，也许是因为如果那样做的话，就好像背弃了威思洛伊的些许期待。威思洛伊对韩国人爱恨交加，如果自己就这么不辞而别的话，威思洛伊或许又要嘲笑韩国了。于是，义林给泰英打去了电话。

"我的天啊，前辈！"

听到泰英惊喜的声音，义林的思念之情一下子涌上心头。

"你还好吗？"

"当然了。不过前辈的声音听起来好像不太好，事情不顺利吗？"

"没什么。"

"只要平安就是万幸，如果事情不顺利的话，你就回来吧。"

义林并没有提到自己危险的处境，他只是向泰英询问威思洛伊出的那道难题。

"好奇怪的问题啊！"

"有没有什么方法可以尽快知道答案？"

"我试试吧。不过这大晚上的，我不知道该向谁请教这么难的问题。"

果然，泰英也没有什么好办法。

"你联系北学人了吗?"

"嗯。不过他不在线。"

"为什么要急着回答这么奇怪的问题呢?"

"我答应了别人，所以一定要有结果。"

而关于自己命悬一线的话就在嘴边，但义林还是没有说出口。挂断电话后，义林的心情更是说不出的郁闷。

直到早上天亮的时候，义林也没有收到北学人的回复，疲惫的义林又进入了梦乡。

当义林睁开眼睛的时候，已经过了正午。他急急忙忙地往商务中心跑，北学人给他发了邮件，但是邮件里并没有告诉义林问题的答案。

6个小时之后我会跟你联系，请耐心等待。

义林确认了一下时间，邮件是一个小时前发送的，如果是这样的话，5点的时候上线就可以了。义林心里没底，就算北学人愿意帮忙，也未必能解答这么奇怪的问题。义林焦躁不安地等待着约定的时间。

时间在一分一秒中流逝。义林本想喝杯酒，但马上改变了主意，他不想以一个解不出难题而借酒消愁的形象出现在威思洛伊的面前。不管怎么说，这里是一个战场。

在这期间，泰英给他打了好几次电话。

"不管我问谁，大家都只是摇头。我咨询了各领域的人，但是没有人知道。是不是那个人跟你开玩笑啊？为了让前辈吃些苦头。"

义林一边想象着泰英努力的样子，一边劝她不用再费神了，说完，义林挂断了电话。

下午5点，义林上网登录聊天软件联系北学人，幸运的是北学人马上回复了他。

"问题我看到了。我想，你一定被威思洛伊的怪脾气折磨得够呛吧？"

"这还说不上。他说要杀我，我认识的一位女子好像已经被他杀害了。"

"这才哪儿到哪儿，还没有触及他的底线呢。他衡量事情的标准不同于常人，是一个深不可测的人物。"

"不过，那个问题真的很奇怪。"

"嗯，请把你与他的谈话内容都告诉我。"

义林将昨天与威思洛伊谈话的全部内容都告诉了北学人。

"我第一次遇到这么古怪的问题，这道题真的有答案吗？"

"当然有。"

义林吓得起了一身的鸡皮疙瘩，他觉得北学人是一个极其神秘的存在；同时，这个世界可能与自己想象的有所不同，正受到某种特殊力量的控制。

"首先，我要告诉你关于将360分成两部分的方法。把360分成216和144，这是记录在《圣经》里的苏美尔人的分法。《圣经》将216视作恶魔的数字，而144是拯救的数字。"

"什么？虽然我也读过许多遍《圣经》，但是从来没有见过216这个数字呀！"

"那你看过关于恶魔数字的记载吗？"

"是的，666是恶魔的数字。"

"没错，那个666就是216。"

"怎么会是这样？"

"你试着将三个6相乘。"

"嗯，是216。"

"然后用360减去216。"

"是144。"

"没错，在《圣经》的约翰启示录中出现过144是拯救的数字。在末日审判时，获得拯救的人数总是144，或者是它的10倍。"

对于北学人的解释，义林非常吃惊。

"那韩国也是如此吗？"

"在格庵南师古所著的《格庵遗录》中，也出现过与《圣经》中的144相同的描述。"

"请解释一下。"

"在约翰启示录中出现过获得拯救的人数共有12支，每支12000人，共计144000人，而《格庵遗录》中也有相同的记载。"

"愿闻其详。"

"12位仙人各率领12000人，共计144000人。"

义林无法相信自己的耳朵，他难以置信在《圣经》尚未问世的时代，竟然会有人写出与《圣经》不谋而合的语句。

"我完全无法相信，《格庵遗录》是一本什么书？"

"是一本和《约翰启示录》相似的预言书。"

"东西方不同时代的两本预言书，竟然做出了完全相同的预言。"

"是的，144这个数字还出现过。"

"在哪儿？"

"据《约翰启示录》记载，天使用黄金制作的尺子丈量天堂，测量的长度为144个竞技场。类似的话在《格庵遗录》中也出现过。"

"怎么说的？"

"用黄金制作的尺子丈量144尺的古城，忠诚之士将进入此城。"

"威思洛伊为什么要问这种问题？"

"他是犹太人，对于他这位传统的犹太教徒来说，这个数字是人类最高深的谜题。分属东西方两个不同文化圈的书，对同一个数字竟然有着相同的解说。这一点对他来说称得上是谜中之谜，他试图证明苏美尔、以色列和韩国有着相同的本源。"

"但是这个答案真的可以过关吗？"

"是的，威思洛伊如果听到你的回答，应该会满意。"

北学人下了线。

义林觉得自己好像虚脱了一样，自己绞尽脑汁也没有想出来的问题，北学人竟然轻而易举地给出了答案。于是，义林也下了线。

对于如此轻易得到的答案，义林有些将信将疑。他看了一下时间，匆匆向古罗马广场走去。现在，义林完全无法理解这两个人了。

威思洛伊依然一边凝视着形状怪异的废墟，一边喝着酒。如果说与昨天有什么不同的话，那就是换了坐的位置。

看到义林走过来，威思洛伊的表情好像很吃惊。不过，他还是和昨天一样，一边喝着酒一边咀嚼着鹅肝。

"喝酒之前应该空腹，而喝苏格兰威士忌讲究要配鹅肝，只有鹅肝才是这世间的真理。"

威思洛伊依然嘟囔着莫名其妙的话。当酒落在废墟上的最后一丝光线消失的时候，他将杯中的酒一饮而尽。接着，他用生硬的声音问义林："郑记者，我昨天说的付出代价的话你还记得吧？"

"是的，我已经有了答案。"

威思洛伊没有说话。在夜幕即将降临的暮色中，他漫不经心地凝望着即将变成漆黑一片的断壁残垣，他本人似乎已经成为了废墟的一部分。义林觉得他和废墟和谐地融为一体，也许威思洛伊正想变成废墟的一部分。

"别说了。"

"什么？"

"你不必说出答案了。"

"为什么呢？"

"别说了，你走吧！"

威思洛伊一动不动，他默默地坐在那里，脸上没有任何表情，好像这句话就是他的临终遗言。

"我的意思是说你不必说出答案，现在你可以走了，保住性命对于你来说已经是万幸了。"

"你为什么不遵守约定呢？"

"什么？你真的知道答案吗？"

"当然。"

"如果你不说出答案的话还可以走，但如果你的答案是错误的话，等待你的就只有死亡了。"

"请便。"

听到义林自信的声音后，威思洛伊好像很生气，他盯着义林。

"那你说说看。"

"在《圣经》中将360分成216和144，而韩国的格庵南师古的著作中也含有和《圣经》中相同的数字——144。由此我们可以看出世界精神史（历史学的一个分支）有着相同的本源，这表明今后韩国面临的课题与苏美尔文明有关。"

威思洛伊惊呆了，虽然义林的回答很简短，但是却给了威思洛伊极大的冲击。

默默地凝视着废墟的威思洛伊随即拿起了酒杯，而葛兰马上给他倒满了酒。接着，威思洛伊夹了一块鹅肝放进嘴里，久久没有说话。他仿佛成为了废墟的一角，静静地隐藏在黑暗之中。

过了一会儿，威思洛伊终于开口了。

"有人告诉郑记者的吧？难道是北学人？"

"是的。"

"嗯，北学人……"

"你了解北学人吗？"

"了解一些吧。他试图从我手中抢走5位重要的科学家，而现在好像又追加了一个人，就是你昨天提到的那个叫做罗英俊的人。"

义林又陷入了新的困惑当中。

"你为什么要把那些人藏起来呢？"

"我不是把他们藏起来，而是在保护他们。"

"保护？"

"没错。因为在韩国他们得不到保护，所以我要保护他们。"

"这是什么意思？我不太理解。"

"我购买韩国人的聪明才智，为他们提供各种保障，让他们安心学习，并且为他们提供最好的工作。"

"所以你才会为韩国的精英提供那么多的奖学金？"

"没错。也许在这个世界上，最得不到合理待遇的人就是韩国的数学或科学方面的人才，今后无论如何我都会支付他们奖学金。如果他们从学校毕业，我会安排他们进入世界一流的公司，而我花费的资金都来自于我的公司。"

"你没有把奖学金给第一名学生，而是给了第18名，我就觉得其中有问题。原来你是一个像奴隶主一样的人。"

"奴隶主？不是那样的。郑记者的想法很愚蠢。你是一个很优秀的人，不过看人的眼力还需要历练。"

"你为什么这么说？"

"名次有那么重要吗？我只看重创意。20岁的时候流畅地背诵法律条文后参加考试，之后便可以一劳永逸。这样的社会，郑记者真的喜欢吗？"

"嗯。"

"别说第18名，就算是倒数第一名，也有比第一名强的人。爱因斯坦就是这样的，而我也是如此。"

义林犹如挨了当头一棒。

"最可笑的，是你们对待科学家的态度是全世界最糟糕的。数学、科学是引领未来的真理，但在你们的国家里，不要说数学、科学教师，就连世界级的科学家也被冷落，而你们只是痴迷于英语。因为我热爱韩国，所以才会帮助身处困境的科技人才。为了把他们培养成优秀的科学家，我付出了大笔的资金。对此，你们有什么资格评头论足呢？"

义林无言以对。

"不管怎么样，既然郑记者说出了正确答案，我就把罗英俊的下落告诉你。"

义林可以感受到虽然威思洛伊性格古怪，但是却十分守信。

威思洛伊喝了一杯酒后平静地说道："他在美国。"

"美国？他在某家公司吗？"

"瑞昱公司，一家世界级的制药公司。"

"那家公司在什么地方？"

"它的机构遍布于世界各大城市，而罗英俊在斯波坎市。"

"斯波坎市？"

"是的，一个非常小的城市。"

"他在那里做什么？"

"他正在进行某项与基因有关的实验。不过，你们的计划似乎根本不需要罗英俊，你为什么要找他呢？"

义林也不知道其中的缘由，但是他突然想起北学人说过他正在进行一项重要的研究。

"这个我也不太清楚。"

"一无所知吗？这也有可能。总之，你现在可以走了。我也无法理解我自己，竟然放过了本来该死的人。"

威思洛伊发出阵阵冷笑。

"不管怎样，我还是谢谢你。"

听了他的一番话，义林竟然对威思洛伊产生了好感。现在，他已经不相信威思洛伊会杀死索菲娅，也许还有其他的原因。

"来，最后再喝一杯吧！"

威思洛伊默默地把酒杯递给义林，义林无法拒绝威思洛伊递过来的酒杯。

"你把这个杯子带回韩国吧！你让我看到了早已消失的韩国的形象，因为爱所以珍惜对方？哈哈，痛快，痛快！好，好！对，这其中蕴含着文化，原来还未消失。快看，葛兰，你看到了吗？原来在世间的某个角落还存在这种内心的力量。"

义林产生了一个奇怪的想法，自己看到的威思洛伊尽管古怪，但是他却深深爱着韩国，而且他看起来并不像那种杀人如麻的恶魔。虽然觉得只是可能，但义林还是开口问道："韩国的李俊宇记者是你杀的吗？"

"李俊宇？不是，我从来不杀韩国人。"

"什么？杀人还要看国籍吗？"

"没错，我绝对不杀韩国人。"

"为什么？"

"人们都会对某一国家有着自己的好恶，而我从年轻的时候起就非常喜欢韩国。你明白吧？嗯，而且……"

威思洛伊停顿了一下，

"有一段时间，我还考虑加入韩国国籍。"

从威思洛伊的话里义林可以感受到某种程度的信赖，他想古怪的人应该不会说谎，也许人们为了不说谎而变得古怪。

"你说你没有杀害李俊宇记者，我怎么相信你呢？"

"我并不喜欢手上沾满鲜血，不过有一些朋友却嗜血成性。"

"你指的是CIA？"

"总之，我从来没有杀害过或让人杀害过韩国人。"

"这么说，从一开始你就没有打算要杀我？既然这样，索菲娅好像也没有理由会死啊！"

"你走吧，这件事情你就不要再问了。"

义林点了点头，他可以确定威思洛伊并没有杀死索菲娅。

义林跟威思洛伊点头作别。古罗马广场的废墟上一定有许多故事，他一边想着一边沿着坡路慢慢走去。

生物学家

义林回到首尔后，第一时间就借助聊天软件联系北学人，而北学人也马上回复了他。

"你说罗英俊在美国的斯波坎市？"

"是的，威思洛伊是这么说的。"

"瑞昱公司的研究所？"

"是的，不过他是怎样一个人呢？"

"虽然他名气不大，但他是一位了不起的生物学家。在威思洛伊财团里有着非常严格的分类，最高级别是Omega级。Omega级意味着获得了最高级别的认证，而罗英俊就是Omega级。"

"但是，威思洛伊对当今世界了如指掌，却完全无法理解您追查罗英俊博士下落的原因。"

"这样啊？那是他完全陌生的领域。"

"不管怎样，我想跟你见上一面，因为我的心中充满了疑问。"

"请你理解我的处境，由于种种原因目前我还无法露面。很抱歉，但是近期内我还是希望郑记者能帮助我。"

"我只有知道了事情的原委才能帮你，难道不是吗？"

"嗯，郑记者见过赵长官后有什么想法吗？"

"什么意思？"

"你觉得他是一个值得信赖的人吗？"

"当然。"

"那你见到杰拉德将军后有什么想法呢？"

"我觉得他在做一件非常重要的事情。"

"那威思洛伊呢？"

"他虽然古怪，但信得过。"

"如果是这样的话，你也应该相信我。"

义林无语。

"不过，这件事情不会失败吗？"

"目前是失败的，因为杰拉德将军还没找到瑞士银行的资金便被人杀害了。"

"既然如此，所有的事情岂不是都完蛋了吗？威思洛伊对此非常愤怒，他说自己遭受了非常严重的损失。"

"的确如此。但是，他和我们之间的战争还没有结束，而我们也没有失败。比瑞士秘密资金更严重的问题就摆在我们的眼前。现在，是你发挥重要作用的时候了。"

"什么事？"

"你去见罗英俊博士。"

"去美国？"

"是的，情况非常紧急。"

"我去做什么呢？"

"嗯，这次的事情没有那么简单，你去了之后要说一些非常专业的话。"

"什么？非常专业的话？"

"没错，你要劝他回韩国，这是一件非常困难的事情。因为到目前为止，虽然尝试了各种方法，但还是没能让他回来。不过我想到了一个办法，就是你以科学家的身份前往美国。"

"什么？"

"你到美国后，要围绕他的专业与他周旋。至于能否把他带回来，那就全靠你了。"

"不行，这不可能。"

"为什么？"

"我对科学一窍不通啊！"

"不错，但是你可以做到。"

"什么？像我这样的门外汉与那种天才科学家在专业领域进行交流，这可能吗？"

"我会帮你的，只要你不是傻瓜。"

义林将信将疑，他根本不明白北学人到底是什么意思。

"问题只是一个概念，你只要在他面前提及一个概念就可以了。那样的天才看问题的方式异于常人，所以到了美国之后，你以天才自居就可以了。"

"但是，就算这样……"

"放心吧！你一定可以做到。你到了美国之后，应该说什么我会通过邮件告诉你的。那今天就聊到这里吧。"

义林只好一边摇着头一边下了线。接着，义林立即给泰英打电话，可以感觉到泰英难以掩饰的喜悦之情。

"知道北学人答出了那道题，我才放心。真的很神奇，对吧？"

"那个叫做威思洛伊的人真是令人无法理解，他既是科学的神秘主义者，又是虚无主义者？正如他崇拜鹅肝。"

义林将在古罗马广场发生的一切都告诉了她，泰英好像根本不相信。两个人一直在聊关于威思洛伊的话题，一直聊到很晚。

"罗英俊是一位生物学家？"

"嗯，北学人让我去找他，并且说服他，把他带回韩国，这事可真是的……"

泰英听完义林的话，哈哈大笑。

"你说让你冒充科学家？不过北学人真的很了不起，似乎是在现实生活中不可能的事情，但却制订了如此雄心勃勃的计划，而且还派前辈去美国。"

"关于他的真面目我一无所知，他到底会让我这个门外汉说些什么呢？虽然他不像是个开玩笑的人，但这也太荒唐了。"

第二天，当义林看到北学人发来的邮件时，他知道那绝不是玩笑。

　　所谓的科学并没有想象的那么难，心有多远你就能走多远。请用轻松愉悦的心情把我发来的内容读一遍，这样应该就可以和罗英俊博士对话了。

义林将北学人发来的科学知识背了下来，其实其中的内容并没有那么复杂，反而很简单。所以，义林心里还是不托底。

在去美国之前，义林又再次跟北学人确认。

"用这么小儿科的内容与罗博士交流，真的可以吗？"

"是的。"

"你见过他吗？"

"没有，我只知道他从事哪一方面的研究。"

北学人的回答非常简短。

"为什么要把他带回韩国，也不需要跟他解释吗？"

"什么也不必说，只要与他交流就可以了，因为剩下的事完全取决于他。一路顺风！"

　　这天晚上，义林怀着信疑参半的心情再次登上了飞机，他跟报社请了10天的长假。

病毒组合

　　义林在温哥华换乘了另一个航班飞往西雅图，然后，他又在西雅图换乘一架小飞机，经由一个很小的城市到达了斯波坎市。因为斯波坎市是一个弹丸小城，所以机场连出租车都没有。

　　"请您给出租车公司打电话，他们就会派出租车过来。"

　　机场工作人员向义林介绍，而义林的嘴角露出一丝苦笑。在西雅图给罗英俊博士打电话的时候，博士对这种情况只字未提，义林完全没有料到会是这种情形。就在义林想用公用电话叫出租车的时候，

　　"是郑博士吗？"

　　是一句韩语，说话的人好像很高兴。

　　"是的。"

　　仔细观察，说话者像是一个对世间的一切琐事毫不介怀的人，他看起来45岁左右，穿着一套不太讲究的西装站在义林的面前。

　　"嗯，比我想象得年轻啊！我们走吧！"

　　"你怎么知道我坐这趟航班呢？"

"这里没有几趟航班，因为你决定下午来找我，所以应该乘坐上午的航班过来，不对吗？"

罗英俊开车把义林带到了自己工作的研究所，而研究所的规模让义林为之咋舌。

"好棒的研究所啊！"

"其实也没什么。"

罗英俊只是一名研究员，但他却有一名女秘书，这再次让义林吃惊不已。秘书殷勤地拿来饮料。

秘书一出去，罗博士便向义林抱怨："母狗，她就是一个间谍。"

"母狗？"

"她整天监视我，也许现在郑博士也被纳入了她的监视范围。"

"她为什么要监视您？"

"因为我目前正在这里进行一项研究，那么巨额的资金往来，能不监视我吗？而且从威思洛伊获得的身价来看也应该如此。"

"什么？你说从威思洛伊获得的身价？大概什么数？"

"那将完全超乎你的想象。世人以为只有运动员有身价，其实科学家也有身价，但科学家的身价无法明说，不过并不比运动员差。"

"是吗？但是为什么我没有身价呢？"

"哈哈，不是所有人都有身价的。"

"博士你似乎很小看我。"

"我不是那个意思。我的意思是说从很久以前开始，我就被俘虏了。"

"俘虏？这是什么意思？"

"就是成了那些猎头将军的掌中之物。他们买断了人才的未来，在付出少许资金培养之后以超乎想象的高价将其出售。当然，从表面看都有合约，但当事人在这份合约中并没有自由。"

"所以说威思洛伊是坐享其成的猎头将军。"

"是的，他很早便注意到韩国。虽然在韩国数学和科学没有受到足够的重视，但是他很早就意识到韩国人的头脑非同一般，所以他买卖韩国人的未来。"

义林觉得如果总是说这些无聊的事情，很可能会露出马脚，他认为自己的做事风格也应该有异于常人。

"那我们还是言归正传吧，首先说说博士正在进行的实验。"

"好，然后你再说说你在电话中提到的那个概念。"

"当然。"

"我们换个地方吧。"

出人意料的是博士带义林去洗桑拿。

"你想象不到的是美国人也很喜欢桑拿，我之前从来没有来过，尽管平常总想着要来一次。当然，今天来这里是为了说话方便。"

博士非常小心。进入桑拿房后，很快便汗流浃背，这时候博士才开口："是威思洛伊把我送到瑞昱公司，当时我正独立进行基因研究，而且已经秘密地掌握了1号染色体周围的转录因子Run3具有怎样的特性。"

义林本来想问Run3是什么，但一下子又咽了回去，因为他现在也是一位天才科学家。

"原来如此。"

"人类的细胞核中共含有23对染色体，这些染色体中大约有40000个DNA，这些DNA是承载着人类遗传信息的密码。Run1是造成白血病的基因，Run2是与骨骼生长有关的基因，但Run3的特性还未被公开。"

"嗯。"

"我将绿色素注入Run3基因中，并将其放入线虫的体内。线虫是一种昆虫，它会按照基因组表现出全部的基因信息。随着时间的推移，线虫消化器官里的细胞也开始出现绿色。"

"这么说，Run3是作用于人类消化器官的基因？"

"确实如此。我联想到胃癌，如果将该基因正确加以利用的话，我确信可以治疗胃癌。胃癌不是让韩国人痛苦不堪吗？就在这时，威思洛伊将我送到瑞昱公司，而我的研究结果将全部归瑞昱公司所有，合约期限为10年。我试图摆脱威思洛伊财团，但是当最后收到奖学金的时候，我在有关材料上签了字，而他们最终俘虏了我。足足需要支付500万美元我才能重获自由，我请求威思洛伊给我时间，在古罗马广场上他一边让我吃鹅肝一边跟我说了一个提议。"

"什么提议？"

"如果我不去瑞昱公司，当我完成所有研究的时候，他将拿走所产生的商业利益的50%。"

"你答应了吗？"

"当然。"

"接着呢？"

"我去了韩国，我在韩国的地方大学找到了一份工作，我自己一个人进行研究。但是实验室的情况太糟糕了，最要命的是没有用于实验的小白鼠。无奈之下我联系了日本的实验室，让日本的科学家和我共同研究。"

"结果如何呢？"

"这个我无可奉告。但是，我确信用不了多久一定能够研制出攻克胃癌的药物。"

"不过你为什么不待在韩国，而是来瑞昱公司呢？难道这也是威思洛伊策划的阴谋？"

罗博士深深地叹了一口气，而他的脸上浮现出绝望的神情。

"这就是我们国家的现状……"

"……"

"我拿到这个项目后曾数次向政府申请研究经费，那段时间我动用了所有可以动用的资金；我甚至把房子卖了，还跟朋友借了几十万，但那对于整个研究来说不过是杯水车薪。"

"所以你来到美国……"

"有些人以为这项研究马上就会转化为一笔财富，所以借钱给我。起初我以为这是好事，可事实并非如此。"

说着，罗博士不禁发出一阵苦笑。

"当然有些人认为投资这种大项目就跟投资股票一样，这些想法是有问题的，但是更大的问题是导致科学家们不得不出此下策的韩国社会风气。说什么科技是生产力啊，科技是国之命脉啊，人们为此争论不休，但是韩国社会的实际情况还是没有任何改变。"

"嗯。"

义林心中的悲伤难以言表。

"为了科学借钱，然后被金钱驱使的人生，我真是过够了，就连我的家人也生活在痛苦当中。无奈之下，我联系了威思洛伊。他帮我清偿了债务并把我送到了这里，而我要将我的全部研究公之于众。"

"所以，最后那项实验在这里继续进行。"

"是的，我将在这里的研究成果整理后寄给了美国的《细胞》科学期刊，很快，提供经费支持的承诺从世界各地向我飞来。和我一起在日本研究的朋友，在收到一笔想象不到的巨额资金后去了国外。"

"真遗憾啊！"

"因为我确信我要回韩国继续我的研究，Run1的研究结果是研发出治疗被称为格列卫的血液病的药物。为此，我向制药公司借了一大笔钱。我的Run3研究和治疗胃癌的药物有关，我本想只依靠我们的技术开发药品，为我们国家创造出更多的价值，但韩国的力量还是不够强大。"

"……"

"韩国的顶尖人才陆续去了国外。照这样下去，用不了多久，韩国就没有获得理学博士学位的人了，而在国外获得博士学位的人可能也不会回国。像我这样本来想在韩国进行研究，但是因为经费短缺最终放弃原则的也大有人在。"

罗博士悲壮地说道："科学家们一直在强调祖国、外国。为了能够留在祖国他们曾拼命挣扎，但面对祖国的无动于衷他们无可奈何，最终只能为外国政府或公司卖命。"

罗博士最后一句话犹如呐喊一般，让义林感觉到一种莫名的沉重。试想一下，他们本来肩负着国家的未来、民族的希望，但是韩国社会对这些科学家又怎么样呢？

"唉，对了，郑记者在电话里说的那个病毒组合的概念是什么呢？"

义林可以感觉到罗博士对病毒组合的话题非常感兴趣，义林想起了北学人的话。

"病毒组合这一概念是一个全新的说法。"

"确实如此。"

罗博士微微地点了点头。

"这么看来问题很大哦！"

"什么问题？如果是与安全有关的问题，那请你放心。"

"我不是那个意思。我们希望罗博士能够回到韩国进行这项研究，只要你决定回韩国，我就把概念告诉你。"

"你在搞什么把戏？难道韩国现在也出现了威思洛伊那种人吗？"

"不，这其中没有任何的条件，回国与否全凭博士自己的意愿。只不过派我来找您的北学人听到博士不回韩国的消息后肯定会受不了的，他说我只要告诉你概念，你就会回韩国。"

"北学人？他是什么人？"

"我也不是十分清楚，可能是韩国顶尖的天才吧。"

"哈哈哈哈，你们真是一群怪人，竟敢在我面前自称天才？"

"你能答应吗？回韩国进行研究。"

"别再说这种傻话了！威思洛伊在我身上投资了120万美元，后来他又从瑞昱公司获得了500万美元。现在我的研究成功了，我会从公司获得几百万美元。当然，公司以后会赚数亿美元以上。仅凭三寸之舌你就想把我带走？而且是去令我厌恶的韩国？"

义林着急了。他接受了一个不可思议的任务，跨越了太平洋来到这个小城市。他到底凭什么将这个比一个齐达内或是贝克汉姆的身价还要高的天才科学家带回韩国呢？义林的心情糟透了，他觉得自己好像是来登门乞讨的。

义林深吸了一口气，让自己平静下来，然后不卑不亢地问道："你要是听了我下面说的话，就会回国吗？"

"什么话？"

"是你梦寐以求的新理论。"

"你说在我的专业领域？"

"当然。"

"你是说在我的专业领域里爆出了什么令人惊奇的高论?"

"没错儿。"

"那你说说看!"

博士的脸上满是愤怒,这是世界顶尖科学家的自尊。

"无礼的家伙!"

博士自言自语地说。

"关于概念我只能说一句。"

"你说说看。"

义林压抑着内心的紧张,说出北学人教他的一句话。

"利用噬菌体展示,把纳米粒子注入病毒,这就是病毒组合的概念。"

说完,义林顿时松了一口气。不知道为什么他突然感到不安,指望凭这么简短的概念蒙混过关,没准儿会在本来就厌恶韩国的博士面前丢脸,也许还会露出马脚,说不定还会被博士说成疯子送到警察局去。

"呼……"

义林想出去,因为在桑拿房里本来就闷得慌,况且还被紧张和不安困扰着,义林真的很难受。义林用手掌擦了擦脸上的汗珠,他想如果现在博士发火的话他就马上出去。

"呼……"

义林又深吸了一口气,他听到从身旁也传来沉重的呼吸声,原来是罗博士兴奋的喘息声。

"你再说一遍!"

博士的口气像是挑衅,有些火药味儿。义林马上离开了桑拿房,他脑中好像浮现出被博士嘲笑和侮辱的场景。

义林咣的一声关上了门，打开淋浴喷头。冷水从头到脚倾泻而下，他仿佛觉得自己重获新生。

义林突然觉得自己的行为很可笑，同时，他开始抱怨北学人。自己这个门外汉竟然在名副其实的世界顶尖天才——罗英俊博士面前卖弄学问，这就好比威思洛伊对他的考验一样，让义林感到奇耻大辱。

义林觉得这段时间自己被北学人非凡的领导才能蒙蔽了，他一边冲凉一边想喊叫，他想在博士从桑拿房出来之前换好衣服离开。义林想让水流更猛，于是他伸出手。门突然开了，是博士。

"我让你再说一遍！"

博士愤怒的脸上散发出一种无法形容的光彩。

"博士，其实我不是科学家，我只是一名记者。"

"……"

"我只是按照北学人的指示办事。是他让我来见博士，是他让我那么说，其实我并不明白其中的意思。对不起！"

义林的声音中满是羞愧。

"我绝对不是想要戏弄博士，或者是另有所图。"

但是博士凝重的神情并没有因为义林的坦白而有所缓解。

"我让你再说一遍！"

博士的声音中夹杂着更多的愤怒，义林决定豁出去了，把刚才的话又重复了一遍。因为背了几十遍，所以绝对不会有错。

"利用噬菌体展示，把纳米粒子注入病毒，这就是病毒组合的概念。"

"呼……"

博士再次深呼吸。

"利用噬菌体展示，把纳米粒子注入病毒里？"

罗英俊博士光着身子茫然地站在喷头下面，只是重复着这句话。义林同样茫然地站在原地，目前的情况他实在不知道该如何是好。

博士静静地站了好久，慢慢地睁开了双眼，他的眼皮微微颤抖。博士的双手不断地握紧，又不断地伸开，一边狠狠地摇头一边自言自语。最后，博士伸出双手紧紧地抓住了义林的胳膊，从博士的口中发出怒吼一般的悲鸣："啊啊！为什么以前我没有想到基因病毒和纳米粒子的结合？傻瓜！我真是一个傻瓜！傻瓜！我是个傻瓜！"

博士好像哽咽一般，不，好像马上就要号啕大哭一样。

"结合！傻瓜！我真是一个傻瓜！傻瓜！"

"……"

"啊！如果是这样的话，DNA保存也是有可能的！DNA保存也是有可能的！啊！纳米粒子和基因病毒的结合，如果这么想就简单多了。是谁？是谁想到这种理论的？"

"是一个韩国人，就是我之前跟你提过的北学人。"

"韩国？你说那个差劲儿的韩国？韩国是科学家的地狱，那里竟然能出现这样的理论？从韩国人的脑子里？"

"是的，没错。"

"你撒谎！不，这不可能！你说韩国人创造了这样的理论？实验，已经进行了实验？"

"还没有进行实验，所以韩国需要您。"

"哈哈！基因病毒和纳米粒子的结合！利用噬菌体展示！哦哦，这有可能！这有可能！"

博士又开始自言自语，这出人意料的变化让义林吃惊不已。博士的脸上浮现出的不是愤怒而是惊愕，他语气冷静地问道："你说北学人？”

"是的。"

"你说你不是科学家而是记者？"

"是的。"

博士又再次陷入了沉思当中。

"噬菌体展示是什么？"

"我不知道。"

"什么？你不知道噬菌体展示？"

"是的，我不知道。"

"唉……"

博士的口中发出一声叹息。

"他真是一个怪物。"

义林陷入极大的困惑之中。

"噬菌体展示是什么？"

"那是生物学上识别抗体的一种方法。"

"那刚才我说的那句话是什么意思呢？"

"就算解释你也不会懂的，不过你说这样的想法来自韩国人的脑子？啊，真是完全出乎我的意料。"

这时，义林开始极力反驳博士的偏见。

"博士，韩国现在正在觉醒，如今正在逐渐转变成为一个尊重科学家和技术人员的社会。在这种时候，博士应该回到韩国贡献自己的力量，还应该回去批判那些轻视科学家和技术人员的政客、官员、司法人员。如果社会结构不合理，理学博士可能也会改行去参加司法考试吧？"

"我认为现在的韩国气数已尽，世界的发展速度在这里可以看得一清二楚。即使和中国相比，韩国的情况也令人寒心。在中国，学理工科的学生占学生总数的90%；而在韩国，学理工科的学生只占学生总数的25%。这样能够与其竞争吗？中国前国家主席江泽民不就是技术人员出身吗？"

"所以，国家应该变革。博士，请您回国吧！"

博士再次闭上双眼，思考良久，说了一句出人意料的话："你现在马上动身离开这个城市，我明天就回国。"

义林被深深地感动了，那么嫌恶韩国的罗博士，只不过听了北学人让义林转告他的一个简单的概念，就毅然抛弃了坚守多年的原则，并决定回到韩国，这让义林感到又惊愕又敬佩。

"那你和瑞昱公司的关系怎么办呢？"

"反正能做的我都做了，现在剩下的事情只不过是决定给我的回报。但是这并不重要，现在需要争分夺秒的是这个领域的研究和实验。我想从后天开始，在韩国专心于这项研究。"

"你回国后请与他联系。"

义林一边走出桑拿房，一边把北学人的邮箱地址告诉罗博士。

义林与罗英俊博士分开后便回到了韩国。先前跟报社请了那么长时间的假，现在忙得有些不可开交。一周后，北学人通过聊天软件联系义林。

"郑记者，辛苦你了！罗英俊博士已经来到这里，他对我们的研究帮助很大。"

"我觉得我这么做也是为了祖国。我还是想见你一面。"

"很抱歉，你就把我当作虚拟空间里的一个影子吧。"

"但是我想整理一下我做过的事情。我跑了大半个地球，竟然还不知道自己做了什么，你觉得这像话吗？"

"我理解你的这种心情，可是我目前正在致力于一项重要的研究。我指的不是时间问题，而是安全问题。"

"我知道，我理解。"

义林完全能够理解，索菲娅的任务不就是利用他来打探北学人的底细吗?

"李俊宇记者是怎么死的，我们不是还是没有查清楚吗?"

"是的，起初我认为威思洛伊是凶手，但其实不是他们，而是另一股势力。所以，我认为CIA才是杀害李俊宇记者背后的主谋。"

"你的猜测很有道理。"

"不过他们为什么要除掉李记者呢? 因为他帮你做事吗?"

"不，李记者从来没有因为帮我做事而与他们发生冲突。"

"那是什么原因呢?"

"可能是因为李记者发现了他们的一些行动。"

"你是指掌握了CIA的阴谋?"

"没错。"

"到底是什么阴谋，你心中有数吗?"

"我曾经跟李记者说过，三星电子是这场战争的中心。之后，李记者好像花了很多心思搜集关于三星电子的情报。"

"这个我也知道。李记者一边调查围绕三星电子的阴谋，一边给北学人发邮件。"

"没错，李记者就是死于公布这一阴谋的前夕。"

"不过那个阴谋是什么呢? 李俊宇记者想要保护的国家利益具体又是什么呢? 而三星电子与李俊宇记者之死到底有什么关系呢?"

"目前全球正在进行着一场激烈的科技大战，虽然各方面的技术都在飞速发展，但其中最引人注目的是超小型半导体制造技术。"

"超小型半导体?"

"是的，现如今，制造肉眼几乎看不到的小型半导体之战正在发达国家之间激烈地展开。"

"但是为什么要称其为战争呢?"

"超小型半导体将改变人类社会的一切，所有原来认为是不可能的事情通过它都将得以实现。据我所知，现在美国的英特尔公司好像已经成功制造出超小型半导体了。"

"那三星电子呢?"

"三星电子目前还没有成功。"

"那你为什么说三星电子处于这场战争的中心呢?"

"虽然英特尔公司处于半导体行业的领先地位，也创造了半导体的神话，但是英特尔公司开发的方法我觉得有一些简陋。目前，在世界半导体业界和学术界，利用碳纳米管技术是公认的最佳方案。这项技术将在未来的10年内被成功开发出来，而三星电子正处于这项研究的领先位置。"

"那李俊宇记者掌握的阴谋是什么呢?"

"现在还无法确切地知道。"

北学人好像知道什么，但是他并不打算告诉义林。

第三视角

三星的李建熙会长正对着面前的一封信发呆。信的内容十分简短明了，但他却已经思考了几个小时。

致会长：

　　如果三星想在中国有所发展，最重要的就是要阻止中国并购海力士。虽然8英寸晶圆和纳米的技术也是要解决的问题之一，但更为可怕的是海力士一旦被中国并购，中国构建全面高科技系统将如虎添翼。您应该知道电子科技相互间的影响力是很大的。

　　　　　　　　　　　　　　　　　　——北学人

信的内容十分简短，但已足以让李会长烦心。在管理层会议的讨论中，大家认为，即使海力士被中国并购也不会对三星造成重大打击，因为三星在技术上还是相当先进的；而且与通讯企业相比，半导体的市场规模并不是很大。专家得出的结论虽有道理，但生性谨慎的李会长却仍陷入长考。

如今作为世界第一大市场的中国正飞速地发展数字化科技，在这巨大变化的初期，三星即决定进入中国市场，还委任两名副会长负责对华业务。

此刻这封信却让李会长陷入了沉思。

这封信指出了大家想都没有想到的问题，即8英寸的晶圆和纳米虽然存在一定的问题，但是中国最终会以海力士为跳板构建全面的高科技系统。

"嗯。"

如果事情真的像信中分析的那样，那么三星进入中国将会是十分危险的举措。信中还一针见血地指出技术的相互影响力很大这一点，这在会商时是没有人想到的。

然而相比起这些，最刺激会长敏感神经的还是信末的署名：北学人这是一个让人过目不忘的名字，李会长至今仍清晰地记得他写给自己的第一封信。那是三星在记忆半导体领域征服世界之后的事，在所有人都沉浸在胜利的喜悦时，李会长收到了一封来自北学人的信：

> 会长：德国的西门子开发出了一种叫X存储器的概念完全不同的半导体，比三星的64兆D存储器小了4倍，性能却提高了12倍，是一种超新概念的半导体。所以，D存储器的时代结束了，现在西门子给世界一些电脑制造商提供X存储器的样品，电脑公司都在忙着交定金。然而西门子却没有给韩国的电脑制造商提供样品，这是为了保密。现在，三星没有未来了。

收到信的李会长发出了一声低吟。如果按照信中所说，三星半导体的时代结束了，别说开发X存储器的计划了，就连这个名字都是头回听说。李会长马上召开紧急会议，与会的高管们面面相觑，一脸茫然。

X存储器真的存在吗？尹副会长马上给德国打了电话，动用自己所有的人脉资源来打探消息。不，不仅仅是尹副会长，高管们都抄起电话，几乎打遍了整个世界，可是没有人知道关于X存储器的事。一阵忙乱过后，大家认为这封信完全是谎报军情。

"到底是哪个家伙开这样的恶意玩笑？"

"而且是在三星庆祝胜利的时刻！"

"也许是美国或者日本那些不怀好意的竞争对手干的。"

"北学人？这到底是哪个家伙的名字啊！真是可笑。"

大伙儿吵吵嚷嚷，最后都气冲冲地离开了会议室。性格极为谨慎的李会长什么都没说，在座位上呆坐了好久。随着时间的流逝，内心的感触愈发深切。或许是一封虚假信件，但是李会长却从中看到了可怕的现实，一个不可预知的未来。

"嗯。"

李建熙会长仔细地琢磨着这个写信的北学人，可以把他当做一个无关紧要的人，把信看做是恶做剧，然后把它丢到脑后。

然而，现实又是怎么样的呢？他从这封类似恶作剧的信件里悟出了目前为止还没有人告诉他的道理：像半导体这样的技术产品更新换代很快，也许某天早上起来就会发现已经落伍。世界顶尖什么的都是空话，要格外谨慎小心才是，李会长从信中得到了深刻的警示。

过了这么久，这个叫北学人的人又发信过来，李会长马上想到了海力士。

海力士是世界第三大半导体制造企业，尽管早就有人建言三星应该并购海力士，但是并购以后将成为一个巨大的负担，成为拖韩国经济后腿的烫手山芋，现在他身边的人都认为接手海力士是很危险的事情。

"嗯。"

李会长仔细思考着如何阻止中国公司接手海力士的手段，可却没想出什么万全之策。

管理层已经达成了共识，认为三星绝对不能轻易接手海力士，之后大家再没考虑过这个问题，其实每个人连想都不愿多想了。海力士就像是一尊恐龙，体量实在是太大了。当初，几乎所有人都反对投资三星半导体的时候，自己勇敢地迈出了这一步，但是现在自己也认为应当与下属相向而行。凡是了解半导体的人都和自己有共识，这样结论就不言而喻了。可是，这个北学人可能看得更远，李会长又读了一遍北学人的信。

"嗯。"

李会长又发出一声低吟，北学人这个名字一直深深地埋在自己的心里；今天正是与半导体外资彻底分道扬镳的日子，因此会长不能不特别谨慎。考虑良久，李会长终于拿起了内线电话。

"准备召开高层会议。"

李建熙会长在召集的高层会议上得出了一个结论，那就是为了阻止中国公司并购海力士，三星必须抢先接手海力士。

"我所担心的是电子技术强大的扩散力，如果中国接手海力士的话，中国的相关技术就会飞速发展，最终会使我们在中国的事业举步维艰。我们现在要把集团的命运与中国紧紧连在一起了。"

某位干部表示了同感。

"冷静地想一想，其实中国的技术不比我们差多少。如果他们接手了海力士，就会马上缩小和我们的差距。"

又一个人接着说。

"说得对，其实中国公司接手海力士的目的就是为了获得8英寸晶圆的加工技术。这个技术一旦被中国掌握，后果可想而知。更可怕的是纳米技术，海力士有很多优秀人才，纳米技术的研究也相当深入。只要中国适当利用，半导体的未来说不定就属于中国了。"

"嗯。"

李会长再一次认定了北学人的预测是正确的。那么从长远的眼光来看，我们接手海力士怎么样呢？但是政府方面不想让三星并购海力士，李会长也不愿意官员或是银行债权人插手企业并购过程。

"没有什么好办法吗？有没有既不需要我们接手海力士，又能阻止中国公司并购的办法？"

大家都沉默了，没有人发言。这时，有一个人轻轻地从座位上站了起来。

"实际上我也想过这样的方法。"

发言的人是副社长。

李会长看了看副社长，副社长沉着地看着在座的各位，说道。

"不如把海力士送到美国，正好海力士的经营者们也希望与美国合并。"

副社长说完这句话，人们就开始议论起来。不一会儿，议论声变成了赞同声。

"嗯，这是个好主意，可是给美国的哪个企业呢？"

副社长神秘地笑了笑。

"英特尔和德州仪器应该没有兴趣，但是我认为美光科技也许可以。"

"美光科技会同意吗？"

"我想会的，他们现在正在寻找可以提高股价的资源，接手海力士不失为一步好棋。"

"他们接手海力士恐怕也有点儿吃力吧？"

"反正他们关心的是股市，低价并购海力士对他们而言是很重要的。如果政府和债权团能做出较大让步的话，他们就搞定了。而且海力士有他们想要的技术，也就是下一代半导体核心技术即纳米技术，我听说美光科技对这项技术觊觎已久了。"

"没错，至少在技术方面海力士是领先美光科技的。美光科技如果并购海力士，既可以提高股价，又能收获技术，岂不是一举两得。"

"是的。只要签订并购合同，本国的股价就会上涨，企业领导层也能得到股东们的信任，以后的事就要看他们的效益了。最坏的情况就是他们也许想彻底吞并海力士，到那个时候，我们如果能把海力士的优秀人才挖过来就最好不过了。"

基层出身的一位高管惋惜地说道："不管怎样，把海力士拱手让给外国未免可惜。"

一位搞经营出身的干部接着说："这不就是韩国现在进行的结构调整吗？"

"你知道现在年轻的科技人员议论什么？他们说如果海力士流失海外的话，那简直就是煮好的粥喂狗吃了。"

"虽然现在的努力和技术可能会付诸东流，但也没有更好的办法了。防止银行破产是当务之急，如副社长所说，最坏的情况下，如果我们能挖过来海力士的人才就已经相当不错了。"

副会长打断了他们的争论。

"可是，刚刚说到把海力士送往美国是上策，那现在应该怎么办好呢？我们又该做些什么呢？"

"在海力士和美光科技协商并购价格的时候，我们要为海力士撑腰，让美光科技以为过分砍价三星就会接手，他们对此会十分警觉。所以只要我们表示有并购海力士的意愿，他们就会毫不犹豫地接手海力士。"

这次高层会议讨论了各种各样的战略构想，可却没有觉察到真正的危机正在不知不觉中向他们走来。

意在三星

　　弗吉尼亚州兰利的CIA本部大楼地下大约79米处有一个玻璃密室，在过去的数十年里，这里是世界大亨共同探讨悬案并最终拍板的处所。虽然这个房间的主人是CIA，但是在这里做出重要决策的却有相当一部分是圈外人士。可以说，这个房间是为了集思广益处理敏感事件而专门设立的。

　　虽然本部的所有房间都在为处理世界各地发生的事件和信息而忙碌，可是这间玻璃密室却像埋葬埃及法老的墓室一样寂静。

　　此时的玻璃房间异常寂静，就像敌人投弹前的一瞬，仿佛下一秒就会爆炸。

　　"快请进，华顿博士。"

　　打破宁静的这个人是总统的首席顾问蒙巴顿·保罗。

　　"对不起，我来晚了。"

　　其他成员都至少来过这个房间两次以上了，而华顿博士却是头一次，所以有些慌乱。但是，在座的所有人都知道华顿博士对于这件事情的决策起着至关重要的作用。

　　"没关系。"

不知谁温和地回应道。

"那么我们现在就开始吧？"

首席顾问仔细地观察每个成员的表情，然后低沉有力地说道。

"首先，请国防秘密兵器管理局长阐述一下这次会议的重点。"

威尔顿中将是与会者中唯一一位穿军装的人，他肩章上的五角星闪闪发亮。他站起身，用手指向挂在墙上的美国国旗，暗示此次会议的目的是维护美国的安全。

"我们对108个主要兵器进行过精密的研究，结果发现所有武器的性能都有无限提升的空间。"

威尔顿中将的声音似乎有些颤抖。

"这是世界兵器开发史上前所未有的重大发现。"

与会者的眼睛一眨不眨地盯着威尔顿中将。

"这项研究本来是为了制造微型侦察飞行器的，我们想通过昆虫大小的飞行器来获得比人工卫星更为精准的信息。就在这个过程中，开发了飞行器用的微型芯片。"

人们的目光全都投向了华顿博士，他正是发明这个微型芯片的人。

"我们研究发现，利用微型芯片制造的兵器种类几乎是数不胜数。对于看似毫不相关的地雷和手枪来说，这个芯片都具有决定性的作用。"

"等一下，芯片对地雷有什么作用呢？"

国家情报局局长虽然能理解一二，可是很想进一步知道芯片的作用。

"旧式地雷一旦受到压力就会马上爆炸，所以这样的地雷没有办法辨别敌我，谁踩到都会爆炸。"

国家情报局局长似乎理解了是什么意思。

"您可能已经猜到了吧，植入芯片的地雷能够识别敌我，我军无论多少人一起踩，地雷也不会爆炸。"

"真厉害。"

"现在大家可能又开始担心了。"

"请接着讲。"

"就是大陆间的反弹道导弹，不，是所有的导弹，所有核导弹都会使用这个微型芯片。"

"那么大的导弹为什么用微型芯片？用现有的芯片不就行了吗？"

"这芯片的性能可是比原来的芯片提高了上百倍，谁还会用原来的？"

"……"

"把火柴盒大小的超级计算机放在核弹里会怎么样？"

"你说什么？你说把电脑做成火柴盒大小放在导弹里吗？"

"是的，那样的话，任何截击系统都不能阻挡这样的导弹，这彻底否定了宇宙截击之类的想法，现在半导体在战争中开始发挥决定性作用了。"

"嗯。"

"用于武器开发还算不上什么，还有更厉害的。"

所有人都目不转睛地盯着威尔顿中将，威尔顿中将肩上的五角星闪闪发光。

"微型芯片完全改变了武器的概念，即使敌军与我军混一起，也能准确攻击敌军。如果这就算是新式武器的概念，那么这微型芯片将能直接将敌军变成我军。"

"此话怎讲？"

"如果将微型芯片通过静脉注射送入人体的话就会作用于大

脑，大脑接收信号，从而改变人的想法。如果抓住一个敌军就可以得知他的全部想法，甚至还可以变为我军成员。"

"嗯。"

在座的人们开始讨论起来。

"我们最终会开发出梦寐以求的利器，那就是芯片，今后所有的武器都要装入半导体，包括地雷和步枪。"

"您介绍完了吗？"

"是的，我想再强调一遍，现代战争的胜负取决于半导体。"

中将用倔强而坚定的声音下了定论，首席顾问点了点头表示同意。中将向国旗敬了个礼，然后气宇轩昂地走出了玻璃房间。他的步伐看起来似乎有些傲慢，好像在告诉人们：结论已定，你们自己看着办吧。

中将一走，首席顾问便说道："听了威尔顿中将的报告我想大家已经有所了解，所以我们要重视半导体在新型武器中的重要作用，在此基础上重新制订征服世界的战略计划。"

大家都点头表示同意。

"目前半导体时代的情况和过去核武器时代各个国家保有钚的情况是一样的，我们也许在不久的将来要管控和生产世界范围内所有的半导体。但是现在情况还没有那么复杂，因为微型半导体已被英特尔开发出来，下面有请微型半导体开发商英特尔公司的威尔顿博士进行详细的解说。有请威尔顿博士。"

威尔顿博士慢慢地从座位上站了起来。

"目前记忆半导体之王是韩国的三星电子。在过去的十几年间，我们倾注全力来追赶三星电子，可是过了好多年也没能成功。我们进行秘密研发，可是每当要取得成果的时候总是被三星抢先一步。"

"三星电子有那么了不起吗？我还是不能理解，韩国的水平也不过尔尔，无论资源还是技术都远不及美国的公司，怎么能成为半导体之王呢？"

国防情报局长表示了强烈的质疑，可是威尔顿博士冷静地说道：

"这是世界产业史上一件不可思议的事，因为无论怎么努力都赶不上三星电子。我们英特尔将产业重心转移到中央处理器和软件研发上，结果我们很及时地躲避了冲突，而日本的公司却在较量中损失惨重。"

"这可真是难以置信，三星电子凭什么这么厉害啊？"

"我们觉得韩国人的教育热起到了巨大的作用。"

"教育热？"

"是的，在韩国高等教育已经非常普及，几乎每个人都有做一番事业的专业储备。科学技术的发展归根结底也是人才培养的功劳啊！"

"请接着说。"

"我们已经无法阻止三星电子在D存储器方面的优势，所以开始了其他不同领域的研究，也就是纳米半导体的研究，当然这不能被其他竞争者们发现。"

"所以呢？"

"我们考虑是否能将磁铁原理用在半导体制造中，并在这方面做了深入的研究。其他公司热衷于利用碳纳米管开发纳米半导体，而我们致力于磁铁半导体，也就是M存储器。"

"你刚才说将磁铁的什么性能用于半导体制造？"

"磁铁都有S极和N极，如果将纳米大小的极小的磁铁收集到一起，人为地排列N极与S极就可以变成记忆元件，半导体其实就是这些元件的组合。我们现在使用的矽氧树脂半导体就是矽氧树脂特定性质的组合，组合后通电矽氧树脂就能传递信号，这就是所谓的半导体了。"

"用现在的矽氧树脂元件不能做微型半导体吗？"

"不能，矽氧树脂半导体的回路周长由半导体大小决定，现在三星电子将半导体回路周长成功缩减到0.1微米，可是这和纳米半导体相比根本不算什么，而且用矽氧树脂做成的微型半导体还会漏电。矽氧半导体有这样的局限，所以在全球半导体行业中展开了竞争，看谁能用除了矽氧树脂以外的材料制成纳米半导体，而我们英特尔取得了重大进展。"

"祝贺你们！"

"谢谢！现在我们是世界半导体产业的主导者，我们要用纳米半导体开发手表大小的超级计算机。"

"手表大小的超级计算机？"

"利用纳米半导体制成的超级计算机几乎不需要昂贵的制作费。曾经有人将数百台个人电脑并连，以使其具备巨型计算机的性能，而要做到这一点，只靠增加半导体的容量就可以实现。现在梦想中的电脑诞生了，而且适用于武器制造，请大家想一想，安装了超级计算机的导弹威力该有多大？"

会场的气氛突然变得严肃起来。

"这可是最大的问题啊！"

国务院情势分析局局长摇着头自言自语道，国防部情报局局长立刻接上话茬："问题到底出在哪里？现在英特尔已经首先开发出纳米半导体，还可以应用于武器研发当中，能有什么问题？不是说可以制造带有超级计算机的武器吗？而且战斗机的性能还会提高数十倍甚至数百倍，您有什么可担心的？况且利用纳米半导体研发武器的费用也不多，不是吗?"

"真是这样吗? 可费用不多本身就是个问题啊，不花钱不就意味着谁都可以制造了吗?"

"嗯。"

"如果任何国家都可以开发威力如此巨大的武器，那问题可就严重了。技术进步了就会有这样的隐患。"

情势分析局局长话还没说完就被总统的首席顾问打断了。

"克拉克局长说出了重点，今天会议的目的也在于此。"

人们的目光投向了首席顾问。

"我们美国的公司首先开发出了纳米半导体，这是值得庆贺的。现在我们要有绝对的保护意识，也就是不能让他人也制造出纳米半导体，为此我们要做的事太多了，但这却是必须做的，就算改变政策和法律也在所不惜。决不能让外国人学会纳米半导体的制造技术，这些都是我们要讨论的内容。"

不知谁打断了首席顾问的话，小心地问道："英特尔M存储器技术保密工作做得还好吧?"

"当然。"

"太好了!"

首席顾问接着说："首先，我们要观察外国的动向，制定保护政策。现在外国公司开发纳米半导体的技术发展到什么阶段?"

人们的目光又一致地投向威尔顿博士，他们本能地揣测着今后纳米半导体在世界局势中所起到的作用。

"除了我们英特尔公司，其他公司的纳米技术都差不多，所以我认为目前不必过于担心。"

"三星电子呢?"

"据我所知，他们正在潜心研究D存储器，但具体的情况就不得而知了。"

"呵呵，你对其他公司的事情怎么能这么确定?"

"什么?"

刚才一言不发坐在那儿的CIA特殊情报局局长冷冷地说道，他的声音小到几乎前面的人都听不到。

"不久前法国国防情报局局长杰拉德被杀的事件，各位应该有所耳闻吧?"

大家都点了点头，他们似乎隐约地感觉到这件事就是这个人所为。

"杰拉德正是试图将阵风战斗机卖给韩国的头面人物，韩国方面要求百分之百转移阵风战斗机的制造技术，他答应了韩国的要求。正如各位所知，如果韩国掌握了战斗机的制造技术，那么韩国将成为一个强有力的竞争对手。在我们秘密调查阵风战斗机制造的情况的过程中，发现杰拉德强烈主张技术转移。对此，我们实在无法理解。"

国防研究所长表示了认同:"真的很奇怪，他作为国防情报局局长应该阻止民间企业的技术转让才对，怎么会主张100%技术转让呢?"

"没错，法国国防情报局局长主张100%技术转让这件事，我觉得一定有不可告人的内幕。"

"您真是一语中的。"

"一定有黑色交易。我们首先调查了韩国政府与杰拉德之间是否存在黑色交易，但是发现没有任何金钱来往。这就更奇怪了，所以我们认真调查了他的周边情况，发现了一个十分奇怪的现象。杰拉德曾威胁瑞士政府，想私吞韩国前总统朴正熙在瑞士银行的秘密资金。"

"嗯，真是高明的金钱交易啊！"

"最初我们也这么想，可这钱杰拉德并没有得到，钱的大部分都给了罗马的威斯洛伊。"

总统的首席顾问对这个新名字很感兴趣。

"那个人是谁？"

"是个做猎头生意的。"

"什么猎头生意？"

"他是个很特别的人，当那些看起来前途无量的年轻人博士毕业的时候，他就会给他们一大笔钱，然后又让他们去心仪的企业工作。"

"现代版的奴隶主商人吗？"

"可是人们都很喜欢他，因为他推荐的公司都是一流的，所以买卖越做越大，现在世界有名的科学家几乎都在他手下工作。"

"可是杰拉德为什么把瑞士银行的钱送给威斯洛伊呢？"

"对于这点，我们也感觉很奇怪，所以进行了仔细调查，结果发现那笔钱是韩国为了收买威斯洛伊手里的科学家而支付的。"

"他们想收买科学家做什么？"

"我说了大家不要惊讶，杰拉德想要收买的科学家都是研究纳米半导体的韩国专家，杰拉德想把他们全部送回韩国。"

"送回韩国？"

"是的。"

"为什么要送回韩国？"

"目前还不知道具体的原因，但是可以推测一二，因为韩国有三星电子。"

"你说他们和三星电子有联系？"

"有这个可能性。"

"可是三星电子并不缺少优秀的人才啊！他们对纳米半导体的研究也应该很深入了。"

"当然，所以我们才更加不安。"

国防研究所长插话说。

"如果威斯洛伊的科学家和三星电子的研究员联合起来的话，那麻烦就大了。"

"没错，伟大的科学家一窝蜂都去了韩国，这说明在那里一定有划时代的发明。"

首席顾问关心地问。

"划时代的发明?"

"说不定他们已经研究出了纳米半导体，对方可是三星电子啊！"

"嗯。"

"所以我们要首先除掉杰拉德，而且要在威斯洛伊收到钱之前。虽然我们中断了他们的计划，但这并不代表他们的阴谋就此终结。"

"杰拉德在韩国的合作者是谁?"

"目前还不知道，威胁瑞士政府，私吞朴正熙的秘密资金，从威斯洛伊手里收买科学家，与三星电子联手开发纳米半导体，能做到这些的绝非一般人。一旦找到必须马上除掉，只可惜现在还不知道这个人的真面目。"

安全保障会议的事务局长表情严肃地说道。

"不能放任三星电子不管，他们有了第一次就会有第二次。"

"没错，英特尔开发的微型半导体，也就是纳米半导体是一个非常危险的东西，比核武器的原料钚更加危险；但是我们却不能阻止三星电子的研发，正如各位所知，半导体不像钚那样容易控制。"

与会者反复考虑的是新概念武器，现在监视利比亚或者伊拉克已经没有意义了，应该严密监控的是民间企业。

"这可怎么办？到底怎么对付三星电子呢？对付利比亚或者伊拉克简单，可这民间企业要怎么对付啊？"

"我们已经想出对策了，如果成功了我再向各位报告。"

首席顾问给特工局长使个了眼色，准备结束会议。

"啊，当然不是军事打击，对付民间企业自有另一套方案。"

大家听后笑了。

"好，那今天的会议就到此结束。"

会议结束后首席顾问离开了玻璃密室，用冰冷的目光看了看特工局局长。

警惕祸端

义林把俊宇留下的参考资料看了一遍又一遍，又仔细查看了CD，遍访俊宇周边的人，倾尽全力寻找蛛丝马迹。可是俊宇没有告诉身边任何人自己想找的东西是什么，CD也是如此，俊宇搜集了太多有关三星电子的资料，乱到分不清了。

"前辈有什么收获吗?"

泰英一副无精打采的样子问道。

"俊宇曾经说想要去美国采访外国投资者，我本以为轻易就能打听到什么的，可是并不像想象中那么简单啊!"

"是呀。"

泰英点了点头。

"我敢肯定俊宇要找的东西一定与外国投资者有关。"

"外国投资者可能不是一两名，而是很多人。"

"目前还无法知道他们到底和谁有联系。"

"看来李俊宇前辈也真不容易啊!"

"连北学人都不知道，真是踏破铁鞋无觅处啊!"

"前辈，人生总会有挫折，再辛苦也要坚持啊!"

"金记者，你是想和我结婚吗?"

"什么?"

"因为你说话总像教育老公一样，你是不是想结婚了?"

"哼。"

泰英被义林的玩笑吓了一跳，她好像想到了什么似的点了点头。

"你想什么呢?"

"我们是不是把问题想得太简单了?"

"什么意思?"

"我们只是调查了投资者与三星电子的关系，也就是那些股票买卖。"

"是啊。"

"也许我们还应该调查投资者本身。"

"你是说调查那些与三星电子无关的人?"

"对，李俊宇前辈的CD里也有那些和三星电子无关的投资者的信息。"

"是啊。"

"那这意味着什么呢?"

"这个……"

与经济部记者泰英相比，在社会部工作的义林头脑还是稍慢了些。

"如果有不为人知的阴谋的话，那些与三星电子有直接关系的人反而会更干净些。可是如果那些投资者表现出共性特征，那就证明其中有阴谋。"

"三星电子投资者的共性特征?"

"是的，那事情就变得简单了，李俊宇前辈已经掌握了很多资料。"

第二天，义林接到泰英的电话，又满怀期待地向她的座位走去。一向安静沉稳的泰英看起来有些激动。

"前辈，你有什么新发现吗？"

"没有，资料实在太多了。"

"我就知道是这样，也是，对于经济方面的门外汉来说不是件容易的事。"

听泰英的语气，义林知道她一定有所发现了。

"看来你有进展了？"

"是的，好像有一些可怕的事情正在发生。"

义林以为可以查出俊宇的死因，一下子来了精神。

"可怕的事情？什么事情？"

"你看这个。"

泰英打开了电脑，调出她做的图表。

"你看这些公司，这是拥有三星电子股份的美国公司。"

义林看到10家公司保有三星40%的股份，吓了一跳。

"天啊！"

"从三星电子股份的持有率来看，外资占到60%，这其中德国和日本占了7%，剩下的53%全部都是美国的。"

"是吗？"

"这张图表列出了这10家公司对三星股份的持有率。"

"干得不错！可是外国人什么时候购买了三星电子这么多的股份？"

"大部分股份都是在IMF的时候以非常低廉的价格并购的。"

一向冷静的泰英突然变得激动起来。

"问题是工人们拿不到钱了啊！以前公司盈利都是分给公司和工人的，现在外国的资本份额越来越大，工人的份额就只能越来越少。"

义林又回到了原来的问题上。

"先不做价值判断，我们先找出这其中的阴谋吧？"

"我已经找到了。"

"什么？怎么找到的？"

"你看看这个。"

泰英抽出图表下面的一张纸给义林看。

"李俊宇前辈真是一名眼光犀利的记者，这份资料显示了这些公司最近发生的一些微妙变化。"

义林仔细看了看材料，可是没发现什么异常。

"看不太懂。"

"情有可原，如果不是经济专业的话很难读懂，可如果头脑聪明的话就不好说了，还是我给你讲讲吧！"

义林突然觉得遇见泰英很幸运，如果自己单枪匹马的话恐怕一事无成。

"这是这些公司经营上的变化，这10家公司都有一个共同特点，正如昨天我说的那样，共同特点就在这份资料里，在李俊宇前辈的努力下终于水落石出。"

"什么共同特点？"

"请看，花旗银行拥有10%的三星股份，比三星集团拥有的7%还要多。你再看这家公司营业上的变化，4个月前，美国公务员年薪的30%作为投资资金存入其名下。"

"嗯。"

"还有信托银行，在乡军人会的公积金也都转移到了这里。其次是高盛公司，还有摩根士丹利，情况都很相似，最近几个月里大量的美国政府资金都流入了这些公司。"

"那这怎么解释？"

"这是政府给予这些公司的一种特惠，最高权力者或者其亲信将可能的资金都转移到这些公司，也就是拥有很多三星股份的那些公司。"

"从中我们能得出什么结论呢？"

"如果这是阴谋的话，一定是某人想将三星电子的股东们联合起来。"

"联合股东们做什么呢？"

"应该是想行使某种权利吧，而这到底是什么还不清楚。"

密室阴谋

受总统的首席顾问蒙巴顿·保罗的邀请，此次聚集到玻璃房间里的人们和上次有许多不同，上次与会的是五角大楼的核心人物，而这次主要是经济领域的人士，还有在华尔街叱咤风云的几位巨头。他们已经在其他房间开完了会，首席顾问用低沉有力的声音说道："各位应该记得80年代的波特兰战争吧？当时国力雄厚的阿根廷被英国打败，而且发生了一件震惊世界的大事。"

首席顾问环视四周，慢慢开始了他的讲述。

"海军大国英国的谢菲尔德驱逐舰被法国的飞鱼反舰导弹一发击中，那些昂贵的舰只因为一发导弹而毁于一旦。"

人们似乎还记得当时的情景，点了点头。

"9·11恐怖袭击的时候，两座摩天大楼被民用飞机撞塌了。"

首席顾问不慌不忙地说着。

"我认真思考过未来的战争将会是怎样的形式，因为我比谁都憎恨旧式战争的不合理性。人类总是不断改变恶劣命运的存在，历史正是这种时间的堆积。在所有领域，人类的文明都得到了长足的进步，不能只有战争停滞不前吧？"

从华尔街来的几位金融大鳄听得兴起。

"这位朋友是不是有点过于自信啊？"

一位投资者对同事发牢骚。

"他说了半天到底想说什么？"

"他最后肯定是想求我们办事。"

几个人边发牢骚边使劲儿琢磨这次会议的目的。

"如今的战争拼的不是人或者武器，决定战争胜败的只有高科技。"

人们点了点头，他们觉得这么简单的结论用不着说那些长篇大论。

"其中发展最快的当属纳米半导体，纳米芯片对于军事的意义各位应该在刚才的会议上有所了解。科学技术正以人类无法想象的速度发展着，人类如今也陷入了一个困境。不管怎样，英特尔首先开发出纳米半导体是非常幸运的，如果那该死的北韩或者伊拉克发明出来的话，世界可就乱成一团了。但是目前有些企业完全可能继英特尔之后研发出纳米半导体，这个企业就是三星电子；而且听说在韩国，可能有人将研究纳米半导体的专家都聚集到了三星电子。"

"那么，只要控制住纳米半导体的研究者不就行了吗？"

"我们现在就在这么做，可是这个方法就像是有窟窿的铁丝网，一定会有漏网之鱼。明白吗？铁丝网的宿命就是被穿破。"

华尔街的大鳄们开始头疼了，他们擅长快刀斩乱麻，因此很不适应首席顾问的这种叙事方式；可他们还是努力克制着情绪，毕竟对方是总统的首席顾问蒙巴顿·保罗。

"三星电子真是个眼中钉啊！从那个公司坐车一个小时就能到邪恶轴心国北韩，各位也知道它的旁边儿是哪个国家吧？就是那个扬言在20年内超越美国的疯狂国家——中国。"

首席顾问对于中国即将在20年内超越美国的言论表示出了强烈的反感。

"您仔细想想，如果北韩或者中国在导弹里安装电脑并攻击美国的话，美国就完了。设想一下安装了超级计算机的核武器，不久前电脑有整个会议桌那么大，可现在却变成了手表那么小，而且价格也降低了很多。他们要给每枚导弹都安装上超级计算机，并放入核弹头或者白色粉末投向美国。"

"北韩或者中国不可能掌控三星电子，不是吗？"

"当然，决不能让这种事情发生，但这却令我不安，因为我们不知道南韩和北韩，或者南韩和中国之间存在着什么交易。现在韩国总统推行的阳光政策的目的不就是想和北韩或者中国亲近吗？我们决不能放任三星电子不管。"

总统的首席顾问稍作停顿，大家觉得他似乎要说结论了。

"我们想了又想，想出了一个万全之策，所以今天才请各位过来。"

大家都全神贯注地盯着首席顾问的嘴角。

"我们要通过并购控制三星电子。"

"嗡——"

人们开始骚动起来。这到底有没有可能呢？运营伍兹基金会的米瑞安想起了几年前韩国爆发金融危机的时候，为了争夺三星电子的经营权，几个人曾在迈阿密的快艇里密谋。当时是用最少的资金掌控三星经营权的绝佳机会，可是最后没能实现。现在三星已经十分强大，想要夺取经营权，这可能吗？米瑞安摇了摇头。企图通过并购来夺取经营权，三星显然是一头不好对付的大象。

"当然，这不是件容易的事。"

首席顾问强有力的声音在玻璃房间里回响。

"但是，如果我们齐心协力就一定会成功。"

首席顾问按下了内线电话的按键，玻璃门打开了，一个人气宇轩昂地走了进来。他眉毛浓重，眼神坚定，可以看出是一个意志坚定、沉稳谨慎的男人，他自信满满地向在座的人摆了摆手。

"这位是詹姆斯·克朗，美国首席并购专家，各位应该都很熟悉吧？"

米瑞安一看到克朗就产生了一种奇妙的兴趣，他想如果此人出马或许能成，这时克朗开口说道："三星电子是一个十分强大的公司，也是目前世界上的一流企业，最近仍在飞速的发展。去年这个公司的销售额是300亿美元，盈余30亿美元，也正是在这个时期超越了美国的企业。"

听克朗这么一说，与会者似乎心有不甘，更迫切地想加入这次大战。实际上，他们都想吞并三星电子这块肥肉，但是这块肉太大以致无从下嘴，现在大家都有兴趣尝试尝试。

"三星电子的总股份是1亿7600万株，会长李建熙持有0.1，也就是17万股份，三星集团持有7%，其他方面持有10%，李建熙以17%的股份掌控着三星电子。"

"嗯，17%。"

米瑞安的头脑飞速地旋转着。

"三星电子拥有巨额现金，如果出现问题，他们就会用现金购买股份，这也会助长三星集团的气焰。他们还可以在日本进行短期贷款，因为在日本金融界，三星集团的信用是非常好的。"

米瑞安摇了摇头，他还是觉得想吃掉三星电子不是那么容易。

"在韩国这么封闭的国家里还有可能发生愚蠢的事。"

"愚蠢的事?"

美洲人寿的会长问道,他是纵横世界金融界的大人物。

"上次金融危机爆发的时候,韩国人自发地捐款救国,世界上只有韩国这一个国家违背市场规律,靠爱国主义渡过了难关。经济学者也在分析这一点,正是因为这种愚蠢的现象存在,我们一定不能小看了韩国人的股票持有率。"

"小心韩国人的股票持有率?怎么理解?"

"必须要懂得,在那个国家说不定会爆发保护三星电子的活动,韩国人完全有可能为三星电子挺身而出。那个公司在韩国经济中占有举足轻重的地位,而且还是韩国的标志性企业。如果三星电子的经营权落到了外国人手里,韩国人说不定会再次捐款。"

"三星电子的股票行情如何?"

"大概300美元左右一股。"

"那么就算是拥有少量的三星股份也是富翁了,你说富翁们会违背市场规律而感情用事吗?这种事情恐怕在地球上没有吧?"

"不见得,在韩国,有钱人通常会和普通人一起行动,他们的价值观和我们不同。"

"就算是这样,韩国人持有的股份大概有多少呢?"

"大概40%,除去我刚刚提到的三星集团或者三星电子的17%,一般投资者拥有的股份大概是23%,这些人中可能会有三星电子的支持者,这是我们作战计划中的变数。"

"三星电子的支持者?这可真是的!"

"这只不过是最坏的设想。"

"好,你分析得很对,在这样的大战中得考虑周全才行。那你估计最坏的情况下会有多少人出手救护三星电子呢?"

"三星那边也一定在努力购买股份。据我的判断,三星大概会拿走5%的股份，自愿放弃利益不卖股份的股东最多有3%。"

"3%折合成现金大约多少钱？"

"现在看大约是15亿美元，但如果并购的话就会增加两三倍。"

与会者都很惊讶，他们不太理解克朗的话；但是他们记得IMF的时候韩国人的献金运动，所以感到有些不安，他们无法忍受在精打细算的并购中发生这样奇怪的变数。

"真是搞笑。如果并购的话他们应该争着抢着才对，怎么会愿意掏出自己辛辛苦苦挣的钱来保护企业呢？哈哈哈，真是林子大了什么鸟都有啊！"

不知谁对此十分不满，反驳道："挑战者公司理事长，你不能嘲笑他们。"

"这不是很好笑吗？居然会有违背市场规律的有钱人。"

"理事长，我听了克朗先生的话后感觉十分惭愧，那些韩国人并不是拜金主义者，这种价值观难道不伟大吗？这种观念会在美国出现吗？我们都是金钱的奴隶，以前韩国发生金融危机的时候我就十分惭愧，我们利用那样的机会赚钱，而他们却连自己的结婚戒指都捐给了国家，我受到了很大的冲击。后来，我将那时赚的钱以投资的形式还给了韩国。"

"威廉姆会长被那种幼稚的情感感染了吗？"

"什么？你胆敢跟我这样讲话！？"

威廉姆一下子从座位上站了起来。

"我不会不管这件事的，这相当于直接在他们国家抢钱。"

"哼，你忘了你赚的钱大部分都是来自墨西哥和阿根廷了吧？现在又来装正人君子！"

"人和人是不同的，有人把所有的钱都换成美元，然后逃到国外；也有人拿出自己的结婚戒指，捐献给国家。那时我真的受到了冲击，我一生都认为金钱至上，我感到十分惭愧，今后我不会再抢那些弱势国家的钱了。"

"呵呵，那你随便吧！但是，越是这样我就越想看看他们国民的丑恶嘴脸。呵呵，并购的话就会有大把的钱可赚，他们会开展保护三星的运动？那也只是暂时的。人是禁不起金钱的诱惑的，这是真理！"

"你随便吧，我先走了。"

威廉姆说完最后一句话就走了出去，总统的首席顾问看着威廉姆的背影，低沉地问道。

"会保密吧，威廉姆会长？"

威廉姆会长停下了脚步转过头来，他的眼里充满了愤怒。

"不要以这种方式侮辱我。"

"知道了，请谅解。"

首席顾问稍微举了一下手，威廉姆会长示意不想与首席顾问为敌，摆了摆手走了出去。

他一走，首席顾问就以嘲讽的语气问道："还有没有想走的？"

"没有了，您继续吧！"

"因为那个疯子时间都白白浪费了。"

他们一生都在与钱打交道，根本不把这种事放在眼里。

"考虑到韩国人的那种倾向，我觉得李建熙最多会确保拥有25%的比率。"

"嗯，就因为这奇怪的变数，我们现在压力巨大，快说说你的计划吧！"

"因为涉及巨额资金，所以时间拖得越久对我们越不利。我方的阵营可能会瓦解，也有可能让敌人抢占了先机。所以，我们要以迅雷不及掩耳之势发动突然袭击。"

"以迅雷不及掩耳之势发动突然袭击?"

"没错,他们为了掌控经营权一定做好了各种准备,所以我们要用最简易的方法以最快的速度结束战斗。"

"您是想召开股东大会解聘理事吗?"

"是的。"

"包括代表理事李建熙?"

"当然。"

"那不就意味着我们必须要有50%的股份吗?"

"是的,他们最多拥有25%的股份,我们必须要有50%的股份,这样才能解聘理事并让我们的人组成理事会。"

"50%,我们有可能拥有三星电子50%的股份吗?"

"有可能,我们美国的公司与投资者拥有的股份准确来说是53%,剩下的7%是日本与欧洲国家的。"

"可是美国的公司与投资者也有可能和三星有着亲密的关系,他们会轻易提供股权转让协议书吗?"

首席顾问想要解除挑战者公司理事长的疑心,补充道:"理事长,这是和恐怖分子作斗争。如果放任不管的话,美国将会像一位老人无力地蜷缩在火炉边一样,谁都不希望美国变成那个样子吧?而且,这段时间我们已经做了一些手脚。"

"做了什么手脚?"

"我在这里不便透露,美国资本就不必说了,所有的外国资本我们也一直都很关照。"

"也就是说给予特惠了吗?"

"是的,据我所知您的基金中也代为保管着通信年金。"

"那是政府的特惠吗?"

"是的,其他人也都享有类似的好处;政府还以各种形式关照了日本和德国的资金，同时准备了充足的现金。"

"有多少？"

克朗插话说。

"我们将会投资25亿美元，收购4.9%的股份，当然是从韩国人持有的份额中购买，那么韩国人持有的股份就会减少到35%，这实际上是在给三星施加压力。但是，在购买三星股份的时候需要十分谨慎，幸好大家都买卖过三星股份，所以通过各位购买的话应该不会被怀疑。各位觉得怎么样？我们已经做好了争夺经营权的所有准备。"

冠军基金会的约瑟夫会长看了看周围，提出了异议。

"我觉得有问题。"

"好，您说。不管什么问题提前说出来总是好的。"

"今天没有看到花旗银行的会长啊，据我所知花旗银行也持有相当一部分的三星股份。"

"您说到重点了，花旗银行是唯一拥有10%股份的公司，并且作为控股股东享有三星电子的很多优惠，所以今天没有来，但是花旗银行绝不会给三星那边提供股权转让协议书的。"

"不必担心。"

CIA特殊工程局长说道。

"花旗银行由我们监控，现在事情进展得很顺利，应该很快就会把协议书寄给我们。"

"这么说，一切就绪，我们接下来可以实施各项作战计划了？"

克朗的声音听起来十分轻松，约瑟夫会长用深沉的声音问道。

"我也觉得事情会进展得很顺利，但是世间的事也有可能不如所愿，如果我们的资金受到损失的话怎么办？"

"别担心。"

首席顾问接着说，

"政府会按照现在的股份给予赔偿，当然今后政府也会监管各位的行动。"

会议快结束了，米瑞安觉得三星电子这块肥肉就要到嘴边了。

克朗用轻快的声音做最后的总结发言。

"现在三星的股价会一落千丈，扰乱股市才能进行大笔交易。对了，还有一点，为了让这次作战影响到民间并购，我们多少会用到一些复杂的手段，因为我们要保护政府，也就是说，5%的份额不用通过市场就可以直接卖给三星。当然要以高价出售，他们购买了5%刚放下心的那一瞬间股价就会暴跌。这样巨大的波动三星是承受不了两次的，这就是并购真正的技巧所在。"

几天后，首尔的分析师对三星电子表示出悲观的绝望。外国人大举抛售股票，国内的机关和个人投资者也紧随其后。人们都认为因为英特尔开发出M存储器，所以三星半导体的时代结束了。所有人都抛售股票，而购买者却几乎没有，所以三星电子的股价日益下滑，而且从美国那里传出消息，说三星电子很快就会倒闭。

华尔街冠军基金的海外投资经理萨缪尔森接到了会长的指令。

"最大限度地购买三星电子的股票。"

"买多少?"

会长展开手指摆出5。

"5千万?"

"5个亿。"

"噢。"

萨缪尔森不知不觉地叫了一声。

5亿美元。

再有信心的股票也不能这样大手笔地买入啊，萨缪尔森直觉中感到这是一种战略。到底是谁在这节骨眼儿上购买三星电子的股份呢？现在三星的股价可是一路下滑，萨缪尔森暗忖，如果没有确切的情报会长是不会这样盲目地购进股票的。

"会长，有什么消息吗？"

"……"

会长不说话。

"以什么价位购买呢？"

"根据市场行情来。"

"明白了。"

萨缪尔森为了了解会长到底掌握了什么情报询问再三，可是会长就是缄口不言。萨缪尔森从会长办公室出来后叹了口气，一生都与股票打交道，却从来没有遇到过这样的情况。他看过很多无知愚蠢的人赚了大钱，这次连萨缪尔森自己也知道他只有观望的份儿了。

萨缪尔森看着显示器开始分析三星电子的股票，在韩国的股市，虽然三星的股票一路下滑，可是在这旋涡当中却有一股逆流在不断地购进。

黑色重逢

联华电子的李东宇博士在美国旅行时收到了一封送到他住所的信，他看着信，嘴角露出了一丝微笑。

> 李，好久不见，我常在新闻中看到你的消息，上学的时候你就与众不同，你现在在这个领域更是实力非凡。我想去纽约找你，和你当面讨论一些事情。你看到这封信的时候说不定我已经到纽约了，我会联系你的。

信是由卡尔森博士寄来的，在留学期间他们经常在研究室里一起熬夜做研究。信的内容虽然简短，可是读完信后内心最深处的记忆又浮现在脑海。李东宇博士站了起来，倒了一杯苏格兰威士忌。杯子上映出他的面容，这张脸在弥漫的烟雾中渐渐清晰，幻化出自己曾经的模样，也浮现出在国外玩儿命学习，以及从日本来到美国的岁月，还有陪伴自己一起走过这段人生历程的所有科学家们。

唰，

哗啦啦……

看着滚滚而来的波涛，三个年轻人和往常不同，都陷入了沉思。时间过了好久，谁都没有说话。三个人注视着远方，想着各自的心事。

"加藤，现在得出结论了吗？"

这是充满关爱的声音，叫加藤的青年人隔了很久才回答。

"嗯。"

"你想怎么做啊？"

"去日本电器。"

"日本电器？"

"嗯。"

"为什么去那儿啊？藤津或者常陆不是更好吗？"

"那倒是。"

"那为什么？"

"我看中的是未来，未来日本电器一定会好起来的。不，我会让它变得更好，我加藤会把日本电器做成日本第一，不，是世界第一的半导体公司。"

加藤看起来意志坚定，不仅表情，连声音都变得十分悲壮。

"你做事太认真了，老是像要出战似的。"

斯特帕尼皱着眉头，不以为然地说。

"这可是决定我人生的分水岭，我怎么能不认真？"

"那倒是。"

斯特帕尼一副善解人意的样子，又问一位东方人。

"东宇，你呢？"

叫做东宇的人正交叉双臂，凝视远方。年纪轻轻却已有白发，目光深邃，给人的印象很深。他好像陷入了沉思，一言不发地注视着太平洋。

"喂！"

斯特帕尼喊了一声，东宇才放下胳膊转向美丽的斯特帕尼。

"嗯，我？我回学校。"

"学校？"

"嗯。"

这次连加藤都有些惊讶了。

"回学校？学校有什么要做的？你都已经获得学位了。"

"就是因为没有可去的地方啊！"

"没有可去的地方？以你的实力，闯世界如履平地啊！"

加藤提高了嗓门，感觉无法理解。东宇想起了不久前在IBM的面试，IBM看了东宇的简历，邀请他面试。东宇的简历非常好，所以面试只是个形式。可是有一点让东宇放心不下，那就是IBM劝说东宇加入美国国籍，因为将来他在公司的工作关乎机密。当然，IBM没有明说不加入美国国籍就不予录用之类的话，却非常明确地劝说东宇加入美国国籍，这一直让东宇很纠结。

"你是因为这个在犹豫啊？"

"……"

斯特帕尼说出了东宇犹豫的原因，加藤听后不满地说。

"这些美国佬，难道以为这样就能霸占所有一流技术吗？"

加藤流露出一种自豪感，因为在他自己的国家有可以实现梦想的本国企业。斯特帕尼温柔地劝说道：

"东宇，趁这次机会就换了国籍吧！不就是成为美国公民嘛，美国公民，这世界上有多少人都梦想成为美国公民呀，你为什么不想呢？只要你同意公司那边都会帮助你的。"

“……”

东宇一言不发，他不想用加入美国国籍来获得工作。当然，他也不是没有去IBM工作的欲望；相反，要想实现自己的梦想就一定要在IBM工作。只有这样，在大学和研究所学到的理论才能派上用场。东宇比谁都想去技术现场，就算为了将来回到韩国工作，现在也需要这样做。

“不管怎样，明天毕业典礼结束以后我再考虑吧。谢谢你们的关心，斯特帕尼，你准备做什么呢？”

“我要去TI。”

“TI是不是德州仪器？”

“是的，我准备去那儿研究半导体。”

“真不错！”

东宇其实十分羡慕他们俩人，因为他们有可以实现梦想的本国企业，自己却在为国籍的事情烦恼。

其实，为自己考虑的话加入美国国籍没有什么不好，取得美国国籍和美国人一起工作，时间久了也能融入他们。随着岁月流逝，自己也会成为有头有脸的人物，可以说人生从此无忧。但是，东宇在美国的时候总会想起文教部一位年长的管理者说过的话。

“大家是公费留学生，贫穷的韩国为了培养诸位投资巨大，这些钱都是国家的劳动者们辛辛苦苦赚来的，希望各位在外国完成学业后，能回到祖国效力，请大家不要忘记祖国。”

这是一段十分平常的话，可是东宇始终不能忘怀。实际上在美国社会根本没有所谓的平等，所有的事情都分三六九等。留学生就更不必说了，连游客都是按照国籍区别对待的，并非只有美国社会如此，欧洲或者其他国家都是这样。

东宇大学毕业后没有地方可去，正彷徨的时候有一个人为他指了一条生路，这个人就是卡尔森博士。

卡尔森博士是名闻遐迩的半导体专家，他受邀访问IBM，却没有见到东宇的身影，于是就问IBM公司的人：

"不久前我介绍了一位名叫李东宇的学生过来，你们有人见到吗？"

谁都没有回答。

"真奇怪，我明明介绍他来，他自己也说来了。"

"可能招聘中心面试过吧。"

不知谁自以为是地说。

"真是！我不是说别让他去招聘中心面试吗？"

"可他还是个学生。"

"他可是MIT尖子生中的尖子，而且我还强力推荐了他，你们公司怎么能把他放走了呢！"

"教授，您稍等，我问问招聘中心。"

不一会儿招聘中心的维森博士来了。

"请问为什么没有录用李东宇？"

"我们向他说明了公司的规定，今后会接触到很多公司的机密，所以韩国国籍有些麻烦，实际上这作为我们公司的政策……"

"然后呢？"

"然后我们又问了一次他是否要改变国籍？"

"然后呢？"

卡尔森教授的声音越来越大了。

"我们说如果不想就职，你可以保留你的国籍。"

"你们这么说？"

在座的研究员们都感觉到气氛不对，目不转睛地看着维森博士。

"他什么都没说就走了。"

这次卡尔森教授提高了嗓门：

"东宇什么都没说就走了？"

维森博士似乎也有些摸不着头脑。

"是，直接就回去了。"

"什么都没说？"

"是。"

"连两分钟都没到的面试就这样结束了？"

"是，我没有挽留，因为我们公司有规定啊！"

"你这个笨蛋！"

维森博士听卡尔森教授这么一喊吓坏了。

"您再让他来一次吧，我亲自面试他。"

研究所长面露难色，不知如何是好，这时卡尔森教授大喊道：
"我不会让他再来了，我不能把我喜爱的弟子派到你们这样的公司来，MIT耀眼的天才只面试了两分钟就被送走？还要挟他们改变国籍？我不知道你们公司有多了不起，但是那个学生比你们公司百名研究员都要强，知道吗？那学生为什么不能保留韩国国籍？他又诚实又温顺，还懂礼貌，非常优秀，是我见过的最优秀的学生，你们却让他改变国籍？要想就职就得放弃韩国国籍，加入美国国籍？你们这帮疯子！"

"卡尔森博士，这全是我们职员的失误，请求您再让他过来一趟吧！"

东宇慢慢地从回忆中回过神来，加藤如今已经成为日本电器的重要人物，斯特帕尼成了加藤的妻子，在日本过着幸福的生活。东宇收起回忆，想到马上就要见到无私帮助过自己的卡尔森博士，感到十分兴奋，同时他也在想卡尔森博士想跟自己讨论什么。

第二天，东宇接到了卡尔森博士的电话。

"李，我是卡尔森。"

"卡尔森教授！"

"声音一点儿没变啊，还那么有底气。"

"您在哪儿？提前通知我，我就去机场接您了。"

"我可不想麻烦位高权重的人啊。"

"您说什么啊，教授？"

"哈哈哈，有时间的话我们见个面？"

"好啊，我马上去找您，您现在在哪儿？"

"在机场，如果可以的话，我们一起吃晚餐吧。我很想念MIT的时候在你家里吃的韩国料理。"

"我带您去好的韩国餐厅。"

"做好准备哟，我饭量很大的。"

卡尔森教授还是像以前一样爱开玩笑。

在饭店两个人面对面坐了下来，卡尔森博士看起来十分满足。

"李，你是我最优秀的弟子，有你这样的弟子是我的福气！"

"这都是托教授您的福。我们在研究室熬夜搞研究的事现在还历历在目。"

"哈哈，那时候IBM知道你的才华之后跟我求情了多次，现在想起来还觉得很痛快。后来你发表海德动力常数，让世界的专家们都震惊了。"

"教授您当时怒斥IBM招聘主管的事，在业界可是出了名的。"

"你的研究员就职演说让我十分感动，虽然你的幽默让全场笑声不断。"

当年IBM声称如果东宇不改变国籍就不让入职，可在海德动力常数的发表现场，IBM立刻给了他首席研究员的职位。

导师建言

"李，想什么想得那么入神?"

"哦，对不起。"

"想起从前了?"

"是。"

"一定感慨万千吧?"

卡尔森博士也是感慨不已，菜上齐了，几杯酒下肚卡尔森博士说起了藏在心里的话。

"李，最近怎么样?"

"挺好的。"

"一年能赚多少钱?"

东宇觉得有些奇怪，教授怎么会问起了这事，想想又觉得没什么，于是就爽快地回答了。

"大概300万美元吧。"

"什么? 300万美元?"

"是的。"

"天啊! 响当当的联华电子的李竟然才值300万?"

东宇觉得有些奇怪，这不是卡尔森博士讲话的风格啊。

"够花了，我的工资是一般人都难以想象的。"

"或许吧，可这和你能力相比未免太少了，才300万美元。"

东宇越发觉得奇怪，这不应该是久违的卡尔森博士讲话的风格，卡尔森博士又神秘地说道："李，你想不想当公司的会长赚更多的钱？企业让别人管理就行。"

东宇沉默不语。

"年薪可观，5千万美金，不，可能比这还多，比威廉会长赚得还多。"

"哦。"

东宇不知不觉地发出了惊诧，虽然自己并不在乎钱，可是年薪5千万的确很有诱惑力。

"这可是改变命运的事，年薪300万和5千万区别很大哦！"

"哈哈，我有那么值钱吗？"

"当然了。怎么样？保证你年薪5千万以上，愿意来吗？"

"哈哈，教授想跟我当面商量就是这件事吗？"

"没错儿。"

东宇很惊讶，能给半导体专家年薪5千万以上的企业屈指可数。德国的英凌飞不可能，那美光科技呢？但是卡尔森博士刚刚说年薪会比美光科技的会长还多啊，应该也不是美光科技。

"是哪儿啊？"

东宇单刀直入地问道，卡尔森博士没有立即回答；他眼睛盯着东宇，然后用更加神秘的声音说："你能发誓不管发生什么事都对我们今天的谈话保密吗？"

东宇感觉这里面似乎有陷阱，所以迟疑了一会儿，可是也没有不保密的理由，就算不发誓他也不可能到处说这件事。东宇点了点头问道:"是哪里啊?"

"三星电子。"

"什么?"

东宇惊讶地张大了嘴,三星电子?这个人到底在说什么?

"你将会担任三星电子的会长。"

"你说什么?"

"只要你愿意。"

东宇实在无法理解卡尔森博士在说什么,年薪5千万美元的工作竟是三星电子的会长?突然间东宇觉得如坠五里雾中。

"李,好好想想,明天给我答复。"

东宇摇了摇头,依然无法理解他说的话。

"我不知道您在说什么。"

"李,我是什么样的人你应该比谁都清楚吧?"

"当然。"

"我有过食言的时候吗?"

东宇回忆起过去,这个卡尔森博士绝对是一个说话算话的人,所以东宇心里的谜团更大了。最信任的人说出这种匪夷所思的事,更让他无法接受。

"只要你下定决心就行,知道了吗?如果你答应,明天给我打电话啊。"

卡尔森博士说完这句话就走了。

东宇回到家,倒了一杯威士忌坐在了沙发上。他觉得后脑勺好像被棒子打了一样,受到了巨大的冲击,他一口把威士忌干了。

"你有什么闹心事吗?"

东宇很晚才回来,睡不着觉,又去客厅倒了杯威士忌。妻子看到他有些反常，十分担心，就跟了过来。

"没事。"

"好像不是吧，说说到底什么事。"

"是吗？我看起来很烦闷？"

"是，和平常不一样。"

东宇心想既然瞒不住，干脆把事情和盘托出。听东宇讲完，妻子变得十分激动。

"天啊！三星电子的会长？"

妻子完全不敢相信，可这话是卡尔森教授说的，没有不信的道理，妻子也很了解卡尔森博士的为人。

"年薪5千万？这到底是怎么回事？"

"具体的我也不清楚。嗯，但是有一点我能猜到。"

东宇想起了不久前提出了三星电子的"美国转移"论，即美国的股东建议把三星转移到美国，这样既可以避免和美国的贸易摩擦，又可以对三星股份进行重组。那时三星的股价比现在至少高5倍，甚至高8倍；而且有相当一部分人认为三星搬到美国会使企业环境得到改善，会比现在的发展速度提高3倍。

"三星电子是韩国的企业，蕴藏着韩国人潜在的创造力。虽然企业会把利润和发展放在首位，但是更重要的是靠三星吃饭的人。就算发展慢些，利润少些，我们也要在韩国和韩国人一起奋斗。"

李建熙会长用这样一段话回绝了"美国转移"论。

"你是说转移到美国的事吗？"

"对，所以美国的股东们才会发难。"

东宇认为这种可能性最大，因为企业如果搬到美国就要大量聘用美国职员，那样会长和美国经营者的待遇将保持同等水平，按三星电子的情况，其会长的收入相当于5千万美元。

"你准备怎么答复他？"

"这个……"

"当然要答应了，不是吗？"

"有一点让我有些担心。"

"是什么？"

东宇摇了摇头，这是不能说的秘密。

"叮铃铃——"

"天啊！"

妻子被深夜的电话铃吓了一跳。

"我找李东宇先生。"

妻子听到对方的声音很平静，就放心地把电话递给了东宇。

"我是李东宇。"

"我是韩国三星电子的副会长。"

"啊，您好！"

东宇友好地打声招呼，心里却犯起了嘀咕，虽然他们在半导体领域保持着长期的合作关系，他也不至于这么晚了往家里打电话啊。

"不好意思，打扰您了。"

"没关系，您有什么事？"

"我们公司陷入危机的时候，有一个人曾经联系过我们，我是受他的委托才打电话的。"

"那人是谁？"

"我只知道他的化名叫北学人。"

"谁？我没听说过这个人啊。"

东宇感到浑身汗毛都竖起来了，副会长竟然答应一个隐姓埋名的人的请求，还这么晚打电话过来。

"那个人让我转达您。"

"……"

"让您想一想您任职IBM研究员的时候曾经发表的演讲。"

东宇觉得毛骨悚然，到底是谁还记得很久以前自己演讲的事呢？东宇不知不觉地想起当时自己那掷地有声的演讲：

> 我的外号叫硕鼠，这是在我表示要赶超日本之后卡尔森教授给我起的，我一定会超越日本。为此我会在IBM与各位交流合作，钻研技术，为先进的半导体设计而倾注全力。超越日本之后，我的目标是诸位的祖国——美国，并且我要让我的祖国——韩国在半导体领域变成世界100强技术的保有国，为了实现我的目标，我迫切地需要各位的帮助！

对方稍作停顿，好像故意在给他时间回忆。东宇激动之余又有几分气恼，便直截了当地说："那又怎样？"

"如果让您不高兴了，我向您道歉，我完全是按照他的托付做的。"

东宇突然觉得这件事不简单，能让三星的副会长在这个时间打电话的人绝非等闲之辈。

"没关系，你说吧。"

"冒昧地告诉您，那个人让我这么说。"

"请讲。"

"是和三星电子有关的事情。"

"是什么?"

副会长陷入了回忆，语速放得很慢。

"那还是我担任三星电子的器兴工厂厂长的时候。"

东宇有些紧张，但认真倾听着他的怀旧，那时东宇担任三星的涉外理事技术顾问。

"有一天首尔的秘书室来电话了。"

"谁的秘书室？"

"三星集团李炳哲会长的秘书室。"

"然后呢？"

"说老会长带着病重的身子南下，马上就要过图们了。"

"……"

"南边的公司出现了紧急情况，我们估计他去了水原的三星电子。那时三星电子与三星半导体还是分开的，会长路过了几家三星分公司，径直来我们三星半导体公司视察，我们又惊讶又紧张，老会长在人们的搀扶下好不容易来到了会议室。"

"那时老会长的身体很弱。"

"是，人们都惊讶他是怎么从医院里出来的，他来到工厂只说了一句话。"

"说了什么？"

"看过了吧？"

"这是什么话？"

"问我们看没看。"

"看没看？"

"是的，那天新闻报道说韩国的半导体技术抄袭日本，老会长看到这则新闻就赶忙来到了器兴。我们无话可说，那时美国和日本一项技术都不转让，我们只好拆开了几件产品，研究它的构造，然后改变产品包装出售。"

"后来怎么样了?"

"我们低下头说看过了,老会长一动不动地坐在那儿,这时有人站了出来,说那是日本人在故意贬低我们,老会长突然变得十分愤怒,可仍然坐在那里一言不发。大家都沉默了,开始担心会长的身体,他连呼吸都变得很费劲。我站出来说,新闻里说的是事实,可从现在开始,我们会竭尽全力不让这样的新闻再出现。老会长听到这儿站了起来,人们搀扶着他离开,可还没等上车他就晕倒了,从此再也没有起来。"

"嗯。"

"是半导体夺走了老会长的生命。从那以后的一个月,我们都睡在公司,从来没有回家睡过一夜好觉。我们拼尽全力潜心研究,直到我们超越日本的那一天,回想起老会长,我们都流下了泪水。"

"可以说老会长的一生都奉献给了半导体事业。"

东宇遗憾地说道。

"我还想再说一件事。"

"什么事?"

"是关于世界闻名的三星手机和现任会长。"

"手机?"

"李建熙会长曾经无数次地拆装手机,甚至晚上还抱着手机睡觉,痴迷于手机设计。有一天,会长把手机的发送键挪到了上面,我们都笑了,虽然有很多公司的领导会干涉产品开发,可也只是说说而已,何况全世界手机的发送键都是在下面,尽管这样,我们还是假装接受了。"

"哈哈,这很有趣啊!"

"可是会长却认真起来,向我们做科学的解释,说大拇指在上面，可是却要到下面去接电话，这不合理啊！"

"是吗？说得有理。"

"你知道后来发生了什么吗？"

"后来怎么样了？"

"有一段时间全世界手机的发送键都挪到了上面。"

"也就是说，这设计是李建熙会长的发明？"

"是的。"

"我只知道他是经营奇才，原来他还是一名高级工程师。"

"这就是全部了。"

"什么？"

"北学人还希望李博士您能回去一趟。"

"回韩国？"

"是的。"

"为什么？"

"您想想就能知道为什么了。"

"嗯。"

"对了，如果您回韩国一定要来公司一趟，我们会一直等您的。这么晚打扰您，失礼了！"

副会长把那个叫北学人的地址告诉了他。以副会长的性格，他是不会亲自打这个电话的。叫北学人的这个人偏偏叫他打这个电话，这里面一定有非同寻常的原因。东宇不知道怎么接受这个事实，那个叫北学人的人为什么叫别人打电话，又为什么让他回韩国呢？东宇想了又想，觉得这件事可能与卡尔森博士的提议有关，而且让他回韩国的事也可能与三星电子有关联。

第二天，东宇在酒店的餐厅里见到了卡尔森教授，吃完饭后，他们把座位换到了鸡尾酒吧的小角落里。

"李，考虑好了吗？"

"当然。"

"哦，果然。脸色不错，这对你来说可是个绝佳的机会。"

"我知道。"

"以你的能力理应有更好的待遇，你怎么想？"

东宇没说话，只是点了点头。

"我就知道，那我就当你答应了。"

卡尔森博士十分欣慰，实际上谁都没有理由拒绝这个建议；但是卡尔森教授认为东宇不是美国人而是韩国人，所以感到有些没底，在韩国留过学的卡尔森教授知道韩国人并不崇尚金钱至上。东宇悄悄地看了看卡尔森博士，一口干了威士忌，这才开始说起三星电子的创始人和现任会长的故事。

"嗯。"

"所以我是这么想的。"

"怎么想？"

"我虽然精通半导体，但却没像他们一样为半导体事业疯狂，更没到抱着手机睡觉的地步。"

"嗯，听你的意思，你是觉得三星电子另有主人喽。"

"对不起，辜负了您的一片心意。"

"……"

卡尔森博士坐着没说话，把放在面前的威士忌一口吞下，然后站起来，握住东宇的手。

"李，你果然是我感到骄傲的学生，我要回学校了，来波士顿顺便到MIT看看啊！"

"知道了，教授。"

东宇送走了教授，回来后陷入了沉思。卡尔森教授的提议和北学人的分析说明现在三星电子将有大事发生。从卡尔森教授的提议来看，现在一定有人想控制三星电子，东宇摇了摇头。如果有人想吞并三星电子，那可不是一般的大事。虽然三星是大企业，但是如果美国的巨头们联合起来，三星的处境就十分不妙了。

"嗯，难道?"

东宇仔细思考着那个叫北学人的人到底有什么意图。

M存储器

    义林来到了三星电子。

    经营总管带着微笑倾听着义林的话，突然，经营总管伸出手打断了他："股东们想联合起来整垮三星电子，是这个意思吗？"

    "是的。"

    "这倒是个很有意思的想法。"

    "这不是想法，是已经发生的事实。"

    "哈哈，郑记者，你知道我们三星电子目前拥有多少资金吗？"

    "……"

    "5兆5千亿，不管发生什么事，我们都能应付自如。"

    "应付一般情况也许可以，如果对方经过精密的筹划突然逆袭，那问题可就严重了。"

    "这都取决于利益，投资者都奔着钱去，如果并购成功股价会上升，随后就会表现在股市上；而股市没有交情，只有生财之路。"

    "可是如果有某种特殊的力量将股东联合起来了呢？"

    "世界上没有那种力量。好，那你说说看谁能有这么大的力量？"

"……"

义林想说是美国政府，可是他话到嘴边又咽了回去。

"哈哈，郑记者都能写小说了。"

义林虽然愤懑，但也只能忍住。

李东宇博士被一种强烈的情感牵扯着，踏上了回国的班机。如果美国的巨头联合起来的话，三星是无法应对的。根据现在的情况，如果有必要，自己也要挺身而出。东宇比任何人都熟悉半导体，他觉得自己有责任续写三星电子的神话。

东宇回到韩国就拨打了北学人的电话，可是却没人接，东宇只好留了言。他外出刚一回来，就去确认是否有语音留言。

东宇一听到语音留言里说话人的名字，立马惊呆了。

"东宇，好久不见，我是民绪。没提前跟你联系，对不起！每次我想见你的时候都咬着牙挺过来了。我经常通过新闻了解你的情况，就像你实现你的梦想一样，我也在走我想走的路。现在有一件事想当面跟你商议，请联系我。"

东宇十分惊讶，这么说北学人就是民绪了。东宇想了好久，还是半信半疑，因为民绪是不会让三星的副会长给自己打电话的。

虽然留言的内容不长，但却唤醒了东宇藏在心里的记忆，一位老朋友似乎在慢慢向自己走来。

李民绪，是自己终生难忘的青年时代的朋友。

"拿着这个。"

"什么？哦，钱？"

"嗯，留学生活不会轻松的，需要的时候就花吧。"

"可这太多了。"

"我知道你是绝不会随便花公费奖学金的，就用这个喝酒吧，这钱也不算多。"

民绪装在信封里的钱一共是100美元，这不是一笔小数目，那个时候大伙儿都很穷，东宇实在不好意思要这钱。

"拿着吧。"

民绪又把钱塞给了东宇。

"民绪，那你怎么办？"

"嗯，我会走我想走的路，去山上待一段时间。"

东宇十分惊讶，"上山"似乎蕴含着特殊的意义。民绪从高中开始就名列前茅，不仅在东宇的学校，在所有认识的同学当中，民绪数学方面的才能无人能及。进入大学以后更是如此，民绪那天马行空的想象力曾难倒很多数学、物理、化学教授。后来他突然消失了，在他消失的一年多里，没有人知道他的消息。可是民绪一听说自己要去留学就赶来伸出援手，这让东宇十分感激。

"你在学校的时候一直都是得公费奖学金的。"

"你得不是更好？我相信，你日后必成大器。"

"可是你要上山这也太奇怪了，你没事吧？"

"哈哈，在山上也照样能学习数理化。我们国家有个科学传统，只是人们不知道罢了。"

民绪说完这句话就走了。

东宇打通了电话，民绪好像一直等在电话旁边，铃声刚响就接了。

"东宇？"

"是，我是东宇。民绪吗？"

"声音一点没变啊。"

"你不是想商量事情吗？现在见面吧？"

"好啊。"

"你来我这儿怎么样？"

"对不起，我不方便，你能不能来我这儿？"

"好。"

东宇挂了电话，觉得民绪见面的方式很奇怪，好像间谍接头。

东宇按照民绪电话里的交代，先是见了一个年轻人，接头之后，他把东宇带到了民绪那里。也许是当年深厚的同窗情谊吧，两个人虽然睽违多年，但仍像昨天才分开一样熟悉。

"这段时间你是怎么过的？现在在做什么？"

东宇十分关心民绪的近况。

"过得很平淡，但是对我来说很有意义。"

"说得再具体点嘛，我想知道你这个大天才到底在做什么。"

"哈哈，没什么，以后再说吧，突然找你真是不好意思。"

民绪显然不想透露自己的事情。

"这是什么话！你想商量什么事？"

"我先告诉你一个秘密。"

"秘密？什么秘密？"

东宇觉得奇怪，突然的重逢、奇怪的见面方式、一见面就要告诉自己一个秘密，这些看起来都非同寻常。东宇感到有些不安，难不成民绪真的成了那种神秘人物？否则，不会这么久都不联系，然后突然出现说些莫名其妙的话。尽管满腹狐疑，东宇还是平静地说道：

"不管什么事，你说吧，我会尽力帮助你的。"

这是东宇第一次说这样的话。生活方式虽然有很多，可是东宇却从来没求过人，也没有帮过谁，只是默默地从事着科学研究。谦虚的东宇从来没想过自己具有帮助他人的能力，但是为了这位朋友，东宇什么都可以做。哪怕是借钱，东宇也心甘情愿。

"英特尔开发出了纳米半导体。"

"……"

东宇听了十分惊讶，要告诉自己一个秘密已经很奇怪了，可没想到这个秘密居然和自己的专业——半导体有关。东宇比任何人都更了解英特尔，十多年前东宇与英特尔公司理事长就形成了相互激励又相互竞争的关系。让英特尔公司含泪放弃半导体研究的正是立足于自己开发技术的三星电子，而现在却从这位朋友的口中得知英特尔公司成功地开发了纳米半导体，东宇觉得有些痛心。

"是M存储器，它是一种用纳米磁铁元件做成的半导体，比D存储器小，性能却提高了很多，而且还不费电，比现在三星制造的半导体的性能要优越数十倍。"

东宇心中一惊，民绪居然说出了M存储器。M存储器虽然在理论上可以研究，可是与用纳米碳管制成的纳米半导体相比还有距离。如果说英特尔公司开发出来了，那就说明他们一定掌握了自己不知道的技术，而且这样的专业术语民绪居然说得这么自然。

"M是磁铁的那个M吗?"

"是。"

"嗯。"

民绪说的秘密突然变得触手可及。

"如今半导体产业的版图将会发生改变，三星电子的半导体神话将会被英特尔打破。"

东宇想反击他，可是如果他说的是事实，英特尔开发M存储器就是一个真实的存在。

"你是怎么知道的？我们都还蒙在鼓里。"

"从法国情报局得知的，他们已经把纳米半导体应用到军事上了。"

"哦。"

东宇深吸了一口气，如果都已经用于军事了，那说明已经具有相当的水平，英特尔掌握的技术就将无人能及。东宇突然想起正在研究中的纳米碳管半导体，理论上来说是完美的方案，研究起来却很费时间。英特尔完全震惊了世界半导体产业，东宇疑信参半，赶忙问民绪："接下来准备怎么做？"

"不知道，首先要确认一下消息的真实性。"

"对，你确认完请马上告诉我。"

东宇觉得奇怪，为什么要马上告诉他呢？

"为什么？"

"我想和你讨论有关三星电子命运的事情。"

"三星电子的命运？"

"没错。"

民绪的回答显得很唐突，如果英特尔公司真的开发了M存储器，那么三星电子就一定会受到沉重的打击，可也不至于危及三星的命运，东宇觉得无法理解。东宇更加好奇民绪这些年是怎么过的，法国情报局之类的似乎不太靠谱，可是他能准确地说明M存储器，看来才气不减当年。

"知道了。"

东宇离开后，内心有些上火，立刻去确认M存储器开发这件事。

东宇回到酒店后马上拨打英特尔兰贝斯的电话。

"你好，我是兰贝斯。"

"祝贺你成功开发了M存储器!"

"啊，李东宇博士，你怎么知道的?"

"地球人都知道了。"

"本想做得更好，可是却不行。不管怎样，今后我们可以一决高下了，虽然以前曾经被三星算计过。"

"算计?"

"那时候的假工厂啊，那可是把我们排挤掉的绝招啊。"

东宇觉得有些不是滋味，换做平常的话，笑笑也就过去了，可是现在英特尔都要变成半导体的主导者了，怎么能笑得出来。

"现在应该不会再建造M存储器工厂了吧? 哈哈哈。"

兰贝斯开心地笑了。

三星电子的假工厂在企业竞争史上十分有名，在英特尔和三星激烈竞争的时候，英特尔公司开发出了64兆D存储器，并且要投入市场。三星在这场战斗中胜算不大，于是在沉重的气氛中召开了会议，老会长对情况进行了说明。

"如果英特尔开发出了64兆D存储器，那么我们到目前为止所做出的努力都要付之东流了。我好几宿没有睡觉，可还是想不出好办法。"

一片沉默，因为谁都不知道该怎么办，这时三星电子的涉外理事技术部的专家东宇突然说: "如果没有别的办法，我们就试一把吧。"

大家都看着东宇。

"试一把？什么意思？"

"建造一个假工厂，整得像真的一样，我们要建的不是64兆的，而是256兆的D存储器工厂。只要我们保密工作做得好，他们就会知难而退，当然这也有风险。"

按照东宇的这一计划，三星决定建造还没开发出来的256兆D存储器工厂。会议的第二天，三星就投入巨资建造生产256兆D存储器的假工厂，英特尔听到这个消息只得放弃了半导体产业。

"哈哈，你还真是什么都记得。"

东宇轻轻地笑了笑。

"怎么能不记得这件事，但我觉得那时我们收手是正确的选择。三星是半导体之王，我们是微软之王。但是我们现在已经开发出了M存储器。以前我们忙于购买三星电子的半导体，现在可能该轮到三星买我们的半导体了。"

"哈哈，不管怎样，我都要祝贺你。"

东宇笑着挂断了电话。英特尔一口承认了M存储器的开发，说明技术已经相当领先了。

东宇陷入了深深的苦闷中。

设局并购

　　"会长，不好了。"

　　三星电子的经营总管接过常务递过来的资料，慢慢地翻看着。

　　"股价突然上涨。"

　　"那有什么大惊小怪的?"

　　经营总管一边翻看着资料，一边不屑地回应了一句。

　　"从今天早晨开始，几乎没有外国人抛售股票了。"

　　"如果股价上涨，也有可能没有交易量，投资者总想等涨高些再卖掉。"

　　"不是没有交易量，是连门都关上了。"

　　经营总管头脑中闪现出昨天的那个记者，他说可能存在一股力量正在整合股东们，试图并购三星电子。是谁在背后操纵? 他急忙快速地浏览着资料。

　　"怎么会有这样的事!"

　　"真是糟糕!"

　　经营总管的脸色大变。

　　"这不是一般的事，我有一种不祥的预感，外国人持股率占

65%，却没有人抛售股票。"

三星电子每天都会密切关注股票动态，在股票市场火暴的时候外国人持股率曾达到62%。这次暴跌，外国人持股率上升，对此公司一直喜忧参半，保持关注。

"这里肯定有什么猫儿腻，可能有两个原因。"

经营总管点了点头。

"如果不是人们持股观望、等待股票上涨，就是有人想并购，只有这两种可能。"

"是感到有些不妙哇！"

经营总管反复翻看着手中的材料，他把眼光从材料上移开的刹那，仿佛一下子回到了现实。

"并购，对，这一定是这次股市下跌时就开始的巨大阴谋。"

"就怕发生这样的事情，可还是……"

常务也感到非常不安，刚开始的时候人们大量抛售股票，致使股价下跌，外国人突然开始大笔买进，三星电子也顺势跟进，买了不少。如果换做平时，三星会想尽各种方法将外国人的持有率控制在65%以内，但这次是暴跌，所以也希望外国人能多多买进。可现在外国人突然停手了。

"不能再这么干等下去了，我们去找副会长。"

经营总管被这种不安笼罩着，他向副会长室走去，副会长此刻也感到了事态的严重。

"我们从头捋一下这次事态的过程。"

"好。"

总管指着屏幕开始解说："首尔的一位分析师对三星电子的股票走势表达了非常悲观的看法，于是外国人开始争先恐后地抛售股票，随后国内的投资企业和个人投资者开始跟进。问题是这种不幸发生之后，一些有影响力的分析师总是做出类似的悲观分析，导致股价持续下跌。我们想防止股价下跌的同时提高持股率，因此做出收购股票的决定。但是在截止日期前，外国人又开始突然买进，我们也同时开始买进；普通投资者原本就对我们公司的前景不太看好，所以他们继续抛售。结果昨天报告显示外国人的股票持有率增加5%，今天早晨外国人没有继续买进。这些买家是我们股票的老主顾，我们只是加强了监控，带着几分担忧挺到了今天，但是现在他们只买不抛让人感到不安啊！"

"这种大跌态势下，我们只买入了2%，而外国人买入了5%？"

"是的，准确的说应该是4.9%。"

副会长沉吟良久，自言自语道：

"有可能吗？有人想并购三星电子？"

"现在还没有这种可能。今天我总觉得有些不踏实。"

"你就直说吧。"

"那就是并购。"

"嗯？"

副会长发出了低沉的声音。

"常务，你怎么看？"

"我觉得也是并购。"

"我也这么认为。"

三个人都呆坐在那里，一声不发，互相看着对方。天哪，三星电子卷入了并购的旋涡，曾经认为永远不可能发生的事情现在就迫在眉睫，并且毫无预兆地发生了。

"我们该怎么办？"

副会长忧心忡忡地问道。常务知道靠控股股东的持股率来守住经营权已经非常困难了，但是在这种氛围下，为了安慰对方，他坚定地说："这次我们买入了2%的股份，所以我们这边一共是19%的股份，万一这是一次套购，那么一定有人在背后控制着65%的股东。虽然有些困难，但我们如果把外国股东拉拢到我们这边，让他们给我们出具股权转让协议书，我们有可能拿到3%到7%的份额；日本和德国的股东如果肯给我们出具协议书的话，也许可以达到10%。我们还有花旗银行，花旗银行有10%的股份，如果也给我们出具协议书，就可以度过这次危机了。"

副会长的眼光极其敏锐，对目前的事实比任何人都看得清楚，他读出了常务这种应战姿态背后的不安："如果这是套购，花旗银行是不会给我们出具协议书的。我认为他们已经在暗中达成了一致。日本和德国也不能让人放心，如果这是一次并购，这个隐藏在背后的势力一定对日本和德国有很大的影响力。到底这次事件是怎么发生的？一切都不得而知。"

副会长头脑一片混沌，他从座位上站起来，看向窗外。可能今天的雾霾比往日更重些，太平大街看上去灰蒙蒙一片。

灵魂出窍

　　一直没有接到北学人的电话，反倒是老朋友民绪跟自己取得了联系，东宇几次想拨通民绪的电话，却又几次放下，他感到这其中一定有什么蹊跷。民绪把最高机密告诉了自己，现在这个机密也得到了确认，他仍然很难理解民绪提出的与三星电子共命运云云，这种话可不是一般人随便说说的，退一万步讲，如果自己接受了民绪的提议，他要商议什么呢？东宇一时间摸不着头脑。

　　东宇感到民绪带有一种神秘感，那低沉的声音，自信满满的姿态，让东宇莫名感到一种信任。他犹豫了好久，终于又拿起了电话。

　　"我确认了。"

　　"你有什么办法吗？"

　　民绪的声音也很低沉。

　　"没有。"

　　"我想也是，M存储器简直完美无瑕，没有人会想到M存储器能发挥如此巨大的威力。"

　　民绪用一种半导体专家般的口吻说道，东宇对此却不是很热心，他更想知道关于民绪本人的一些消息。

"民绪，说说你自己吧。你现在到底是做什么的？"

"我们见面谈吧。"

民绪这次又派了一个年轻人过去，年轻人显出与年龄不符的谨慎，带着东宇几经周转，终于见到了民绪。东宇觉得太奇怪了，放声笑了起来。

"哈哈哈，上次也是这样，这次也是，见你一面就像跟敢死队员接头一样。"

"是嘛，我能理解。"

"那你现在也算是敢死队员了？"

"敢死队员？虽然算不上，但是我们现在从事的事情有很多秘密因素，我们的构想不能让别人知道。"

"我们？"

"跟我有共同想法的人。"

"那就是说你们都很有才，但又不想让世人知道。"

"也许吧。"

"那不就跟敢死队员差不多了，真好奇你们在搞什么。"

"你知道你现在在哪里吗？"

"我？不是在你的办公室吗？"

"是呀，但你现在是在岩石里。"

"岩石里？"

"是呀，虽然你进来的时候，是沿着一座依山而建的建筑进来的，但这里是岩石内部，安全又健康的地方。"

"无法理解，这里那么明亮怎么会是在岩石里呢？不是有阳光射进来吗？"

"把光线引进来可不是件容易的事。"

"你为什么待在这里？"

"这是我们的实验，我们正在构想岩石城市，当然，这是一座未来的城市。如果剥开二三米厚的土层，整个地球被岩石覆盖，这点你应该很了解。"

"当然，那么你们怎么建设岩石城市呢？"

"利用重水，把岩石切割开后让它漂浮在重水上，然后利用重水把它运出去。现在我们国家的纯净空间不足，通过这样的方式可以低成本地营造空间。"

"嗯，有意思！还记得你上学的时候，不是说要上山吗？"

"是的。"

"你当时不是说要学物理学吗？还说要在韩国深造。"

"是的，我学了物理学，然后留校任教了。"

"那之后呢？现在也在学校任职吗？看样子不太像。你还是说说你大学毕业上山之后的事情吧，我真的按捺不住好奇了。"

"我上山是因为之前我经历过一次灵魂出窍，不，确切的说是在灵魂离开肉体之前，我就停了下来，没有完整地体验到，这成为我的遗憾。"

"灵魂出窍？你说你有了出体经验？"

"那是一天下午，我思考一个科学命题感到筋疲力尽，我躺在沙发上，突然从未经历过的、无法想象的事情发生了。"

东宇差点儿笑出声来，好不容易才憋了回去，他觉得谈话将要拐上一条虚幻的小路。

"后来呢？"

"哈哈，可能你要笑话我了，世界可不是你想得那么简单，听我说。"

民绪并没有理睬东宇的反应，继续说下去："这跟做梦完全不是一回事，全身的神经都绷紧了，在我蜷缩的身躯里有一股强大的力量，推动着我的灵魂站了起来。奇怪的是，我的意识非常清晰，我的身体用它本能的抑制力想控制住灵魂的离脱，灵魂却拼命想挣脱身体。我感到巨大的恐惧，我想这可能就是所谓的灵魂出窍吧。奇怪的是我的意识非常清醒，可以像平时一样思考，我想如果放任灵魂离开，也许就永远回不来了，那也许就是死亡吧。"

"你确认不是幻觉或是在做梦？"

"当然，我能明确地感受到肉体就在那里，灵魂想要离开。奇怪的是意识是存在的，意识保持着它的中立，它明确知道现在正在发生着什么，也并不认为自己离不开灵魂，它正观察着发生的一切。"

东宇什么都没有说。

"灵魂并没有什么意识，或者也不是一种存在，只是在偶然的情况下，真的是非常偶然的情况下，灵魂就会拥有强大的力量想挣脱肉体。"

"肉体就无能为力吗？"

"肉体似乎有种本能，本能的力量。肉体只要按兵不动，就会有一股吸住灵魂的力量。但却没有主动地挽留住灵魂的意识，这就是刚才我提到的意识领域。"

"噢，是吗？"

东宇越听越觉得荒诞，但这其中似乎又有些道理，也就是民绪提到的三个互不相同又截然对立的主体：靠本能的力量存在的肉体，在不明力量推动下想离开肉体的灵魂，以及洞察一切却不依存于肉体和灵魂的意识。东宇觉得民绪不是在说谎。

在圣人的世界里，特别是在三星公司命悬一线的这个节骨眼儿上，没有人还有心情做无稽之谈，民绪更不是那样的人，他不可能把没有经历过的事情讲得如此自然。

"灵魂的力量越来越大，肉体似乎无法掌控了。我以前曾听说过灵魂出窍这样的事，我清楚地意识到灵魂正在出窍。这时候我一下子有了想法，这种想法属于意识领域，也就是说一直保持中立的意识发生了变化。我突然感到很害怕，如果灵魂就这么离开了，有可能回来，也有可能一去不返。"

"那么，想法跟平时没有什么不同呢？"

"当然，跟平时一样。只是全神贯注于现在正在发生的事情上，我十分犹豫，不知道这种犹豫是非常短暂的瞬间还是很长一段时间。我游走在两个完全不同的想法之间，一个是刚才我说的一旦灵魂不能回来，我有可能会死掉，我感到很恐惧；另一个是即便死掉，也想体验一次灵魂出窍，我对此一直感到无比的好奇。如果能知道这一切，死又何憾？"

"死亡只意味着肉体的死亡吗？你那时想怎么做？"

东宇感到自己已经被民绪说的事情吸引。

"我那时候想死去，因为我想体验这所有的一切。如果我死去，那么我的灵魂会飘到空中短暂地俯瞰我的肉体，然后飘到别处，我就会知道一切。但同时我强烈地意识到我不能死，因为我还有我的妹妹。父母去世之后，我不能扔下妹妹不管，瞬间我开始强烈的反抗，原本中立的意识产生了强烈的留住灵魂的意志。随后灵魂离开的这种想法开始慢慢降温，最后完全回到了现实。"

"嗯。"

"哈哈，你很难理解吧？"

"大脑一片混乱。"

"这成为我痛苦的回忆，总是折磨着我，因为我错过了可以把握真理的最好机会。后来为了再次经历灵魂出窍，我几番努力都没有成功。我开始想我学过的数学、物理学、化学还有什么意义，我所经历的这次幻象靠科学是无法解释的，所以那时候我决定上山。"

"你在山上怎么过的?"

"我开始大量阅读，读书和思索耗尽了我全部的青春。虽然我想永远留在山上，但又放心不下妹妹，还得考虑送她出嫁的事情。所以暂时到了学校教书，我曾经为了跟当时最权威的物理学家探讨物质世界的终极是什么，特意跑到了美国。"

"那么你继续学习物理学了吗?"

"不仅物理，可以说我学习了人类可以学的所有科目。与其说我是一名科学家，不如说是一名哲学家。我也明白了真正的哲学是从科学开始的，我不知不觉中统合了东方的精神世界和西方的物理世界，事实上两者在本质上是相同的。"

"你似乎更适合隐者的生活方式。"

"我也这么认为，所以我剃了头发，留在山里。有一天我遇到了一位非常奇怪的人，他跟我说所有行为的本源都有相通之处，所以人类不可以逆理而动;只要按理行事，无论隐遁山林还是积极入世，其意义和作用都是一样的。圣僧不居于寺庙，而是隐于市井，与百姓们一起生活，共享欢乐。"

"哈哈，真有意思，他是想让你积极入世啊!"

"是的。"

"他是谁?"

"北学人。"

东宇吓了一跳，他嘴里竟然说出了北学人的名字。

"北学人? 他是你们中的一个吗?"

"是的，具体的事情以后再跟你说。"

东宇感到恍然大悟，却又有些不明底细。

"你一方面修道，一方面又关心三星电子和半导体，真是让人无法理解啊！"

"是呀，我不能坐视不管。守护自己生存的这个空间，就是守护这个空间的人们，爱惜这个空间里的人们。修道，也是想跟这个空间里的人们一起活得幸福。人本主义和爱国心似乎与此无关，但本质上都是一样的。三星电子虽然属于那些经营者们，但是同时也属于这个社会上所有的人；同样，美国想靠强大的力量称霸世界的野心跟我想齐家、治国、平天下的心愿是一样的，两者都需要修为。"

东宇觉得有些可笑，但也觉得可以接受。决定三星电子命运的话有些虚浮，但又有几分可信。

"心情真奇怪，我感到自己以前白活了。"

"三星电子为了国家，为了这个社会上生活的人们做了很多伟大的事情，所以我们所有的人都要齐心协力地守护他。你已经确认了英特尔那边的情况，你说说看，有什么好办法没有？"

说起来心情真是奇怪，东宇对于民绪生活在岩石中有种暗暗的羡慕。自己在学问和科学的世界中度过了大好的年华，从来没有摆脱过现实生活，而民绪的现实生活中却充满了神秘感和创造性，他把科学融入了现实生活，并乐在其中。

东宇用很无力的声音说道：

"D存储器绝对不可能超越M存储器，但是三星电子的全部赌注都压在了D存储器上。"

"是呀。"

民绪点了点头，觉得理所当然。

"你刚才电话里说要谈谈三星电子的命运是怎么回事？M存储器会左右三星电子的命运吗？"

民绪没有直接回答这个问题，而是用手支撑着下巴，静默了好久。

"我是说万一呀，"

"万一？"

"是啊，万一有人想一口吞掉三星他会怎么做呢？"

"什么意思？"

"今后半导体的主导权会转向英特尔吧？"

"嗯，有可能。就算是开发出了M存储器，D存储器也不会在一夜之间成为废物，虽然问题会很严重，但总有办法解决。"

"三星电子这次是碰到危机了，是吧？"

"是啊。"

"要是有人想利用这次危机吞并三星电子呢？"

"不可能，有谁敢吞并三星电子呢？"

东宇反驳道，民绪那副认真的表情凝固了好久。

"要是你以后什么时候想起了我今天说的话，就打电话给我。"

"哈哈，不会有那个时候的。"

东宇笑着回答，心情却很不爽。虽然民绪告诉了自己英特尔开发M存储器的事情，但是他总觉得民绪是在利用这个事实。说如果有人想要吞并三星该怎么办，还说如果发生了这样的事情让他打电话联系自己云云，东宇感到这些话太夸张了，再加上不久之前说跟自己讨论半导体的事情，东宇的心情不免更乱了。

"我会等你的电话的。"

东宇本想说没有必要等，可欲言又止，默默地从办公室里走出来。回家的路上东宇有些后悔，当年民绪知道自己要去留学，为了让留学生活过得宽裕些，特意送来100美金，想到民绪如此关照自己，东宇有些后悔。

东宇想，就是总统也不至于说出如此不着边际的话，民绪说得如此毫无顾忌，怎能不让人生气。

灾星临门

股票大跌之际，大量囤股告一段落，没过多久，三星电子会长秘书室接到了一封从美国发来的信件。

秘书把信读完，不禁双眉紧锁，至今为止李建熙会长还从来没有接到过口气如此蛮横的信。

秘书把信递给了处长。

李建熙会长：

　　您执掌三星电子的经营大权，我们担心您的判断可能出了问题。作为股东，我们想亲自跟您讨论一下。下周初我们前去拜访，希望您能调整日程等待我们。

　　　　　　　　　　　　　　　　——詹姆斯·克朗

"太放肆了！"

处长也非常生气。

"你去看看这家伙的持股份额。"

没多久秘书就把报告书递了上来，处长吓了一跳。

"怎么会这样?"

处长十分震惊,腾地从座位上站了起来。

"我们怎么会没有注意到他?"

处长一路飞奔到副会长室,副会长看过信后也皱起了眉头。

"詹姆斯·克朗?"

"他是上一次股票暴跌时大量买进的那位,没错,就是他。"

"就算是他,怎么可能一个人买入将近5%的份额,怎么可能?"

"这家伙是美国的并购专家。我总觉得有人在搞阴谋,自始至终都是这个人在搞鬼,他让股票分析家们做出悲观预测,然后让国外持股者大量抛售,再暗中分头买入。就是他,他居然给我们发了这样的信!"

"看信的内容,是来挑战我们的经营权的。"

"现在世界范围内,不是都在赞扬我们经营有方吗?"

这句话触碰到副会长最敏感的神经,他爆发道:

"那算什么!世界公认又有什么用?现在的问题是我们对这家伙的幕后主谋和意图一无所知。"

处长感到有些尴尬。

"看这封信的口气,问题相当严重啊!"

副会长的预测是正确的。周三早晨,三星电子的会议室来了5个人,李建熙会长为首的经营团队看到这几个人时不禁大惊失色。

写信的克朗出现并不意外,问题是跟他同行的人正是长期跟三星保持紧密合作关系的股票长期持有者,更让人吃惊的是像德州仪器这类只要销售三星的半导体就可以坐收渔利的公司居然也跟着一起来了。

会长的随行人员轻轻地咬着嘴唇，朋友跟敌人站到了一条战线上，这让他们更加不安。

克朗人高马大，他用傲慢的目光俯视着三星电子的高管们；同行的人表情也不像从前那么友好，就像是跟着检察官来逮捕犯人似的，表情冷漠而凶恶。

他们每人要了一大杯咖啡，克朗没有放糖和奶，语气坚定地说："我们打开天窗说亮话吧，绕圈子不是我的方式。"

副会长此刻眼光锐利，思维缜密，从见到克朗的瞬间，就直观地感受到这里没有妥协。愤怒和忧虑同时袭来，其他人也都是相同的心境。虽然表明了坚守的态度，期待在某个点上可以达成妥协，但是克朗一开口，这种期待就破灭了。

克朗用杀气腾腾的口气说道："我们不想妥协，请你们把经营权交出来。现在我们5个人持有的股份都比你们4个人多，这个是股权转让协议书的复印本，为了避免不必要的纷争我们准备好带来了。"

"呃嗯。"

高管们看到协议书的台头写着花旗银行，所有人都发出了一声悲叹。

"再说一遍，对抗是没有意义的。如果对抗的话，以后我们会采取措施让你们永远失去机会，你们应该知道这是什么意思。"

这句话给了三星人当头一棒，他们顿时哑口无言。这不是普通的战争，没有宣战，没有热身，只有无情的屠杀。敌方的意思是让你们苟延残喘已是万幸了，这样将来或有机会东山再起，话中不无威胁和诱惑。

"让我们交出经营权的理由是什么？"

经营总管坚定地追问道。

"理由？难道你们不知道理由吗？"

"是的。"

卡克兰嘲讽的口气压倒了经营总管激动的声音。

"没有理由。事实是如果对抗下去，胜利者一定是我。"

"世上哪有如此不讲道理的事情，三星竭尽全力走到今天，获得了巨大的利润，你却说没有理由，这像话吗？"

"你这是在向我们宣战！你们想把股东们拉到自己一方，凑上股份，对吧？"

"问题不是我们哪一方能拿到更多的股份，我现在是问你理由。"

"你那么想知道理由吗？"

克朗用嘲弄的语气问道。

"当然。"

"那我就讲给你听。新技术开发是半导体的生命，你们失败了。英特尔开发出了M存储器，真不知道这期间你们做什么了，今后三星电子的股份说不定就会变成废纸。我们正处在这样的危机中，也就是说你们可能挥霍我们的钱，我不能把公司交给你们这样的人。这就是理由，现在你明白了？"

"半导体并不是三星的全部，我们还有很多其他的项目。"

"你可真是一个爱讲废话的人，请你出去！"

克朗打断了对方的话。

"你说什么？"

"请你出去，不要再待在这里！"

经营总管十分激动，气得喘着粗气，这种侮辱还是第一次遇到，但是当着大股东的面儿也不好说什么。

副会长为了让克朗安静下来，说道："请您给我些时间，我要考虑的东西很多。"

"随你的便，给你4天时间，但是不要耍那些无用的小聪明。再提醒你们一次，如果负隅顽抗，你们就做好跟三星电子诀别的准备吧。对了，再好心奉劝一句，万一你们想从市场上购买股票顽抗到底，那就来我这儿买股票吧。我是一个拥有5%股份的人，这5%卖给你们的话，也可能有机会咸鱼翻身。"

高管们感到克朗看似临场发挥的一番话，却似乎做足了功课。

股东背叛

离开座位，高管们都挤到股权转让协议书前。

"唉，现在朋友竟然跟敌人联手来卡我们的脖子。"

"真的什么办法都没有了吗？"

"是呀，现在我们的持股率是19%，外国人持股率是65%，花旗银行和老虎基金等都站到了克朗那边，美国的股份也都被克朗收购了。那么55%的股份掌握在了敌对势力的一边，剩下日本和德国的资本，就目前情况来看对我们也不十分友好，只要他们不给任何一方出具股权转让协议书就已经是万幸了。韩国人的持股率占16%，一旦发生套购，股价就会飞涨，如果我们和他们各拿到一半，双方持股率大概各上涨8个百分点，那么我方就变成了27%，而对方变为73%。如果他们想吞并我们，就需要比我们高出一倍的持股率，如此算来，他们还多出了19%。这样，不管发生什么情况，我们都很难有胜算了。"

"这样的事情到底是怎么发生的？我们的朋友怎么会一夜之间跟对手联起手来？真让人难以理解。"

"不是说英特尔成功地开发出了M存储器吗？"

"那当然会有影响，但不是全部。必须使用D存储器的企业还很多，M存储器完全替代D存储器至少还需要5年的时间。这期间我们完全可以开发出利用纳米碳管的纳米半导体，股东们对这一点应该十分清楚。"

"那么到底是为什么？"

"确实让人费解，但是这一连串的事态表明，虽然主使人藏在幕后，我们仍然可以知道其势力相当强大，早已掌控一切。"

"现实问题是我们的股票被美国方面掌控。"

"如果我们把现在的状况公之于众，那么是否可以完全掌控韩国人的股票呢？我们如果能拿到16%的转让股权，那么就会达到35%，而他们必须达到70%才能完成并购，做到这一点也不是完全没有可能。"

"我们遭到了突然袭击，现在不管用什么方法，都很难自救。完全掌控韩国人的股票吗？这简直是天方夜谭，我们从保卫经营权的立场出发，一旦开始大量买进，每天股市就会涨停；投资者们看到这样刺激的场面，就会本能地抛售股票，我们最终也许会以高出现价三倍的价格买进。更可怕的是，那些家伙可能利用这种状况制订相应的作战计划，他们也许在最关键性的时刻，把持有的股票以最高价卖给我们，我们把所有的现金都投进股市，最终还是会被剥夺经营权，这是我们最不愿意看到的局面。我说得对吗，全会长？"

"是啊，他们在高位抛售股票，然后等股价下跌再大量买进，这样我们无论如何都很难对付了。"

所有人都流露出沉重的神情。

"他们说乖乖交出经营权就会给机会，否则就会斩尽杀绝是什么意思？"

"大概所有人员都会被辞退。"

"除此之外还有各种措施，可能会把工厂拆分销售，公司总部完全搬到美国，调整某一特定产品的生产，甚至给三星电子改名换姓；如果拱手交出经营权的话，也许会让我们继续留下，今后也就有机会再夺回经营权。"

"嗯。"

对策会上传来接连不断的悲叹声。

"不能这样消沉下去，现在我们要挖出那5个人背后的指使者，然后搞清楚那些本来跟我们保持友好关系的股东是怎么被克朗那家伙收买的。我们试探一下是否还有回旋的余地，说不定能找出他们的一些舞弊行为。经营处去联系那些在协议书上没有署名的外国股东，尽可能地让他们给我们出具协议书。我去日本，会长去德国，让美国当地的法人去拜见那些小股东，全力争取他们的支持。"

副会长就这样结束了会议。高管们动员了各自的人脉，试图寻找各种解决办法。但是，随着时间的流逝，他们渐渐意识到大势已去。那些曾经一直保持友好关系的公司连三星的电话都不接，好不容易接通了电话也只是敷衍了事，搪塞说不太清楚。

"这是理事会做出的决定，具体的内容我也不清楚。"

"理事会上你不是也听到了杰克逊会长的意见了吗？"

"当然我是在理事会上发了言，但是还有比我更有影响力的人物，我只是一个负责具体经营的人，力量微乎其微。"

"参加理事会的外部人士都有谁呢？"

"这个请原谅我无可奉告，我已经答应保密了。"

"会长，现在我们处境十分紧急，我们只有知道这背后的人物才能确定是妥协还是应对。请您一定告诉我外部人士都有谁，这是我个人对您的拜托，我不会忘记您的大恩大德的。"

"我理解你的处境，但是我也明确地答应了对方，很抱歉。"

在美国当地工作的职员可以确认周边所有的人都背叛了三星电子，筹备资金的职员也对这一点有了切身的体会，"请您为了三星电子，无论股票上升多少倍，请您不要抛售"。在残酷的股市中如此哀求对方，不啻是遗人笑柄。

到了最后期限的那天早晨，三星集团召开了理事会，会场充满了悲壮的气氛。三星职员们对三星电子正日益壮大这种说法产生了困惑，为了保住三星电子，集团全员辞职的情况也许会出现；但是如果真的这样，不要说保住三星电子，集团都有可能化为乌有，通过这几天的考察他们对这一点十分清楚。

举行理事会的时候，每次都会出席并且组织激烈讨论的李建熙会长久久没有现身，理事会其他成员也认为他还是不要参加为好。如此凄凉的现场，会长来了恐怕一句话也讲不出来。

尹副会长开始讲话了："我们经过深入的思考，结论是还是把经营权交出去比较好。今后我们的主打产品D存储器的需求会急剧减少，这种状况下，如果经营权纷争持续下去，一定会影响企业的生存。大家作为三星电子的成员，都准备写辞职信吧，下午开会时交上来，就这些。"

会议很快就结束了，没有人再提什么问题，不，是无法再提了。

雨打三星

　　三星电子的职员们写辞职信的消息传到了东宇的耳朵里，他一下子想起了民绪。

　　"要是你以后想起了我今天说的话，就打电话给我。"

　　这时他才醒悟到民绪当初说要跟自己讨论三星电子的命运，意义是如此重大。东宇认真地回想了一番，当民绪打来第一个电话的时候，就给人不同寻常的印象。

　　东宇感到也许民绪早已预感到了这一事态，立即拨通了民绪的电话。

　　"上次你说要跟我讨论有关三星命运的事情，是什么意思?"

　　"公司有什么变化吗?"

　　东宇用非常沉痛的声音回答说：

　　"有人想夺取经营权，是一位非常强势的人物。"

　　"他们终于开始行动了。"

　　"谁? 难道你知道这些人吗?"

　　"当然知道。"

　　东宇感到十分惊讶，踏破铁鞋无觅处的幕后策划者，民绪居然知道。东宇急忙问道：

"是谁？"

"我们见面谈吧。"

"好，我立刻就过去。"

"不，我会派人接你。"

民绪仍然不想让外人看到自己，很用心机。

"好吧。"

东宇有些郁闷，但也只能接受。

没过多久，跟上次一样，来了一个年轻人，东宇跟着他到了民绪的办公室。

"真是让人无法理解，到底是谁在策划这样的事情？如果经营权易手，公司弄不好会陷入萧条的泥沼，对方应该很清楚这一点，难道是想毁了公司？"

"也有这个可能。"

"什么意思？为了破坏公司，投入巨款购买股份，然后剥夺三星的经营权？"

"说来话长，这绝不是什么单纯的投资。"

"真奇怪，这世上居然还有人出了巨资做这种让人不可理解的事情，他们到底想干什么？"

"美国的军需商介入了这次事件，他们可能想让三星电子整体倒闭，或者至少要卖掉半导体部门之外的其他产业。"

"什么？美国的军需商？"

"是的。"

"为什么？半导体除外？"

"那是因为涉及纳米半导体。"

"纳米半导体？"

"是的，那是未来最可怕的武器，你想象一下如果核导弹和纳米半导体结合起来，用纳米半导体开发出超级电脑，然后装配到导弹上。"

"哦哦。"

东宇这才有些开窍。

"嗯，我还有一个不太理解的地方。"

"你说吧。"

"你说通过法国的情报局知道了英特尔正在开发M存储器，这又是怎么一回事？"

"你当然会感到不解，事实上，这和我国军购新一代战斗机有关联。"

"是吗？什么关联？"

东宇又一次糊涂了。

"军购战机是巨额买卖，用的是我们国民的纳税钱，我认为在选择战机方面，科学技术人员应该参与进来。"

"有道理，可是……"

"如果军方或者政府官员介入的话，就只能被对方牵着鼻子走；如果科技人员参与进来，那一切就都透明了，他们就要把所有的东西都拿出来，不敢玩猫儿腻，我们要在我们国家建立这样的传统。由专家组成的科技评估团出具报告书，这是做好这件事的根本。"

"嗯。"

东宇听民绪这么一说似乎明白了，他一直认为社会对科技人员不公，头一次看到科技人员自己站出来积极参与社会。回顾过去，科技人员在造福社会方面本可以大有作为，却受制于那些政客，这是不争的事实，他自己也不例外。

"所以，我跟法国技术人员谈过之后，产生了一个绝妙的想法。"

东宇此刻终于明白民绪的话不是毫无根据。

"什么绝妙的想法？"

"让法国核心人物跟我们进行一次特殊的合作。为了这个合作，法国同意向我们100%转让阵风战斗机的制造技术。"

"哦，原来战斗机技术转让的背后有这样的约定啊？那我们要付出怎样的代价呢？"

"我们通过并列纳米半导体研制出超级电脑，然后把它装配到阵风战斗机上，这样阵风战斗机就可以和美国的战斗机抗衡了。"

"哇噻！"

东宇情不自禁地发出了赞叹声。

"你竟然能办成如此伟大的事？"

"但是最终事情出现了变数。"

"啊？怎么呢？"

"法国方面的核心人物死了。"

东宇毋须再问便恍然大悟，他深切地感受到了世界正处于科技战争中这句话的含义。

"等一下，你刚才提到通过并列纳米半导体制造超级电脑？"

"是呀。"

"利用英特尔的M存储器？"

"不是，是一个概念完全不同的纳米半导体。"

"完全不知道你在说什么。"

"这有可能，所以之前跟你说过如果三星电子出现危机，马上联系我。"

"为什么要联系你？"

东宇的眼睛立刻放出了光，但是又马上摇了摇头。

该怎么理解民绪的话，让他再次陷入了苦闷。民绪看出了东宇的心绪，说道："我们有办法战胜M存储器。"

"有办法战胜M存储器？你现在清醒吗？"

"是的。"

"真是让人无法置信，哦，天哪！你对半导体知道多少，这世上不存在凌驾于英特尔M存储器之上的纳米半导体。"

民绪的声音低沉而有力。

"这是全新概念的纳米半导体，能超越M存储器。虽然不知道现在进行得怎么样，但是这个半导体可以拯救三星。"

"超越M存储器？你是怎么知道的？"

"所有的东西都来自人的想法，谁最先有奇思妙想，谁就主宰了科技的命运。"

东宇陷入了短暂的沉思。英特尔集中精力研究被人们轻视的磁石消磁技术，首先将纳米半导体技术应用于实践。国际上的专家们关注的方式是利用纳米碳管的排列消磁。全世界的专家们都绞尽脑汁，夜以继日地研究纳米半导体，三星也不例外。

那么民绪已经制造出来纳米碳管的模型了吗？话语间似乎已经有了些眉目。如果他知道利用纳米碳管的方式，完全可以进行一次尝试，东宇问道："你已经制造出了可以用于半导体的纳米碳管模型了吗？"

"还没有。"

"你说的方式难道不是利用纳米碳管进行的？"

"不是。"

东宇有些泄气，如果不是纳米碳管，就毫无指望了。东宇觉得自己在跟过度夸张的妄想症患者对话。

"那么你说的方式是指什么?"

"现在还不能告诉你,我们的研究组成员会到你们公司进行说明。"

"嗯。"

东宇又一次陷入了沉思。不利用纳米碳管的纳米半导体真是无法想象,不过在科学界,创意是绝对不可以透露的,这也是潜规则,所以民绪现在的态度也是可以理解的。

"那么你为什么告诉我呢?直接告诉三星电子那边不就可以了?"

"三星电子会相信我吗?只有你会相信我。"

东宇点了点头。

"你回去马上开一个内部会议,你是技术委员会的独立董事,有资格主持召开会议。会议上如果大家都同意,我就去三星电子说明我的方法。"

东宇看了看手表,距递交辞呈的截止时间还有4个小时。

"回去跟研究组成员们认真讨论,绝对要注意保密,外国情报机关也许会关注你们。"

"情报机关怎么会关注我们的会议呢?"

"你不要光看表面现象,现在的世界模式正以惊人的速度改变着,战争核武器的概念完全发生了变化。三星电子最有可能开发出掌控世界的武器,科学技术正将世界180度大颠覆。"

"那好,我回去先跟他们讨论。"

东宇半信半疑,从民绪的办公室走出来。

在返回三星电子的路上,东宇反复琢磨。民绪的话虽然听起来有些不大靠谱,但是他如此自信一定有其缘由。

苦恼了一路,东宇一回到公司径直去了副会长办公室。

技术会议

那天下午，三星电子召开了秘密技术会议。

那些首席研究员们已经得知了经营权危机，个个脸上密布愁云。

副会长保持着泰然自若的表情，主持了会议。

"各位可能已经知道了，英特尔开发出了M存储器，D存储器无论如何也难以匹敌。现实是全世界D存储器的需求不会因此就立刻消失，主要原因在于心理效应。英特尔的野心是在今后10年内称霸世界市场，而我们利用纳米碳管开发半导体还需要一定的时间。"

副会长作为韩国半导体产业的领军人物，他的声音听起来有些伤感。

"现在我们正压缩流水线，减少销售。"

工厂厂长还不知道要转让经营权的事情，他如实地报告现在的生产情况。

"紧急减员看来是不可避免了，如果不是万不得已本来还可以养着这些人等待经济复苏，但是既有的新商品跟新研发的纳米半导体完全不能相提并论。"

结构调整部部长的面色也差到了极点。

会议室里一片沉默，就像有人拿着棍子给人当头一棒，打得人们一时找不着北。

"我说两句。"

人们循声望去，是李东宇。几个人眼睛放出了光芒，目光的焦点都集中在东宇的嘴上；但是大多数人没有抱什么期望，茫然地看着他，所有人都清楚三星现在的困境。

"在来这里之前，我接到一个人的建议。"

人们不知道他要说什么，不禁带有少许的期待，侧耳倾听起来。

"他说不需要利用纳米碳管的技术，就可以超越M存储器。"

瞬间人们开始怀疑起自己的耳朵。

"唉！"

"什么啊！"

"怎么可能？"

虽然东宇是世界级的名声显赫的一流研究员，但是没有人相信他刚才说的话。

"李博士，我们比任何人都知道您的能力和才干，但是您刚才说的话实在让人难以置信。事实上M存储器也不是什么新概念，如果说你在人们废弃的纸片上发现了藏宝岛的位置是撞了大运，那么在半导体研究中，这种可能性是完全不存在的。世界上所有研究者都致力于通过纳米碳管制造半导体，因为这个可能性最高。实际上我们的研究室也在进行先利用纳米碳管制成夹子，然后逐个移动纳米粒子的实验，也已经取得了成功。现在在人类掌握的方法中，这是最高级的方法。虽然我们被英特尔在背后捅了一刀，但是如果从现在开始我们拿出玩儿命的精神一定可以成功。问题就是时间，出路只有这一条。"

史蒂夫·金在美国因为纳米碳管的论文轰动世界，之后来到了三星电子工作，他斩钉截铁的声音直接把东宇的话顶了回去。

"你说得对，虽然这次我们受冲击不小，但是我们可以重整旗鼓，出路就是纳米碳管。只要回到过去就行，过去我们赶超日本的时候，一个安稳觉都没有睡过；只要我们拿出当年的心气儿，回到那个年代，全力以赴研究纳米碳管，就一定会成功。纳米碳管的研究姑且不提，半导体的应用能力我们现在是全球第一，我们只要做就会成功。"

研究员们的傲气的确令人鼓舞，英特尔这次冲击带来的愤怒正化作对纳米碳管的信任和热情。

"李博士，是谁提的建议？"副会长问道。

东宇面露难色，不知道该怎么介绍民绪，在如此重要的场合，想获得所有人的信赖，需要有个大家容易认同的经历才行。

"说起来这个人有些复杂。"

人们用疑惑的表情看着东宇。

"不知道怎么介绍他才好，可以说他是一位在科学技术领域学识非常渊博的人，他在高中和大学时代在数学和科学领域就表现出了非凡的才能。"

座位上似乎有人在窃笑，现在这里需要的是国际顶尖儿的半导体专家。这一现实东宇也很清楚，人们认为东宇用高中时候的数学成绩优异来说服人，是在这场技术危机面前张皇失措所致。

"嗯，那么这个人说有什么方法？"

"他还没有讲给我听，他说会在所有人面前进行说明。"

"这不奇怪吗？李博士是世界一流的半导体专家，李博士来说明不就可以了吗?"

"虽然我也提出过，但是他似乎有他的理由。"

"他的理由是什么?"

"他说有安保方面的考虑等，但是我感到也有可能担心我听不懂吧。"

人群中议论纷纷。

"李博士，半导体制造方面还有您听不懂的方法吗？这像话吗?"

座位上终于爆发出了笑声。

"当然不像话，世界正以可怕的速度改变着一切，也可能存在我们不知道的方法。"

东宇的这一句话使整个会场安静下来，因为大家知道虽然今天自己是最优秀的，但是一夜之间就可能栽跟头落在最后头，这就是科学技术发展的现状。

"他有什么条件?"

"他说先见面，然后再谈条件。"

人们沉默了，副会长考虑到他们的感受，最后做了结论。

李建熙会长见到克朗，知道了他的想法，再没有任何举动。在输掉了这场跟克朗的数字对决之后，他断绝了跟所有人的接触，把自己关在办公室。

秘书们担心他经受不住精神打击，进入了紧急状态；但是看到他偶尔会要饮料喝，如此淡定，又感到很奇怪。

失去经营权之前，作为主人大抵会焦虑不安，但是会长与此截然不同，只是告诉秘书不接外面的电话。

秘书认为会长的指示暗示着一切都已经结束了。

随着时间的流逝，克朗规定的期限一点点临近，秘书们开始坐立不安。有的秘书知道了副会长让大家写辞呈的消息，不禁流下了眼泪。

"呜呜。"

会长让女秘书端一杯饮料进去，女秘书忍不住抽泣起来。不管怎么控制，都挡不住泪水横流。虽然想着得快点儿把饮料端上去，可是又不能这个样子进去，于是几次回到座位上擦眼泪。女秘书正在擦眼泪，看到会长推门走出来，立刻把手绢放下，忙不迭地站起来，结果打翻了饮料。

"哎呀！"

女秘书不知道如何是好，会长用手势悄悄地叫她过来。

慌张的女秘书赶忙过去，会长低声耳语道："要是一位叫北学人的打来电话，你就接进来。再给我一杯水。"

"好的，会长。"

可能是感到女秘书强忍眼泪说话的声音很可怜，会长轻轻地拍了拍她的肩膀。女秘书很害羞，平日会长不会对秘书们做这样的举动，他的举动让女秘书感到很困惑。

不久女秘书接到了北学人的电话，直接接到了会长室。通话结束后，会长直接写了一个字条，交给了秘书：

给李民绪一行提供最大的便利。

李会长静静地闭上了眼睛，不久前的不安此刻分明地显露出来。他咬紧牙，想起了前任会长辞世时候用尽全力说的话。

"所有人都认为三星是利用金融赚钱的企业，那是误解。我们是为了电子工业在攒钱，你要铭记这一点。"

父亲当了一辈子的企业家，跟其他企业家一样平凡，但是对三星电子的偏爱却十分特别。

李会长低声呼唤着父亲，眼泪却早已经夺眶而出。曾经的他立志以三星电子的利益为基础，在这片土地上建立起完善的企业文化，此刻他知道这一远大理想已经渐行渐远，他感到心里像堵了块石头一样。

他更清楚地认识到此刻没有人能帮自己，孤独感扩张了几百倍向他袭来。紧接着，会长攥紧了拳头，他回想当初也曾遇到这样的困难，那时候如果半导体投资失败，只能将三星集团拱手交出。会长想起了刚才北学人打来的电话。

"李会长，我们都认为技术产业可能在某一瞬间崩溃，并且我们都认为战胜美国巨大资本的力量只有技术。我会派李民绪过去，罗英俊和李东宇这两位韩国培养的天才也会一起过去，我在这里等待着结果。"

会长非常感谢北学人的这些话，他赋予自己浴火重生的希望。早知道会发生这样的事，平时见上一面该有多好，他很后悔。神秘的北学人在现在这样的情况下能做些什么呢？会长凄然地笑了笑。有能力对抗这件事情的人恐怕只有自己了，但是现在自己也陷入绝境，那么一切也就结束了；但总觉得又没有彻底绝望，这其中一定有自己都搞不清楚的什么缘由。会长再一次回想起最初创建半导体事业的艰难时期。

温情陷阱

1983年，东京。

"嗯，三星已经决定全力以赴投资半导体产业了吗?"

松下会长的表情写满了忧虑，他的声音也流露出强烈的不安。

李炳哲会长的声音十分坚定。

"是的，三星将全力以赴投资半导体产业。"

松下会长作为日本经济的领袖，轻轻摇了摇头，他的摇头似乎希望对方放弃这种愚蠢的决定；另外因为太了解对方的性格，所以对自己的希望也不抱有太大的把握。松下会长没有放弃，又一次用郑重其事的声音说道："会长，您应该知道半导体事业有很大的风险，我们公司曾经有很长一段时间考虑投资半导体产业，但是最终还是放弃了。据我们推测，半导体产业让公司倒闭的可能性在90%以上，我们松下都望而却步了。"

"这个我当然知道。"

"您当然会考虑这一点的，我真的很为您担心。我们松下都认为投资半导体可能会失败，你们三星就更不用说了。"

松下会长戳到了李炳哲会长的痛处，让他不能再坐以待毙了。松下可不是一般的企业，是日本电子界的龙头老大，松下公司的创始人也就是松下会长也不是普通的角色，是让所有日本人尊敬和崇拜的最优秀的日本企业家。他如此真诚地劝阻一定有他的道理，李会长不是不明白。

"当然，失败的比率要比成功高10倍。"

松下会长没有搭话儿，按照自己的思路继续说下去。

"三星不能搞半导体有三大理由。"

李会长挺直了身子侧耳倾听。

"您请讲。"

松下会长做出这样的结论，一定经过深思熟虑，李会长神情专注地等待他的下文。

"首先，三星没有钱，也就是说没有输得起的资本。三星的资金都是拆了东墙补西墙。韩国经济的成长率很高，企业不断地扩张，忙着将盈利进行再投资。三星集团所有的企业都是这么运作的，如果需要大量资本支撑的半导体产业一旦失败，将会给集团整体带来冲击，那时候不只是半导体产业自身的事情了。"

"嗯。"

松下会长是一位卓越的经营者，他一针见血地指出了三星高层担心的问题。

"其次，韩国半导体事业没有合伙人，也就是说周边水准太低，松下可以从周边企业得到很多的支持，从周边可以汲取的技术资源也多少存在一些，专业化的中小企业有很多，但是三星没有。从头到尾路子都要三星自己开拓，那么就比松下需要更多的资金。松下比三星条件好得多都认为投不起，听起来似乎很无情，我认为三星更没有可能性。"

"呃。"

这话又一次刺痛了会长的心，他的回应声更加低沉。

"但是还有比这更可怕的，那就是半导体从生产到销售都摆脱不了美国的牵制。"

松下会长稍微顿了顿，看了下在场的人。今天与会的人士都是受李炳哲会长之邀来的，有三星的友好企业人士、三星的投资人，还有银行和企业的代表们。李会长刚才发言说三星已经决意全力投资半导体产业，并且打算在这个会上筹措资金，所有的人都大为吃惊。此刻松下会长作为李会长的朋友，真心为三星的前途担忧才极力劝阻。人们都鸦雀无声，目光再次转向松下会长。

"关于半导体的所有技术几乎都来自美国，他们每年申请一百多项专利。如果我们建设工厂和流水线，他们就会来惹是生非，说什么盗用专利，等等。在申请仲裁的过程中，又会开发出新的产品。结果我们不仅要支付他们佣金，还要继续我们自己的事业，最后所剩无几。如果光是仲裁或者佣金还好办，可以继续尝试，问题是新技术开发会成为我们的负担。这个领域技术开发日新月异，刚建好工厂，新的技术就出现了，费力建起的工厂就成了废物。我认为韩国还不具备能参与这种科技战争的能力，可能还没有开工公司就已经面临倒闭了。我敢断言，三星绝对不能涉足半导体产业。"

松下会长就像裁判官一样，做出了一个不容置疑的宣言式的结论。他对今天想募集资金的李炳哲会长有些过意不去，但坚信这是挽救三星的一条正路。

人们把目光投向了李炳哲会长，会长暂时闭上了眼睛，松下会长提出的三条理由像三块巨石一样压在会长的胸口。他根本没有察觉人们在注意他，闭了好一阵眼睛，然后睁开眼睛环顾了一下四周，人们炙热的目光似乎在要求他收回投资半导体的决定。

李会长感到让这些人投资难度很大，此刻的处境非常难堪。他强压往上蹿的怒火；尽管做好了心理准备，但仍没想到从一开始就如此让人崩溃，不管怎样，我们也是三星公司啊！

会长的头脑在飞速地思考。

怎样才能让这些人回心转意？一时间几乎想不出什么对策。听了松下会长尖锐的分析之后再想让这些人动心简直比登天还难，加之松下会长是站在朋友的立场上来晓以利害，又不能把他划为敌对一方。

"嗯。"

会长又发出了一声呻吟。正在这时，有人突然举起了手。事实上这样的场合不是在议会，不需要为了发言举手的，但是这个人举着手等了好久。

"您请讲。"

座位上有人说道，他并不是会议的主持者。

举手的这位这才慢腾腾地从座位上站起来，看来是想通过这些获得大家的关注。

"我是野村证券的中田。"

李炳哲会长扭头看过去，自己并不认识这人，他也不是三星的投资人。中田介绍完自己之后非常谨慎地缓缓走了过来，不知道他跟松下会长是否有一面之缘，他向松下会长行了礼，松下会长也点头回礼。中田从松下会长手中接过麦克风，向着其他人行了礼后又向李炳哲会长单独行了礼。

"我跟松下会长的想法稍有不同。"

中田刚一开口，人们的眼睛瞪得溜圆，所有人都已经从发自内心赞同松下会长来自经验的正确分析，中田一开口就把矛头指向松下会长。

"关于三星电子是否投资半导体产业，我个人是非常赞成的。"

下面的人开始骚动起来，每个人都发表着自己的想法。

"他要说什么呀?"

"难道是无视松下会长精辟的分析吗?"

"嗯，看来中田会长也不是凡人啊!"

"也许他能谈出些什么新点子。"

中田等到下面的议论声平静下去才接着说道：

"近期三星的发展可以说是奇迹，我们应该思考一下这一发展的原动力是什么，我认为三星发展的原动力就是人。韩国这个国家有一种说不清道不明的动力，在过去的岁月里，他们展现出来非凡的潜力，今后，他们在半导体产业做出成绩并非没有可能。我无法像松下会长那样举例来说明，但是我相信韩国人的潜力。如果三星在前面领头，其他人在后面支持，半导体产业一定能搞成功。"

中田会长乐观的发言一点儿都不像证券人士，他的发言掀起了微微的波澜。人们相信他的经历，而他肯定了三星的长处，从某种程度上还是很令人信服的。

"同时，三星现在完成了新老交替，李炳哲会长的丰富经验和李建熙副会长的年轻有为实现了良好的平衡机制。我认为如果不给三星投资，这世界上就再没有一个值得投资的企业了。我们公司非常乐意投资三星，我们将组成债权人协会，有意向的朋友请参与进来。"

中田会长的话一落地，其他人的想法立马开始动摇起来。

会议结束后，中田会长确信已经拉拢了足够的合伙人，他与三星的业务组面对面坐下来。

"我希望三星电子对于我们借给贵公司的资金用来发售可转换债券。"

所谓的可转换债券是指在一定期限内如果不能按时偿还，股票就会自动转换的债券。

"嗯，可转换债券？"

"请给我们发售东方人寿的可转换债券。"

"您是说东方人寿？"

"是的，我不太了解其他企业，因为跟东方人寿做的业务差不多，觉得这个公司比较好。"

"……"

"有可能吗？"

"我要跟领导商量一下。"

"一定要东方人寿哦，知道吗？"

业务组的人因为中田会长是协会的领导，对他怀有一片感激之情，所以也就没有察觉他的小算盘。李建熙副会长听了中田提出的条件，看着窗外又重复了一遍：

"东方人寿的可转换债券？"

李建熙的眼里冒着火星，对很多人来说，可能要等时间过去好久才能知道半导体投资是成功还是失败，但是对于李健熙而言，现在正是决定成败的节点。现在对于口渴的三星，中田突然蹦出来肯借钱，但提出要东方人寿的债券，这意味着什么？如果半导体以失败告终，那么三星集团的资金命脉——东方人寿，这只下黄金蛋的大鹅就得交到日本人的手上。

钱的问题如果有充足的时间早晚都能解决，但是用东方人寿来交换，问题就变得不同了。

"会长的电话。"

李建熙一直沉浸在深思中，父亲的电话打断了他的思考，父亲在电话的另一端很意外地问道："副会长，我们去横滨的海边散散步怎么样？"

　　"好的。"

　　挂断电话，李建熙知道父亲此刻跟自己一样感受着孤独。

决战横滨

　　一到海边，整个人就放松下来，李炳哲一屁股坐在了沙滩上。李建熙想起了儿时在釜山曾跟父亲这样坐过，已经好久没有跟父亲这样亲近了，心中不免有一丝悲凉。

　　"时间可真快啊！"

　　可能是产生了相似的感慨，李炳哲深有感触地说了这么一句。

　　"是呀，父亲现在也上了年纪了。"

　　"是呀，我也有种预感，可能这是我最后一次做决定了。"

　　"……"

　　"听说中田那家伙要用东方人寿做担保？"

　　"是的。"

　　"你知道他打的小算盘吧？"

　　"是的。"

　　"松下会长的话说得很对，他是发自内心不希望我们遭遇不测，说的都是真心话。可是中田那家伙不同，说什么相信韩国人的潜力？无耻的家伙！"

　　"……"

"这家伙盯上了东方人寿，嘴上说三星取得了辉煌的成就，实际上心里巴不得我们的半导体投资打了水漂儿。"

"我也这么认为。"

"这会儿这家伙可能高兴得忘乎所以，他一定认为三星投资半导体不可能成功。"

"……"

"建熙，现在说说你的想法，不要为了安慰我，而是从一位经营者的角度，说说你投资半导体的理由。昨天说到决战等，那只是说说而已，可能你也已经预感到一旦我们从东方人寿借钱，在投资半导体产业的同时，就是三星败落的开始。"

"我明白。"

"所以，说说你的理由吧。如果你的理由不能说服我，那还是不能投资半导体。"

气氛跟昨天完全不同，此刻建熙的回答才真正左右着三星的命运，是用三星的命运豪赌毫无保证的未来，还是以安稳的方式运营，选择就在此刻。

"说说看吧，你的理由。"

建熙的眼里突然闪现了泪光，他的声音很坚定，但是心灵深处怜惜地感觉到一个老人可怕的孤独。这种孤独感不是来自于别人，而是来自于自己，自己是三星的后继人，是成败的关键。对于中田以东方人寿为代价的摧毁式挑战，父亲必须要应战，而应战的利器就是三星的后继人李建熙。如果他只是把父亲当作决胜的关键人物而加以依靠，从而豪赌三星的未来，那么胜负已然未战先定，结果一定是失败。

"父亲。"

"别叫我父亲。"

老会长的声音显示出一位绝情父亲的狠心，声音中充满怀疑和迷惑，又带着几分尖锐，一股脑儿砸向建熙。

"像昨天那样，说相信你这个久经沙场考验的韩国最优秀的企业家父亲，这么回答可不行，你的理由如果是这个，就不能投资半导体。"

建熙闭着眼睛，听着父亲的话。

"你要说出确切的理由，这可是韩国历史上最大一笔投资，是决定三星生死的投资，也是决定国家命运的投资。你说说看，确切的理由。"

一直静静倾听的建熙突然胸中涌起一股热流，父亲就是父亲，他感到一股任何人都不可冒犯的只有父亲才有的强大力量。现在父亲正在问他的真实想法，如果自己不能说出让父亲满意的理由，父亲死都不会同意投资半导体的。这就是父亲；一旦成为三星的继承人，就要委以全权，这就是父亲的哲学和固执；没有实力，尽孝道都是多余的，这正是自己的父亲李炳哲。

"我的结论没有改变，我敢用三星的命运做赌注，投资半导体事业。"

"为什么？"

在父亲的催促下，李建熙特有的声音冷静地回荡在横滨的海边。

"昨天美国又一次提高了利率，美国主利率已经达到了5.5%。"

"那又怎样呢？"

"真是让人无法理解的现象。"

建熙说完这句话，好像思考些什么，过了好久才又慢吞吞地继续说道："不管怎样，这一点很奇怪，虽然目前为止还没有谁能做出令人信服的分析，但是分明酝酿着什么阴谋。"

"你说阴谋？"

李炳哲会长立刻谨慎地追问道。

"从美国现在的状况来看，联邦政府不可能把利息提得这么高。"

"格林斯潘真是吃了豹子胆了。"

李炳哲似乎是为了控制住变得敏感的神经，生气地说了这么一句。同时他也感到很神奇，儿子建熙一下子就触碰到了自己最敏感的部分，也就是利率问题。必须承认所有企业家的事业都是从对利率敏锐的分析开始的，建熙并不是因此刻意从利率谈起，而是利率是如此敏感，他也许早已经深有感触。

"联邦政府的主利率达到这种程度的话，那么派生出来的各种利息应该会达到两位数。"

李炳哲沉默了。

"现在信用不良的金融机构和顾客已经因为这种利率受到了压制，因此倒闭的企业也不在少数。"

"结果呢？"

"经济如此惨淡，利息却这么高，真让人无法理解。"

"所以呢？"

李炳哲努力掩藏起自己真实的感情，冷静地等待着儿子的回答。

"现在世界的资金都集中在美国那里，这是一个阴谋。"

"阴谋？你说阴谋？"

李炳哲眼前一亮，利息是可以掀起波澜的手段，自己在经营过程中经常看到利息跳舞般地大起大落，但是现在三星的继承人却把它说成是一个阴谋，还真是闻所未闻。

"是的，日本的利率每年稍微超过1%一点，并且日本与美国的贸易出现了巨额顺差，赚到的巨额利润又再一次投资美国，每年拿到6%以上的利息。与此相反，美国的产业没有竞争力，贸易逆差像滚雪球一样越滚越大，按道理要降低利息保护产业，但是他们反而提高了利息，这在美国历史上从来没有先例。"

"嗯。"

老会长第一次听人这么分析。

"这里分明有什么阴谋。"

"什么阴谋?"

"没有人知道是什么阴谋，即便是优秀的经济学者也不能立刻破解，我倒是有一种猜测。"

"有所猜测?"

"是的。"

"你猜是什么?"

"IT。"

"你说IT，什么意思?"

"不是重工业，而是信息产业。美国只有走这条路，否则别无他法。现在世界上的钱都去了美国，但是美国除了信息产业再也不可能有其他制造业可以支付这些资金的利息。美国想用这笔钱重整股票市场，但是美国的制造业正在股价下跌中挣扎，结果美国只能把命运的赌注押在IT业上。"

"把赌注押在IT业上?"

老会长对于儿子说的话似懂非懂。

"把钱都引入信息领域，只有这条路才能拯救美国。现在个人电脑正以惊人的速度普及开来，培育信息市场的方法只有这一种。"

"什么?"

"那就是半导体，所以三星应该以命运做赌注投资半导体。"

"……"

老会长沉默着，他内心深处升腾起的感动让他说不出话来。

韩国所有的经营者都认为不应该投资半导体，三星也应该不投资半导体，这才是正确之选。

但是老会长冥冥中受命运指引坚持开发半导体，遭到了众口一词的反对。他心里很清楚这些人反对的原因，所以不管自己的直觉有多么强烈，仍然举棋不定。最大的不安不是来自反对的声音，而是来自赞成的声音，中田说要用东方人寿做担保借给三星资金，这让不安达到了极点。

经过整整一夜反复地思考他的提案，老会长决定把所有的一切暂时搁置，所以把建熙叫到了横滨的海滩。

他相信儿子一定会因为孝心支持父亲的半导体开发，这样的想法让他更加不安起来。如果失败，三星倒闭姑且不论，儿子出自一片孝心，毅然决然支持父亲开发半导体，自己绝不能把这样的后继人扔到中田的脚下。

现在这个时刻，看到三星的后继者已经具备了观察世界的智慧，他禁不住连连感叹："啊，这小子已经长大了。"

建熙为自己的命运和热情的梦想插上了一双巨大的翅膀，老会长最后问了一个问题。

"那么三星半导体靠什么取胜呢？松下会长的分析十分透彻，没有人不服气，你凭什么资本投身半导体产业呢？"

"我靠的是人。虽然中田可能是一时兴起说了那样的话，事实上韩国人的能力有可能要在那几百倍以上。父亲，我相信韩国人的头脑。将来一定会有拯救半导体的人才出现，当然我们也会全力以赴寻找这样的人才。公司能否坚持到那时候，这将决定三星半导体的命运。"

老会长默默地站起来，不需要再问什么了。两个人登上各自的车子，向着自己的方向出发了。

第二天，韩国和日本的各大媒体大篇幅地报道了三星进军半导体产业的新闻。

唇枪舌剑

　　李建熙从悠长的回忆中回过神来，苦笑了一下。当时跟父亲在半导体开发上能够不谋而合也算是一件稀奇事，半导体的发展不仅可以保住东方人寿，而且可以持续推动韩国的出口。

　　李会长叫来了秘书室室长。

　　"我交代你的事都办了吗？"

　　"是的，会长，您已经下定决心了吗？"

　　"是的，我感到有一股奇异的力量。"

　　"……"

　　"父亲是不会这么扔下三星电子不管的，我相信韩国社会会拯救三星电子的，韩半岛历史上规模空前的三星公司不能就这样被人抢走。"

　　"现在我们的投资人正全面进行守护三星的努力，但是我们的敌人太强大了。"

　　"知道，我都知道。"

　　"还有，您再看这个。"

　　"报道吗？"

"是的，关于三星的这次并购，舆论猜测纷纷。一位叫郑义林的记者认为这背后的操控势力是CIA，并且将相关资料发到了网上，正试图掀起美国大使馆门前抗议等市民运动。"

"嗯。"

李会长又一次陷入了沉思。

"会长，到了约见的时间了。"

秘书室长提醒道，会长点了点头。

克朗气势汹汹地坐在那里，其他人看到会长一行进来，都从座位上站起来，鞠躬如仪，只有克朗纹丝未动，默默看着一行人进来。会长刚一落座，他就毫不掩饰地表现出不悦。

"李会长，你迟到了啊，我最讨厌不守时的人了。"

李会长用眼睛瞪着他没搭腔，克朗可能是对会长直视的目光感到心情不爽，于是用粗鲁的声音说道："职员们的辞职信都拿来了吧?"

李会长没回答，而是继续看他如何动作，克朗把目光转向了副会长。

"我问辞职信都带来了吗?"

副会长也不作声，只是凝视着克朗。

"你们竟敢藐视我?"

看到没有人回答，克朗用手拍着桌子说："好啊，看来是想跟我较量一场! 你们想把三星的钱都押上是吧，那就看看你们三星到底有几条命!"

克朗从座位上腾地站起来。

"你们以后不会再有经营三星的机会了，新组成的理事会会先改掉三星电子的名字!"

克朗扔下这句诅咒，掉头向出口走去。跟他一起来的4个人，稍微犹豫一下也跟着他走了出去。

这时候，一直没开口的李会长突然说道："请坐。"

声音虽然低沉，但是充满了让人无法抗拒的力量。

"如果不立刻交出职员的辞职信，我也没必要坐在这儿。"

克朗盯着李会长，用强硬的口吻说道。李会长用很低沉的声音轻声说道："把你的股票卖给我，难道有必要把这场纷争弄得沸沸扬扬的吗？把你手上的股票都卖给我。"

"哈！你想买进股票？我可以考虑卖给你，只要价格合适。"

"你出价吧。"

克朗稍微犹豫了一下，老谋深算的他露出了得意的微笑。李会长的想法是所有遭遇并购的经营者的首选，克朗对于这样的程序早就烂熟于胸。他的声音听上去略显从容，作为这方面的专家没有必要提高自己的音量。

"每股600美元。"

"成交，我们全要。"

"什么，600美元全部买入？"

"是的。"

李会长的声音充满了豪气。

"股票购买协议你能做好吗？"

克朗的声音变得有些颤抖，每股600美元，近乎天文数字的巨款，李会长居然满口答应，可卡兰的头脑有些发晕，他既高兴又有几分沮丧。

每股600美元，等于说静坐着就赚了至少25亿美金。问题还不只这些，一旦股票过户，这一事实在交易所公布，三星的股票就会立刻一落千丈，那时候自己就可以以每股一百几十美元，或者

100美元左右的价格把股票再买回来。

"当然。"

"那么现在就签约吧。"

克朗比谁都清楚当务之急是赶快签订协议,这比什么都重要。人多嘴杂,说话不算数,只有写进协议里的内容才能发挥效力,这是克朗这位并购奇才的信条。李会长的秘书拿来了协议书,克朗盖章的手带着一股确信的力量。协议书刚一签完,克朗看到递给自己的信封感到非常惊讶。

"这是什么?"

"现金。"

"现金? 钱吗?"

"是的。"

克朗看到信封里的东西的瞬间,他惊呆了,信封里是一张50亿美元的支票。克朗看到如此巨大的金额变成一张薄薄的支票,不禁感到毛骨悚然,他似乎感受到了这位看似安静和蔼的李会长却有着决死的意志和勇气,克朗尴尬地笑着,似乎要赶走不吉利的感觉:"哈哈哈哈,到底是三星。"

"现在,请阁下您出去吧!"

副会长用一种公事公办的语调说道。

"哼,走就走! 当然要走,走就是了。"

克朗顾不上闭上张开的嘴巴,内心深处在想真是千载难逢的机会啊。他盘算着就等三星股票一落千丈的时候,再用这些钱把股票买回来。他头脑中疯狂地计算着只要三星活着,它的主人就会守住它,这样的反复或许还会多次重演。

"我们走吧。"

"那我们的股票会怎么样呢?"

这几位股东看着这笔10分钟不到的巨额交易，肠子都拧了劲儿。虽然他们不是公司的代表，但也是各个公司的财务理事，不仅心生疑虑。

"这个一会儿再谈。"

财务理事们不得不犹豫地站起来，虽然他们并不打算在CIA这次特殊活动中获取什么利益，但是在看到克朗进行的这笔巨额交易的瞬间，他们的想法变得非常复杂，可在这个场合又不好计较些什么。他们向李会长行了礼，从会议室里走出来，立刻给各自的公司打电话汇报。公司的回答都很一致，让他们按照克朗的指示去做。他们压制住内心的疑惧，尽情地享受着克朗准备的晚宴。

酒菜备齐，克朗就开始向这4位合伙人炫耀起自己的不凡。

"各位，短时期内请不要干涉我，等事情结束，我一定会给各位的公司分配红利。但是现在，请大家不要被眼前大进大出的现金迷惑，参与不该参与的交易，否则就有可能坏了大事。各位公司的股东们，我，不，应该说美国政府会保障大家的利益。请不要担心，这次交易一定会给大家带来好运。"

"我们明白。"

克朗施展手段笼络着同伙们。

"李建熙这是在自掘坟墓，他可能会认为三星陷入并购的新闻爆料后，市场上股价会上涨，但他一次性买入这么多股票，股价必然大幅下跌。"

德州仪器的财务理事附和道："那是肯定的。投资人都知道现在是英特尔M存储器的天下，即使不算这一点，他们也早就对三星股票感到没底了。他们听说三星为了保证经营权，一下子投入了那么多的金额，立马就会把股票抛出。"

"李建熙，他可真是个怪人啊！三星的主人用这样的方式来捍卫经营权真是瘦驴拉硬屎，还当场用现金支付，他们马上就要面临资金紧缺的问题，真不理解他们为什么对经营权这么执着。"

克朗一副无所不知的表情说道："韩国和日本的这些经营者跟我们的思考方式不一样，他们对自己创立的公司有着难以理解的偏执，并购在他们看来就像是小偷行窃。"

"话虽如此，但是这么硬撑着进行经营权防御，总是让人感觉什么地方不大对劲儿。"

"不管怎样，你们等着瞧好儿吧！明天三星电子的股价就会大跌。"

"您得保障我们持有的股票达到600美元呐。"

"这哪儿是我保障啊，得是他们保障啊，哈哈。"

"哈哈，看来我跟克朗先生说了出格的话了。"

"等着瞧吧，从明天开始三星电子就会跌停；而我会在一周之后，再以100美元左右的价格大量买入，三星将完全掌控在我的手中。"

这些人悠闲自得地享受着丰盛的晚餐。

第二天，三星电子的股票果然暴跌。一周之后，按照克朗的指示购买三星股份的这些分析师们看到一个怪异的征兆：从早上开始三星股票发生剧烈动荡，他们立刻拨通了克朗的电话。

"现在有一股巨大的购买力量，受不了股价暴跌的投资者们正疯狂地抛售股票，买卖之间非常热闹。"

"是谁在买？"

"三星集团。"

"就是那个李建熙会长？"

"是的。"

"哈哈，看来现在已经走投无路，这么下去三星集团立刻会垮掉。"

"他们看来是背水一战了。"

"不用管他们，第二次暴跌马上就到了，真是奇怪的事情啊！三星如此不计后果，岂不是自掘坟墓。"

挂断电话，克朗露出了得意的微笑。

力挽狂澜

　　同一时间，在纽约以花旗银行为首的三星电子的股东们聚在一起。几天前，他们同时收到了来自三星电子的秘密专电。

　　三星电子的各位股东：

　　　　我们开发出了比英特尔M存储器性能强10倍的生物半导体，因此想邀请几位最重要的股东出席由我亲自主持的产品说明会。

　　　　鉴于最近存在一个刺探机密情报的不友好势力，为了满足一己的私欲，企图拉拢各位股东，所以敦请各位做好保密工作。

　　　　各位股东只可带一名技术人员与会。

　　　　　　　　　　　　　　　　　　——代表理事　李建熙

　　"我不太懂什么半导体。"
　　花旗银行的会长皱着眉头跟身边的高盛集团会长抱怨道。
　　"说得也是，不知道这次是什么事儿。"

"李建熙会长说亲自来，那还是先听听他怎么说吧。"

"不会是因为我们参与了并购对我们表示愤怒吧？"

"他不是不懂事的孩子，他为人很慎重。想到这儿，对于三星电子的这件事还真有些过意不去。"

"那是美国政府的意思，我们又能怎么样呢？"

"那些家伙总是拿恐怖说事儿，真是让人恶心。我真是无法理解为什么非得由美国独霸半导体行业，美国不担心这么下去会被世界孤立吗？"

这几个人掌控着美国最重要的基金，除了市场伦理之外他们几乎不受任何约束；这次美国政府拿恐怖威胁说事儿，他们不得不参与制约三星的行动。

"三星提到的生物半导体是什么东西？虽然我带了半导体专家过来，但是他也不知道是什么意思。"

"我也是，没人知道那个生物半导体是什么东西。"

"李会长来了。"

李建熙会长跟这次特邀来的6位股东一一握手。

"真是对不起，李会长。"

跟三星集团有特殊关系的花旗银行会长，可能是心里过意不去吧，还没等看清楚李会长的脸就开始道歉。

"您也一定有您的苦衷。"

李会长一面宽容地作答，一面跟花旗银行的会长紧紧地握手。接着，在跟所有参加会议的人握手之后，他走上了讲坛。

"今天我们邀请三星的重要股东来这里，是为了揭穿与三星电子有关的一系列阴谋。"

台下的各位股东本以为李建熙是为了保住公司向各位求情，听他这么一说，认为来了不该来的地方。

"近年来，在我们的不懈努力下，公司在7年间股价翻了10倍。"

股东们点头赞同，即使昧着良心，他们也无法否认在过去的岁月中三星取得的辉煌成就。人们内心深处被触动的同时也感到不解，李建熙说让能理解生物半导体的研究员随行又是什么意思呢？人们担心今天会不会自始至终都是有关并购的呼吁。

"最近英特尔开发出来M存储器，我们以前侧重的D存储器可能要走到尽头了，但我们不会因此一蹶不振，反而会积极地看待这件事。"

股东们的表情有些惊诧，心想他这是打算说什么呢？

"因为我们在晶体管纳米半导体研究方面是世界第一，但是我们并不认为在浩瀚的技术海洋中，利用纳米碳管制造半导体是唯一的解决方案。今天，我们开发出了跟传统半导体概念有着天壤之别的新技术。"

李会长一一审视着人们的表情，所有人都用非常凝重的表情望着李会长。

"那就是生物半导体技术，现在我们的技术人员将说明这一原理，并进行新产品展示。"

各位股东带来的技术专家们皱着眉头看着走上讲坛的人，这些人都是半导体领域的技术权威，他们觉得今天的说明会只不过是一个序幕，大戏还在后头。他们注视着罗英俊博士的一举手一投足，当这些世界级的半导体专家听说罗博士是生物学者，差点儿笑掉大牙。站在讲台上的罗英俊博士并不理会这些，表情木讷地说了第一句话："下面由我向大家介绍生物半导体的概念。"

罗英俊博士的开场白直奔主题。

有几位专家情非得已，在笔记本上写下生物半导体的字样。

"同种类的蛋白质或者一种蛋白质之间可以发生相互反应，

我们称之为噬菌体。现在生物学界将其用于寻找抗原的抗体，这种方法也可以用于半导体制造。"

罗英俊博士稍微停顿了一下，会场极为安静，似乎能听到钢针落地的声音。罗博士的话让他们感到似懂非懂。

"所谓利用噬菌体，是指在细菌的末端有10亿多个蛋白质；将这些蛋白质进行组合，看哪些组合在半导体表面能够在最短时间内被识别出来，然后就向这个蛋白质组合模型中注入纳米粒子，这就是生物半导体的概念。"

罗英俊博士的说明非常简短。

"下面请大家提问。"

这些专家一下子愣住了，没想到说明会这么快就要结束了。

"如果没有问题，我就下去了。"

罗英俊正要走下讲台，一位研究员用很急切的声音问道："请稍等，博士。"

"您请讲。"

"您的意思是让病毒携带纳米粒子进行组合吗?"

"是的。"

"一个病毒携带一个纳米粒子吗?"

"不是的，每个形成病毒的蛋白质携带一个纳米粒子进行组合。"

"那么，一个病毒就会有大概10亿左右的蛋白质。"

"是的。"

"哦!"

专家们十分震惊，嘴都合不上了，世上居然有这样的方法?!

罗英俊刚要从台上下来，看到首先提问的那位研究员面露疑惑，于是补充道："简单说吧，在进行基因实验的时候，人们会向基因里面注入色素等，这个你知道吧？"

"是的，这个我知道。"

"这不就好理解了吗？用纳米粒子代替色素放进去就可以了。这时候，操作基因病毒，可以随意设计路线，这样就可以制造出超小型的半导体芯片。这种纳米半导体将比英特尔发布的存储器性能高出数十倍。"

这时候不知是谁忍不住笑了出来："哈哈，事情要是这么简单该有多好！"

人们把目光转向这人。

"你说噬菌体？虽然听上去像那么回事，但是晶体管分离层问题怎么解决？我们要最大限度地缩小晶体管之间的警戒线，警戒层不是容易形成氧化膜吗？业界曾做过很多的电脑模拟，虽然想找到稳定的条件，但都失败了。有时候可以，有时候不可以，那么生产线上的不良产品就会泛滥成灾，请你说明一下解决的方法。"

罗博士瞬间有些慌张，自己只是研究了将纳米粒子通过噬菌体的方式放入了细菌内部这一过程。专家们开始议论纷纷。

"真能忽悠哇！"

高盛集团会长的脸上露出一丝讥讽的微笑。

"不，这绝不是夸夸其谈。"

人们循声望去，是李东宇。

"各位的专业领域我也略知一二，这个领域如果没有罗博士这样的人，就会出大事，但是没有我们中的任何一个都无大碍。关于氧化膜的问题，我来给大家说明，我们之前一起在三星电子的研究室工作。"

"哈哈，那你说说看，怎么能够阻止氧化膜的形成？"

东宇目光锐利地直视着那些面露嘲讽的专家们。

"分离层形成氧化膜确实让人无奈，又不能不接触空气，但是根据规定的警戒线的差异，从而找出正确的数值来，会怎么样？"

"哈哈，你认为对于动态的警戒线能用数学的方法解释吗？当然，您一定知道迄今为止还没有找到关于这个模式的数学公式。"

"难道您忘了我曾经解决了硅胶破碎现象吗？"

"当然记得，你不是想把硅胶半导体的公式也应用在纳米半导体上吧？即便你是流体力学方面出类拔萃的数学专家。"

"您这也不是试图理解新技术的姿态啊！这次我跟罗博士合作研究，发现形成基因细菌的蛋白质，其表面张力与流动状态下的黏度稍高的液体形成的表面张力相同；又发现每一个分子，不，是每一个原子都可以独立发挥晶体管的作用。这些都是在三星电子研究室里发现的，是与基因研究的大师罗英俊博士共同发现的。"

"一派胡言，不可能！"

看到专家如此无理，远处响起了一个低沉的声音。

"嗯，你与学者身份真是相去甚远。"

人们顺着声音望去，是卡尔森博士。卡尔森博士从位置上站起来。

"李东宇博士，你解释解释。我充分肯定蛋白质表面张力与流动状态下的液体形成的张力值一致这一点，那么你是怎样找到这个常数的？"

"老师，感谢您能光临！我将观察的蛋白质凝固型的电脑模拟分解成最大限度数量的图片，然后用微分函数标记了图和图之间的细微的差异。解的范围是将这些差异分成几组后给出代表值，然后为了求这些代表值之间的统一的解，我列出了方程式。这是一个五次方程式，我利用群论解方程式，然后作图求解。令人惊奇的是，像预想中的一样，图只是沿着函数图的y轴移动，但是并不改变形状，所以可以证明这是一个常数。"

座位上一片沉默，可能是东宇说得太快了，但是没过多久，专家们都理解了东宇的话，

"啪!"

"啪！啪!"

"啪！啪！啪!"

"哗！哗！哗！哗!"

刚开始只是一两个人鼓掌，随后在座的人都爆发出了经久不息的掌声。

"完美!"

"没有一点瑕疵。"

专家们好像完全理解了，这是半导体历史上划时代的全新理念。

"那么真有可能实现吗?"

一位专家半信半疑地问道。

"那么我来这里是为了说谎吗?"

"不，当然不是。"

"生物半导体的核心在于基因制造技术和纳米粒子的结合。"

罗英俊博士特立独行的性格表露无疑，他从台上一步一步走了下来。虽然他的发言只有短短的5分钟，但是给这些专家们带来的冲击是不言而喻的。半导体制造工程中，人们最关心的事是怎样能够用更精密的机器制造出更微小的元件，对此，罗英俊博士抛出的生物半导体的话题就像炸弹一样。

罗英俊下来后，李东宇博士走上讲台，他从一个小盒子里拿出了什么。

"这是新纳米半导体的试制品，我也带来了实验机器，请大家试试看。"

专家们飞奔到讲台上，他们知道自己的判断会影响决策，所以想用最精密、最透彻的方法对新产品进行确认。

"嗯，没有机械打制的痕迹。"

一位通过显微镜观察的专家仿佛发现了新大陆，惊叹道："啊，居然还有这么小的半导体！"

人们都被半导体的尺寸惊呆了。一位专家为了测试性能，发动了测试生物半导体的装备。触动装备开关的这位专家的手指似乎有些发抖，现在只要按下开关，出现数码数字，人类历史上划时代的伟大发明也就诞生了。

马上要按下开关的这位专家非常担心，问其他专家："这么小的半导体能容纳64G的D存储器那么大的信息量吗？"

其他人都摇了摇头，觉得那几乎是不可能的，李东宇回答说："它比256G的D存储器还要出色。"

专家们噗的一声笑了出来，但是脸上表现出一副对新事物的不安和期待。专家终于按下了开关。

"哦！"

"哦！哦！"

"怎么可能！？"

"我的上帝！"

所有人都惊愕不已，反映半导体容量的电表显示出比256G的D存储器容量大100倍。

"啊，这怎么可能，这么小的半导体！？"

股东们全都从座位上站起来，他们立刻聚拢到李建熙会长的身边。

　　"哈哈，李会长，您怎么能开发出如此梦幻般的半导体呢?"

　　"李会长，祝贺您!"

　　这时候的会场响起了一位专家宣言般的激动的声音。

　　"生物半导体是理想的半导体，人类现在可以实现自己的梦想了!"

　　另一位与东宇有一面之交的半导体专家掩饰不住自己的激动，他用兴奋的声音说道:"李博士，生物半导体是半导体历史上划时代的一页，他给我们注入了有生物和无生物相结合制造产品的新理念。刚才我突发奇想，可以利用基因自我复制的能力开发出永久性的电池，这样的产品似乎指日可待。"

　　卡尔森教授也笑得合不拢嘴。

　　"李果然是有非凡实践能力的人才，科学现在刚刚起步，今后科学的发展速度会超越我们的想象。"

　　"我们不应该再待在这里了。"

　　李会长一行从会场出来的时候，听到有人开始鼓掌，紧接着声音越来越大，最后雷鸣般的掌声回荡在整个会场，这正是专家们发自内心的对生物半导体的认可和致敬。

股东悔悟

　　花旗银行的会长带领李建熙会长和各位股东去了自己的私人贵宾接待室。

　　"这里绝对安全，李会长，如果有什么话可以放心讲，说实话，我们感到很惭愧。"

　　这6位狡猾的股东终于相信三星电子才是这个领域的当之无愧的领袖，他们也醒悟过来，这只领军企业的股票将会以难以想象的程度大幅增值。他们感到此刻怀里抱着的是一颗金蛋，首席顾问和CIA给的那点儿恩惠根本算不上什么。花旗银行的会长也认为，事业若要成功就必须遵循市场规则而动。

　　李建熙没有什么感情上的起伏，他以非常平淡的表情一一审视这几位股东。紧接着他慢慢地从座位上站起来，用非常平静的语气说道："尊敬的各位股东，事实上这项技术并不是我们三星电子的研究队伍开发出来的。最初的这位发明者想自己建立公司，这将是这一领域的梦幻企业，当然，各位的股票随之就会变成废纸。"

　　"啊！"

股东们不自觉地发出一声惊叹。

"但是，我已经向他承诺，会答应他的所有请求，希望他能允许三星电子来制造和销售，因为我不能背叛信赖我们的各位股东。"

"啊！"

股东们再次发出赞叹。李建熙不动声色的陈述，句句都像鞭子一样狠狠地抽打着这些股东们。

"我们会以这样的精神继续全力前进，把三星打造成世界上最优秀的企业，谢谢各位！"

李建熙简短地收住话头，股东们久久没有说话。沉默良久，花旗银行的会长忏悔道："我活了一把年纪，从没有像现在这样感到无地自容。因为三星电子我赚了很多钱，可作为三星电子的最大股东，我又背叛了三星，这将是我人生中最大的污点。"

他的声音听上去有些发抖，间或有些哽咽。

"我想起小时候曾经跟自己发誓，就算放弃一切，也不能背信弃义。现在的我就是这样一个只知道向钱看的蠢货。唉，我的心像被撕扯碎了一样，我作为最大的股东居然这么背叛我的公司，李会长，您能原谅我吗？"

"请您不要过于自责！对我来说，从一开始就没有什么遗憾，我只当是一次痛苦的经历而已。在科技界没有常胜将军，这是让我更加奋发努力的一种鞭策。"

李建熙的话让花旗会长陷入了更深的感情旋涡，他好久才平复了感情，毅然说道：

"李会长，今后10年我们不会卖掉持有的三星电子股票，如果以后要出售也一定会提前跟您商议。我马上撤回写给克朗的股权转让协议书，李会长您不用担心经营权，我一定会全力帮助您经营好公司。"

其他股东也都争先恐后地忏悔自己的背叛行为，他们差不多都像花旗银行会长一样表明了决心，李建熙默默地听完了他们的表白。

"各位股东，科学技术的世界是永恒的，在这里资本也许是无用之物，我们只是把资本增值当作投资目的之一；投资还有一个重要目标，那就是科技发展的催化剂。只要人类存在，科学技术就会不断发展，因为只有这样才可以应对不知何时就会发生的人类灭亡的危机。现在环境受到污染，石油等能源枯竭，大规模的饥荒正在发生，这些最终都要靠科技的发展来解决。我认为各位的投资在解决人类的这些问题上发挥了非常重要的作用，三星电子会秉持各位的思想，不断努力，服务于人类社会。三星电子将以创造超越金钱的价值为目标，继续前行，衷心感谢各位真诚的信任！"

这段致辞简短而平淡，反而让股东们更加激动。经手过无数的投资，却从来没有想到创造人类的未来和价值才是投资的根本。李建熙的一席话，让这些股东们第一次认真思考资本的意义和作为资本家的义务。

"听说那个克朗以每股600美元的高价把股票卖给您了？"

李建熙默默地点了点头。

"这个可恶的家伙！"

"都是我们的错，是我们在背后给他撑腰。"

"不能便宜了他。"

老虎基金的会长坚决地说："我们出面，让他把不当利益全都还给三星。"

"当然，如果他不同意，我们就先砍断他这个首席顾问的脖子。"

他们发自内心感到对不住李建熙会长。

第二天，美国总统的首席顾问蒙巴顿·保罗跟6位股东面对面坐下来。

"哈哈，什么风把您6位给吹来了？今天我这办公室里汇集了世界上一半的资金啊！"

首席顾问谈笑风生，老虎基金的会长省去了问候，劈头问道："你想上听证会吗？"

首席顾问本来就感到这几位股东来者不善，听到这句话不禁大惊失色。

"您这是什么意思？"

"你有多大能耐，我一定奉陪，你听好了。"

老虎会长的气势让首席顾问两眼瞪得溜圆。

"你让克朗那该死的家伙把从三星那里抢来的钱全都还回去，并且要是再敢暗算三星，或者试图动它一根毫毛，我就让你也跟着好看。美国政府？正派的政府是不会干这种勾当的，如果是政府在背后支持你，这样的政府我们会推翻它。4天之内，你把钱还给三星，要是我接不到这样的电话，你就等着进联邦教导所吧！"

老虎基金的会长炮轰了首席顾问之后，从座位上站起来，其他5位股东也都跟着走了出去。首席顾问感到了无以言表的耻辱，立马抄起了电话，他也不知道事情怎么会变成这样。

克朗把不当得利还给了三星。三天后，克朗在迈阿密钓鱼时不慎落水溺亡。报道称他跑到比平时更远的水中钓鱼，人们无法施救；也有报道称他在溺水之前，有人曾看到几个男子围着他。

在夺取三星电子经营权的阴谋失败之后，首席顾问完全转变了方向，他以美国政府的名义正式邀请韩国政府和三星集团的协助。

　　三星电子的生物半导体足以震动世界，但正如英特尔没有公开M存储器一样，基于同样的理由，三星电子对于生物半导体也没有公开。

尾 声

在生物半导体工厂的竣工仪式上，只有罗英俊博士出席了；让人感到不解的是东宇没有来，他也没有告诉任何人自己的行踪。

三星电子通过了提案，要支付罗英俊博士生物半导体技术的费用。

三星电子的副会长对罗英俊博士说："罗博士，请您说吧，这次新半导体的生产交给三星，您想要多少回报呢？作为参考，D存储器的情况是三星电子给了德州仪器大概10%的佣金。"

罗博士沉默了一会儿，如果每开发一个半导体就可以拿到10%的佣金，那可是一大笔巨款啊！罗博士想到自己年轻时穷困潦倒不免感慨万千，收到威思洛伊奖学金之后，自己就像商品一样，身不由己地被他们牵着鼻子跑，过去的记忆就像走马灯一样在眼前闪回。

"嗯。"

罗博士咽了口唾液，副会长说的是真的吗？从未敢想自己能有这样的一天，不，这一天已经到来，罗英俊一时感到恍如隔世。

"请您不要客气，尽管说吧！"

副会长的催促让他切身感受到穷困人生的悲哀。

"真的可以说出心里话吗？"

罗博士看着研究员们问道。

"当然。"

副会长的表情似乎在说可以答应一切要求。

"生产新生物半导体，能得到多少利润呢？"

"这个……我们预测也许每年可以达到10亿元以上吧。但是与纳米半导体D存储器不同，生物半导体可能会衍生出新的需求，实际利润可能比我现在说的还要多几倍甚至更多。"

"那么我说说我的想法吧。"

"好的，您说想要多少吧！"

"我一分钱也不要，但是我希望我的那一份可以另有所用。"

"您这是什么意思呢？"

"国内的年轻人都喜欢去法学院、医学院或者商学院，我希望他们能够选择理工科大学，我想把钱花在让他们产生这种欲望的地方。"

大家不知道他在说什么，面面相觑。

"我想这可以有多种方法，比如先公开各位的高薪，让你们这些专利人员从神秘的面纱后走出来，他们就会羡慕你们的公司，尤其面临就业的学生们就会把进入三星电子作为首选。"

"明白了。"

副会长就像小学生一样微笑着听罗博士讲话。

"各位知道吗？现在我国理工科毕业的博士生正日益减少。"

"我们对此也很苦恼。"

"请三星电子为这些理工科的博士生每个人支付2000万韩元以上的奖学金，不要附加任何条件。"

"什么？"

"预计今年我国理工科毕业的博士生大概只有1000人多一点儿，三四年之后，可能只剩下一半左右。这就是我们国家的危机，光是口头上说科学技术是生产力，现在人们都跑去学人文科了。如果为每人支付2000万，总共也不过1000亿，我们要首先保证这部分人没有后顾之忧，全身心地投入学习；当然，也要给理工科硕士们提供优惠，只有这样，才能大规模地培养理工科人才。将来，他们即使不为三星工作，也会成为这个社会的有用人才。这就是三星的福气，在将来必定会得到回报。"

"……"

"这就是我的希望，请把我的那份报酬用到这方面吧！啊，对了，还要大力引进海外人才，不管是韩国人还是外国人。"

大家都用惊讶的眼神看着罗博士，罗博士轻松地问道："我脸上粘上什么了吗？为什么这么看着我？"

义林第一次给朋友上坟，心情很放松，泰英跟他一起去的，她在旁边说："前辈，真是做了件了不起的事情。说实话，我觉得你挽救了大韩民国。"

"哈哈哈，这也太夸张了！如果说起了什么作用，要归功于在另外一个世界的俊宇。"

严格说来，因为追究他的死因才认识了北学人，借助北学人之力才挽救了三星电子，挽狂澜于既倒，如此说来泰英的话也不算是毫无根据。

"真的不能一睹北学人的真容吗？"

这让义林想起了不久前自己跟北学人在网络上的对话。

"生物半导体威力真大啊！竟然让美国政府那么费尽心机，

现在我对技术战争这句话有了切身感受。"

"现在强国的概念已经完全改变，人口和领土不再是判别的标准，标准是科学技术。"

"美国十分害怕制造纳米半导体的超级电脑普及到全世界，担心这项技术落入恐怖分子手中，那么即便只有几个人，也可以具备足以跟美国强大的军队进行对抗的能力。"

"是呀，但是，绝不能让美国垄断这些技术；如果美国垄断了从资本、信息直至半导体领域的先进技术，那么美国就会企图称霸世界。"

义林感到北学人不但对科技的开发，而且对科学技术与政治，甚至人类的发展繁荣都有所考虑。

"从这个方面考虑，我认为这项技术有必要介绍到中国。科学技术一定会不断地向前发展，不存在一成不变的技术。虽然所有人都认为胜负的关键在于新技术的发明，但是决定技术形式的是使用它的人的文化。所以把人口众多的中国拉入我们技术文化的领域是非常重要的，我国从事技术开发的人员有限，而利用中国的科技实力是必要的选择。从这个角度讲，纳米半导体非常重要，我们的技术文化会在中国生根发芽。"

"我明白了，我可能无法完全领会您的深刻思想。您考虑问题如此周密而深刻，一定非常忙碌吧？"

"哈哈，是呀！现在郑记者也回到原来的工作岗位上了吧？因为有你这样的好人，我们的媒体才能够健康发展，这一段儿真是辛苦你了！"

"谢谢！我们真的不能见上一面吗？"

"可能不大方便，但是我们现在不是比见面交流更了解彼此吗？这也就没有什么遗憾了，好吧，我们就聊到这儿吧。"

"是呀，他可能生活在跟我们不同的另外一个时空里，或者只存在于网络空间，所以我们才见不到他。"

"啊？你这是什么意思？"

"反正有这样的事儿。"

真是一位传奇人物，义林到最后也没有见到他。

事情告一段落后，义林通过罗英俊博士知道了李民绪的事情，义林猜想他会不会就是北学人，当然没有"验明正身"的好办法。不管怎样，他是也好，不是也罢，都已经不再重要。

"北学人"这个名字来自朝鲜末期的北学派，因为当时的制度打压科学技术的发展，所以那时的科技人才饱受各种磨难。他们相信韩国人的头脑会在科学技术领域主导世界，他们决定在今后科学技术的风气形成之前韬光养晦。北学人是李民绪还是其他人，让人无法琢磨。

义林认为北学人相信科技是力量之源，此刻他正引领着社会不断前进，不管他是谁，这一点已经是不争的事实。

（完）

（京权）图字：01-2015-5356

삼성 컨스피러시 （SAMSUNG CONSPIRACY）
Copyright© 2012 by Kim Jin Myung
All rights reserved.
Simple Chinese Copyright© 2016 by THE WRITERS PUBLISHING
HOUSE
Simple Chinese Copyright language edition arranged with SAEUM
PUBLISHING COMPANY
 through Eric Yang Agency Inc.

图书在版编目（CIP）数据

三星阴谋 / ［韩］金辰明著；郑杰，陈榴译. -- 北京：作家
出版社，2016. 1
　　ISBN 978-7-5063-8444-5

　　Ⅰ. ①三… Ⅱ. ①金… ②郑… ③陈… Ⅲ. ①长篇小说 -
韩国 - 现代 Ⅳ. ①I247.5

　　中国版本图书馆CIP数据核字（2015）第264173号

三星阴谋

作　　者：［韩］金辰明
译　　者：郑　杰　陈　榴
责任编辑：王宝生　韩　星
装帧设计：刘　璐
出版发行：作家出版社
社　　址：北京农展馆南里10号　　邮　　编：100125
电话传真：86-10-65930756（出版发行部）
　　　　　86-10-65004079（总编室）
　　　　　86-10-65015116（邮购部）
E-mail:zuojia@zuojia.net.cn
http://www.haozuojia.com（作家在线）
印　　刷：三河市北燕印装有限公司
成品尺寸：145×210
字　　数：230千
印　　张：10
版　　次：2016年1月第1版
印　　次：2016年1月第1次印刷
ISBN　978-7-5063-8444-5
定　　价：29.00元